Ein glücklicher Geburtstag

AF198503

Peter Trabert wurde 1963 geboren. Er lebt mit seiner Familie in Frankfurt. „Ein glücklicher Geburtstag" ist sein vierter Roman. Bisher sind von ihm erschienen:

"Frauen zum Frühstück"

"Ein Mann für gewisse Sünden"

"Töne aller Arten"

Peter Trabert

Ein glücklicher Geburtstag

Roman

Originalausgabe 2019

Copyright 2019 Peter Trabert
Autor: Peter Trabert
Umschlagentwurf: Design Office Michael Ackermann
Lektorat: Anja Haak

Verlag und Druck: tradition GmbH, Halenreie 40-44,
22359 Hamburg

ISBN
978-3-7497-3221-0 (Paperback)
978-3-7497-3222-7 (Hardcover)

1

Eine von Rays Lebensgefährtinnen, Andrea, hatte einmal behauptet, Ray sei ein Macho.

Das war schon ein paar Jahre her. Da war Ray fünfunddreißig.

„Ein Scheiß-Macho bist Du!" hatte Andrea ihn angebrüllt und er hatte sehen können, dass Speichelfäden aus ihrem Mund hervorsprühten wie ein feines Aerosol.

Ray mochte es nicht, wenn man brüllte, wenn man die Contenance verlor. Schon gar nicht bei Frauen. Seine Mutter jedenfalls hatte nie gebrüllt. Und er selbst konnte sich ebenfalls nicht daran erinnern, dass er einmal so unbeherrscht gewesen wäre, jemanden anzuschreien.

Jetzt war er einundvierzig Jahre alt. Ein Mann mit klaren Vorstellungen und klaren Zielen. So hätte er sich selbst beschrieben und so wirkte er auf andere. Ein Rechtsanwalt, der sich hier in Frankfurt durchaus einen Namen im Bereich Erbrecht erstritten hatte.

Während er an Andrea zurückdachte, ohne in diesem Moment zu wissen, warum ihm gerade jetzt diese Szene einfiel, warf er einen Blick auf seine gut gepflegten Hände. Die Hände eines Gentleman, wie er fand.

Die Auseinandersetzung mit Andrea hatte sich daran entzündet, dass sie, aufgehört hatte, sich die Achseln zu rasieren. Wie für die meisten Männer war eine Frau mit haarigen Achseln auch für Ray ein ästhetisches Problem.

Haarige Achseln.

Allein der Klang dieser Worte reichte aus, ihn innerlich frösteln zu lassen.

Das hatte er ihr gesagt. Ruhig und deutlich.

„Ich möchte, dass Du Dir die Achseln wieder rasierst. Achselbehaarung finde ich ehrlich gesagt hässlich."

Aus seiner Sicht war das eine klare Nachricht, die er Andrea übermittelt hatte. Ohne jede Gehässigkeit oder

Absicht sie zu verletzen.

Nun, im Nachhinein musste er zugeben, dass vielleicht ein ganz klein wenig Verachtung in dem Ton ihr gegenüber lag. Aber damit hatte er nur unterstreichen wollen, wie sehr ihn das störte und schließlich war sie selbst schuld daran.

Denn schon Monate zuvor Andrea begonnen auf eine Art und Weise seltsam zu werden, die Rays Unwillen erzeugte.

Angefangen hatte ihre Verwandlung mit einem Nasenring. Den hatte Ray noch zähneknirschend hingenommen. Obwohl er sich innerlich für sie schämte, wenn sie in Gesellschaft waren, hatte er versucht sich nichts anmerken zu lassen. Andrea sah gut aus. Warum also der Ring? Und jedesmal wenn sein Blick auf das silberne Ding fiel, dass ihre zierliche Nase verunstaltete, stieg ein Schmerz in Ray hoch. Seine dunklen Augen verengten sich zu zwei Schlitzen und eine Heerschar missbilligender Falten zog wie Schlechtwetterwolken über seine Stirn.

Aber das war nur der Anfang.

Zu dem Nasenring gesellte sich bald eine Vorliebe für vegetarische Kost und eine Abneigung gegen Sport, die dazu führte, dass Andrea Körper schwammig wurde.

Beständig hatte Ray versucht gegen dieses Neue in Andrea, dessen Quelle ihm vollkommen unbekannt blieb, anzugehen und hatte gehofft, dass es nur eine vorübergehende Sache sei.

Aber Andrea schien nicht willig vom einmal beschrittenen Weg der Verökung abweichen zu wollen.

Und dann die schwarze Achselbehaarung! *Schwarze drahtige Achselbehaarung!*

„Ein Scheiß-Macho bist Du!" Ray schüttelte jetzt noch den Kopf über diese Szene.

Es hatte keinen Sinn mehr gehabt mit Andrea.

Glücklicherweise! Denn sonst hätte er damals wohl kaum Fabienne kennen gelernt. Und es hatte sich gezeigt, dass sie die bessere Wahl war. Bis heute waren Fabienne und er zusammen und es gab nicht viel, das er an ihr auszusetzen

6

hätte. Ein paar Kleinigkeiten vielleicht.

Zum Beispiel ...-

In diesem Moment wurde der Anwalt aus seinen Gedanken gerissen. Die Tür des kleinen Untersuchungsraumes, indem Fabienne und er ausharrten, öffnete sich und ein Assistenzarzt des Bürgerhospitals schaute herein.

Ray sah auf.

Der Arzt war ein schlanker Typ, Mitte zwanzig und so groß, dass er sich im Türrahmen fast ducken musste.

„Doktor Kollar" Dieses Namensschild haftete an seinem weißen Kittel. Ray musterte ihn unwillig von den riesigen weißen Birkenstockschlappen, die er trug, bis hinauf zur blonden Haarspitze.

Doktor Kollar war maximal 30 Jahre alt und benahm sich wie eine Art Berufsjugendlicher. Die schlaksige Art dieses immerfröhlichen Typen fand Ray nicht besonders vertrauenswürdig. Schon mehrmals hatte er gebeten, dass der Chefarzt nach Fabienne sehen sollte. Schließlich war Fabienne - wie er übrigens auch - privatversichert. Seiner Meinung nach hatten sie Anspruch auf Chefarztbehandlung. Allerdings war man dieser Bitte nicht nachgekommen. Mehr noch, der Chefarzt schien überhaupt nicht anwesend zu sein.

„Wir haben jetzt Schichtwechsel. Ich wollte mich von Ihnen verabschieden. Viel Glück noch!" verkündete Doktor Kollar fröhlich und noch immer in der Tür stehend, als verlasse er ein gelungenes Sommerfest und nicht den Kreißsaal eines Krankenhauses.

Mit dünner Stimme piepste Rays Partnerin ein erschöpftes „Danke".

Ray knurrte nur etwas in sich hinein. Missbilligend und neidisch schaute er hinterher, als die Tür sich hinter dem Arzt schloss. Doktor Kollar konnte gehen. Er nicht.

Nun war er wieder mit Fabienne allein.

Allein mit ihr und seinem und ihrem Baby, das sich in dem dick aufgepumpten Bauch darauf vorbereitete, auf die Welt zu kommen. Allein mit Fabiennes kurzen Atemstößen und dem gleichmäßigen Summen des CTGs.

Fabienne lag auf einer Pritsche, ja, eine Pritsche, eine normale Liege, nicht einmal ein Bett.

Als sie angekommen waren, hatte man ihr eine Art weißen Kittel gegeben, aus dem jetzt ihre zierlichen Arme und Beine ragten wie Pfeifenputzer aus einer papierenen Schulbrottüte. Darunter wölbte sich dieser absurd aufgeblähte Schwangerenbauch und darin brütete das Baby.

In diesem Augenblick spannte sich Fabiennes kleiner durchtrainierter Körper wie eine Bogensehne. Ihre feinen Gesichtszüge verkrampften sich zu einem faltigen Netz und sie stieß einen primitiven Urlaut aus.

Eine Wehe!

Der Anwalt kannte das schon und nahm Fabiennes Hand in seine, in der Hoffnung, dass ihr das ein bisschen half.

Seit zwei Stunden waren sie nun schon hier in diesem nackten Zimmerchen. Und es passierte rein gar nichts. Ab und an kam irgendwer, schaute herein, nur um festzustellen, dass sich nichts geändert hatte und ging wieder. Es ging nicht voran.

Er fühlte sich extrem unwohl.

Überhaupt fragte er sich, wie sie hier in dieses kleine Untersuchungszimmer gekommen waren. Selbst die gesetzlich Versicherten waren offenbar in besseren Zimmern untergebracht.

Seine Augen wanderten entlang der schwarzen Schlieren, die sich wie dünne Rauchfäden durch den sonst grauen Linolboden zogen.

„Maximal acht Quadratmeter", dachte er. Die Wände des Raumes waren eintönig weiß mit einem Stich Gelb. Ein großer Metallschrank in der gleichen Farbe stand darin und ein zweites hölzernes Schemelchen gleich dem, auf dem er selbst saß. An Fabiennes Seite befand sich ein Beistellschränkchen, auf dem das CTG stand und langsam aber beständig Kurven auf einen Papierstreifen zeichnete.

Dann noch ein Fenster mit Milchglasscheibe, das nach nirgendwo ging. Das war die ganze Einrichtung. Kein Bild zierte die Wand, keine Farben neben dem Grau des Fußbodens und dem gelblichen Ton der Wände und der Einrichtung.

Die Kreißsäle waren alle belegt gewesen, als sie hier ankamen.

Okay, Ray hatte Verständnis dafür, dass man Geburten nicht planen konnte, nicht wissen konnte, wie viele Babys an einem Tag kommen würden. Aber wieso legten sie nicht eine gesetzlich Versicherte hier auf die Pritsche, in dieses Kerkerchen und Fabienne, privatversichert mit Anspruch auf Chefarztbehandlung, in eines dieser schönen Zimmer, die man ihnen vor Wochen bei der Besichtigung des Bürgerhospitals gezeigt hatte?!

Alles war vollkommen anders gelaufen, als er es geplant hatte.

Und wie der Anwalt die Situation einschätzte, hatte die Geburt noch gar nicht richtig begonnen.

„Raimund", stöhnte Fabienne leise und deutete auf das Beistellschränkchen, das neben der Liege stand.

Seit einigen Minuten war die Papierrolle des CTGs abgelaufen, auf der fortlaufend die Herzfrequenz des Babys und die Wehentätigkeit aufgezeichnet wurde.

Ray bückte sich, ergriff das lose Ende des Papierstreifens und schaute verständnislos auf die zwei Zickzackkurven, die ihm nichts sagten.

Nun, er würde wohl die Hebamme oder eine der Krankenschwestern holen müssen.

Trotz seines schlanken Körpers, dem man die 41 Jahre noch nicht ansah, erhob sich der Anwalt nun wie ein zu jahrelanger Haft Verurteilter und begab sich zur Tür.

„Raimund, kosch du mir bitte a Getränk middbrenga?"

Mitleidig schaute er Fabienne an. Normalerweise sprach sie ein absolut akzentfreies Hochdeutsch. Allein in Stress- oder Paniksituationen, aber auch in Momenten höchster

Anstrengung und Atemlosigkeit fiel sie in ein schwäbisches Genuschel, als sei das ihre eigentliche Sprache und das Hochdeutsch nur ein Kleid, das sie jederzeit ablegen konnte. Aufgewachsen war sie in einem Vorort von Waiblingen. Den Ortsnamen hatte er vergessen. Er war froh, dass er wusste, dass Waiblingen in der Nähe von Stuttgart lag. Und obwohl er überhaupt nicht zu ihrer grundsätzlich eleganten Erscheinung passte, schien dieser schwerfällige Provinzdialekt Fabiennes Muttersprache zu sein.

Außerdem hatte sie ihn bei seinem vollen Namen genannt. Raimund. Das tat sie sonst nie. Der Anwalt mochte diesen Namen nicht. Raimund, das klang so schwul. Seine Mutter war an sich eine vernünftige und auf Stil bedachte Frau, wie er eben auch. Er fragte sich bis heute, warum zum Teufel sie ihn Raimund genannt hatte.

„Mache ich", seufzte er dann.

Vom Untersuchungszimmer kam Ray in eine Art Hauptraum der Geburtsstation. Der Boden war mit dem gleichen rauchzarten Linoleum bedeckt wie im Untersuchungszimmer, aber von irgendwo her warf die Abendsonne einen Streifen mildes Licht herein und ließ ihn weniger deprimierend wirken.

Die Station war gegenüber dem Rest des Hospitals durch eine schwere, undurchsichtige Glastür abgeschirmt. Wer hier hineinwollte, musste erst einmal klingeln bevor ihm vom Personal geöffnet wurde.

Der Hauptraum war keiner dieser langen Krankenhauskorridore wie sie die übrigen Teile des Bürgerhospitals durchzogen. Es war eher eine Art Vorplatz, von dem die verschiedenen Kreissäle und das Stationszimmer abgingen. An der einen Ecke, gleich neben dem Stationszimmer waren drei Mineralwasserkästen übereinander getürmt. Offensichtlich gab es hier also eine Art Trinkwasserversorgung. Daneben stand eine Art rollender Mülleimer mit einem dieser blauen Plastiksäcke.

„Restmüll" wies ein mit einfachen Mitteln angebrachtes Papierschild auf den Zweck des Mülleimers hin. Der Anwalt musterte sie, aber die Flaschen waren alle leer.

Hoffentlich war noch irgendwo eine volle aufzutreiben.

Die Wände schmückten Fotos von Babys, die offensichtlich hier geboren worden waren. Auf dem Weg ins Stationszimmer blieb er einen Augenblick davor stehen. Viele der Fotos waren mit Danksagungen an Hebammen und Ärzte versehen. Die Texte waren von einer kindlichen Banalität.

„Hallo liebe Hebammen, ich, der kleine Tobias bin hier am 03.04. 2014 geschlüpft und bedanke mich, dass ihr mich auf dem Weg in diese aufregende, tolle Welt begleitet habt."

Er, Ray, würde sicherlich kein Foto mit einer Danksagung hier hinterlassen.

Eine Schwester oder Hebamme huschte vorüber und verschwand im Stationszimmer. Ray folgte ihr.

Er klopfte kurz an die offenstehende Tür und räusperte sich.

„Entschuldigung, aber bei uns ist die Papierrolle des Gerätes abgelaufen."

Ray sagte *Gerät*, obwohl er wusste, dass die korrekte Bezeichnung CTG - Cardiotocography - war. Aber dadurch, dass er das CTG nicht bei seinem Namen nannte, wollte er für sich und vor der Welt klarmachen, dass er sich nicht mit den Details der Geburt auskannte und auch nicht auskennen wollte.

Ja, er wollte sich damit nicht auskennen!

Die Schwester schien für solche Feinheiten nicht empfänglich zu sein. Offenbar war sie in Eile. Sie hatte sich gebückt und suchte etwas in einem Schränkchen, dessen Tür offen stand.

„Das CTG", antwortete sie, ohne Ray anzusehen. „U1, oder? Ich schicke jemanden vorbei."

„Kann ich eine von den Wasserflaschen mitnehmen?" Er deutete auf einen mit vollen Flaschen bestückten Kasten, den er in der Ecke des Stationszimmers entdeckt hatte.

„Klar", antwortete die Schwester. „Becher stehen unter der Mikrowelle."

Der Anwalt schaute sich um. Gott sei Dank hatte er bisher noch nicht viele Krankenhäuser von innen gesehen, aber das Stationszimmer glich mehr einer Küche als einem Büro. Neben einem Computer und einem Schreibtisch gab es vor allen Dingen auch eine Mikrowelle, ein Herd, eine Kaffeekanne und ein Spülbecken. Auf einem Küchentisch standen zwei Kaffeetassen mit banalen Parolen wie *„Ich arbeite in einem Irrenhaus!"* und *„Eine Mutter ist für Ihr Kind wie Regen für eine Blume"*.

Der Anwalt legte die Stirn in Falten, zog eine Wasserflasche aus dem Kasten und nahm sich einen Plastikbecher.

Als er zurück in das Zimmer kam, blickte ihn Fabienne nur kurz an, bevor sie wieder die Augen schloss.

Ihm war klar, dass sie Schmerzen hatte, offensichtlich auch dann, wenn sie gerade keine Wehe auszuhalten hatte. Er setze sich neben sie, goss etwas Sprudelwasser ein, stellte die Flasche auf das kleine Tischchen neben das CTG und reichte ihr schweigend den Becher.

Gerne hätte er etwas Optimistisches zu Fabienne gesagt, zum Beispiel ein fröhliches „Und, geht's voran?" Doch das schien ihm unpassend.

Die Frage danach, wie lange es noch dauern würde, war ebenfalls nicht angebracht.

Kein Mensch, das war ihm klar, konnte wissen wie lange sich diese Geburt hinzog. Stunden? Tage?

Also schwieg er.

Als die Geburt sich ankündigte, hatte er Fabienne nur hierher bringen wollen. Natürlich war ihm klar, dass er sie nicht einfach hier abgeben und dann gehen konnte. Aber Ray hatte schon mit dem Gedanken gespielt, dass es möglich war, dass er sie den treusorgenden Händen von Krankenschwestern, Hebammen und Ärzten anvertrauen würde und dann im Bistro bei einem Kaffee wartete, bis das

Kind auf der Welt war.

Seit Menschengedenken waren Männer nicht bei der Geburt zugegen. Erst seit zehn oder zwanzig Jahren war man auf den Trip gekommen, dass Männer dabei sein könnten. Und aus diesem "dabei sein können" war ein "dabei sein müssen" geworden. Geburt und Schwangerschaft waren zu etwas geworden, das Männer und Frauen gemeinsam erleben sollten.

Was für eine schlechte Idee!

Ray hatte sich von Anfang an dagegen gewehrt. Und er musste zugegeben, dass Fabienne wirklich sehr verständnisvoll und einsichtig war und ihn mit der Schwangerschaft was Intimitäten anging bisher nicht weiter behelligt hatte. Was die Rollenverteilung von Mann und Frau in einer Beziehung anging waren Fabienne und er einer Meinung. Sonst hätten sie nicht schon sechs Jahre zusammen sein können.

Natürlich hatte er ihr geholfen, wo es nur ging und war rücksichtsvoll gewesen wie nie zuvor. Er hatte sie auf Händen getragen. Schließlich hatte er den Anspruch ein Kavalier zu sein. Da ließ er sich keinen Vorwurf machen.

Aber in die Tiefen der Schwangerschaft war er nicht vorgedrungen. Was in Fabiennes Gebärmutter vor sich ging, davon wollte er ehrlich gesagt nichts wissen. Und von dem Geburtsakt schon gar nichts. Zwar hatte Fabienne hin und wieder ein paar Bücher neben die gemeinsame Toilette gelegt wie "Schwangerschaft und Geburt" oder "Die Hebammensprechstunde". Und dass sie das neben die Toilette gelegt hatte, hatte Ray als nettes Angebot aufgefasst, sich mit dem Thema zu befassen. Allzu häufig hatte er von diesem Angebot allerdings nicht Gebrauch gemacht. Das einzige, was er wirklich gelesen hatte, war "Das große Buch der Vornamen". Danach hatten sie entschieden, dass eine Tochter Daniela und ein Sohn Dominique heißen sollte.

Nein, Geburt, das war ganz klar eine Frauensache. Der

einzige Mann, der etwas damit zu tun haben sollte, war der Arzt.

Das war seine Überzeugung und für Fabienne war das akzeptabel. Sie war ja eine durchaus eigenständige und selbstbewusste Frau. Ray hatte bisher nicht den Eindruck gehabt, dass sie seine Beistand benötigte. Zumindest bis heute.

Doch nun ...- auch wenn er mit dem Gedanken spielte ... - hoffte, dass sich irgendein Wunder ereignen würde ...- er wusste nicht welches Wunder, irgendein Ereignis, das es ihm ermöglichte ohne schlechtes Gewissen einen Kaffee trinken zu gehen ...- er wollte sie nicht alleine in diesem deprimierenden Zimmerchen zurücklassen. Die Räume, die man ihnen bei der Kreißsaalbesichtigung vor drei Monaten gezeigt hatte, waren viel schöner gewesen, so schön, dass er sich vorstellen konnte, wie Fabienne ihr Kind gebar, während er gemütlich zu Hause saß, ohne ein schlechtes Gewissen zu haben.

Breite Betten in pastellfarbenen, leicht abgedunkelten Zimmern mit Stereoanlagen, aus denen sanfte Musik erklang, hatte er gesehen. Auch verrückte Sachen wie eine Art Hamsterrad, in dem man das Kind sitzen gebären konnte, oder eine Wanne für eine Wassergeburt. Alles in einer Art Wellnessstyle nach dem Motto: wie entspannt hätten Sie's Geburtserlebnis denn gerne?

Davon, dass das Kind in einer Besenkammer zur Welt kommen könnte, war keine Rede gewesen. Irgendwie beschlich ihn das Gefühl, dass man ihnen bei dem Besichtigungstermin eine Mogelpackung präsentiert hatte.

Außerdem kümmerte sich hier niemand um die Schwangere.

In der einen Dokumentation über Geburt, deren Beginn Ray flüchtig im Fernsehen angeschaut hatte, war auch das ganz anders dargestellt worden. Ständig waren Hebammen und Ärzte um die Gebärende herumgeschwirrt, so dass man glauben konnte, man befinde sich in einem gut geführten

Hotel.

In jedem Moment war ein Arzt ansprechbar, der geduldig zuhörte und kompetente Antworten gab. Das Krankenhauspersonal strahlte Dienstfertigkeit und Serviceorientierung aus.

Davon konnte hier keine Rede sein.

Ohne ihn würde man Fabienne hier wahrscheinlich alleine das Kind zur Welt bringen lassen.

Manchmal fragte er sich, ob man sie in diesem Zimmerchen einfach vergessen hatte.

Fabienne lag mit geschlossenen Augen da. Ihre Gesichtszüge schienen nun gelöst. Ja, für einen Moment wirkte sie ganz und gar entspannt. Fast konnte man glauben, sie sei einfach eingeschlafen.

Im Untersuchungszimmer war es still. Nur das Geräusch des Schreibers, der die Herztöne des Babys aufzeichnen sollte, aber jetzt sinnlos über die leere Trommel kratzte und das ruhige Atmen der Schwangeren waren zu hören.

Und plötzlich kam dem Rechtsanwalt alles ganz friedlich vor. Es war so, als sei ein schreiendes Baby, an dessen Bett man schon eine ganze Weile gewacht hatte, endlich eingeschlafen.

Obwohl er sich von dem Thema Schwangerschaft (besonders was die Details anging) möglichst fern gehalten hatte, war er doch mit einigen Gegebenheiten konfrontiert worden, die er so genau nicht hatte erforschen wollen.

Bisher war eine Frau etwas abgerundetes, komplettes für ihn gewesen. Jedenfalls wenn sie die Bezeichnung *Frau* verdiente. Etwas, dem man mit Höflichkeit und Respekt entgegen trat. Fabiennes schöner Körper, ihre Brüste, ihre Haare…- alles war ein Kunstwerk gewesen. Etwas worüber er tatsächlich ins Schwärmen geraten konnte.

Genauso ganzheitlich hatte er ihren Intimbereich gesehen.

Das war nun vorbei.

Seit Fabiennes Schwangerschaft bestand der Intimbereich aus vielen Einzelteilen, auf deren Bekanntschaft Ray gerne verzichtet hätte: den Schamlippen, dem Muttermund, dem Gebärmutterhals, dem Damm und wer wusste, aus was noch.

Neuerdings kam ihm das vor, wie ein komplizierter Apparat, über dessen Wirken er sich jahrzehntelang die falschen Vorstellungen gemacht hatte.

Auch sprachlich fand er diese Bezeichnungen unglücklich: *Schamlippen, Gebärmutterhals*. Nicht nur dass es nicht erotisch klang, in Rays Ohren klang es einfach entwürdigend. Das klang nicht nach Einfachheit und Ästhetik sondern nach Problemen und rohem Fleisch. Immer wenn er „Gebärmutterhals" aussprechen wollte, fühlte er eine zähe, graue Masse in seinem Mund, die ihm die Zunge verklebte.

Der Anwalt war der Meinung, dass er ein Recht darauf hatte, von diesen Details verschont zu bleiben.

In diesem Augenblick öffnete sich die Tür des Untersuchungszimmers und zog ihn in die Gegenwart zurück.

Die Hebamme kam herein.

Ray empfing sie mit einem feindseligen Blick.

Vom ersten Augenblick an hatte er gegen sie eine Antipathie gehegt. Ihr Namenschild verriet, dass sie Barbara hieß. Ein Typ Frau, der eigentlich schon keine Frau mehr war oder sein wollte. Jedenfalls nicht eine Frau, wie der Anwalt es verstand. Ein Neutrum, dass dieses aufgesetzte „Ich-lasse-mich-von-Männern-nicht-unterdrücken" Verhalten hatte.

Und irgendwie hatte er den Eindruck, dass sie Gefallen daran fand, dass er hier wie ein unglücklicher Nichtsnutz auf einem Hockerchen saß und nicht wusste was zu tun war. Ja, dass sie es genoss, dass so einer wie er, ein Mann, sich diesen weiblichen Wirklichkeiten stellen musste.

Hier, in ihrem Reich, war sie in der Machtposition. Das ließ sie ihn deutlich spüren.

Es kam Ray so vor, als wolle sie mit jedem Wort und mit

jeder Gestik ausdrücken, was sie von Männern hielt. Nämlich nichts.

Und so behandelte sie ihn auch. Mit unverhohlener Verachtung.

Dabei sah sie selbst aus, wie ein Mann. Sie hatte eine kräftige und knochige Figur. Ihre Haare waren kurz geschnitten und natürlich nicht gefärbt, wie man an den vereinzelten grauen Strähnen sehen konnte. Man konnte leicht erkennen, dass sie gut zupacken konnte. Der weiße Kittel, den sie trug, war ärmellos. Wegen der Sommertemperaturen hatte Barbara wohl darauf verzichtet ein Shirt darunter anzuziehen.

Und tatsächlich. Sie war unter den Armen nicht rasiert. Der Anwalt konnte ihre schwarze Achselbehaarung geradezu wachsen hören.

Mit Fabienne redete sie wie eine Mutter, das ihr Kind mit fester Hand durch eine schwierige Situation führt. Aber sobald sie sich an Ray wandte, änderte sich ihr Ton.

Auch jetzt ignorierte sie ihn bei ihrem Eintreten glatt und wandte sich direkt an Fabienne.

„So, was machen die Wehen? Wie weit ist das Baby denn?"

„Es gohd", nuschelte die Schwangere, sichtbar um Tapferkeit bemüht. Ihrer Zierlichkeit zum Trotz war Fabienne eine Kämpferin. Das wusste Ray. Man sah es ihr nicht an, aber sie war eine Marathonläuferin, zielstrebig und bereit Schmerz zu ertragen. Etwas, was der Anwalt wirklich an ihr bewunderte.

Barbara zog sich ein paar Latexhandschuhe über und griff zwischen die Beine der Schwangeren. Der Anwalt wandte den Blick zur Seite.

„Hhmm", brummte sie dann. „Muttermund so vier Zentimeter."

Als sie die Handschuhe auszog, gab es ein schnalzendes Geräusch.

„Das kann noch ein wenig dauern", teilte sie dann mit.

„Na, prima!" dachte Ray. Er hatte sich eine andere

Nachricht gewünscht.

"Hier", unvermittelt wandte sich die Hebamme an den Anwalt und reichte ihm ein kleines Säckchen. Es war etwa zweimal so groß wie seine Handfläche und sah schon ziemlich abgenutzt aus. Verständnislos starrte er es an.

"Sie könnten ihrer Frau ein Kirschkernkissen machen. Das ist gut gegen die Schmerzen. Die Mikrowelle steht im Stationszimmer."

"Das ist nicht meine Frau. Wir sind nicht verheiratet", verbesserte Ray zum wiederholten Mal.

"Eine Mikrowelle können Sie ja sicher bedienen?!" Sie ging mit keinem Ton auf das ein, was er sagte.

Er biss die Zähne aufeinander.

"Würden Sie mir bitte kurz erklären, wie das geht?" Ray hielt das Säckchen hoch.

"Man legt es eineinhalb oder zwei Minuten in die Mikrowelle. Dann nimmt man es 'raus und legt das Kirschkernkissen dahin, wo es weh tut", erklärte sie ihm. Die langsame, belehrende Tonart, in der sie mit ihm sprach, gefiel ihm gar nicht.

„Es ist dann warm und lindert die Schmerzen", fügte sie mit sahniger Stimme hinzu.

"Die Papierrolle dieses Gerätes ist abgelaufen", entgegnete Ray ihr und deutete auf das CTG, froh darüber, ihr endlich etwas entgegen halten zu können, worauf sie reagieren musste.

„Du Kampflesbe!" dachte er gehässig hinzu, während er sich erhob. Verärgert zog er die Tür hinter sich zu und ging nach draußen.

Barbara blickte auf das CTG, runzelte die Stirn und bückte sich, um aus dem Schränkchen eine neue Rolle hervorzuholen, während der Anwalt das Untersuchungszimmer verließ.

Der Flur war leer. Inzwischen verblasste auch der letzte Rest Abendsonne zu einem schmalen Streifen. Trotzdem war es noch lange nicht dunkel.

Gerade hatte der Anwalt den Vorraum durchquert und wollte sich in die Küche begeben, da hörte er plötzlich ein Geräusch. Es begann mit einer Art seelisch dahin gehauchtem Stöhnen. Allein die Art dieses Stöhnen ließ Ray schon zusammenzucken. Irritiert sah er sich um. Das Stöhnen kam hinter einer der Türen hervor. Aber das Stöhnen war nur die Ouvertüre zu etwas weitaus Größerem. Langsam schwoll es an, wurde lauter und lauter.

Der Anwalt hielt in seiner Bewegung inne. Teils gruselte ihn dieses Stöhnen, teils konnte er aber auch nicht einfach in das Stationszimmer gehen. Nervös zupfte er an seinem Boss-Hemd und schaute nach unten auf seine Budapester Schuhe, so als könnten ihn diese beiden Symbole der Zivilisation vor dem animalischen Geräusch schützen. Er versuchte sich zu erinnern, wo er die Schuhe gekauft hatte, konnte aber keinen klaren Gedanken fassen, denn nun klang es, als geschehe irgendwo etwas Schlimmes, ein Verbrechen, eine Grausamkeit. Das Geräusch lief auf eine Spitze zu, hatte sie aber noch nicht erreicht und

Ray erstarrte.

Plötzlich schoss ihm die Frage in den Kopf, warum der Kreißsaal wohl Kreißsaal hieße. Im gleichen Moment wurde ihm klar, dass die Frage gerade im Moment sinnlos war und beinahe wäre er über diese Einsicht in hysterisches Gelächter ausgebrochen.

Doch da steigerte sich das entsetzliche Stöhnen nochmals und wurde zu einem abgrundtiefen Schrei. Ein Schrei, der nichts Menschliches mehr hatte und der doch nur allzu menschlich war. Ein Schrei fern jeder zivilisatorischer Kontrolle, laut und andauernd. Der Schmerz, der ihn ausgelöst haben musste, schien wie ein Berserker in dem Körper zu wüten.

Geburt!

Ray spürte den Impuls von hier davonzurennen und hätte sich vor Entsetzen doch nicht rühren können.

Endlich, endlich ging der Schrei in ein leises, aber nicht

weniger gruseliges Gewimmer über.

Panisch geworden blickte Ray auf die Tür zu dem Kreißsaal, aus dem der Schrei gekommen war und aus dem jetzt beruhigendes Stimmengemurmel erklang, als sei eine Schar Priester mit einem Exorzisten zu gange. Während sich in seiner Brust etwas zusammenzog und ihm das Atmen schwer machte, wurde ihm klar, dass das kleine Untersuchungszimmerchen, in dem Fabienne und er waren, nur die Vorhölle zu dem war, was sie noch erwartete. So hässlich und entnervend er es fand, es war nur eine niedliche kleine Vorhölle. Da würde noch viel mehr kommen.

Bei dieser Erkenntnis stieg in dem Anwalt ein seltsam schwermütiges Gefühl auf, das er so an sich gar nicht kannte. Eine Mischung zwischen Furcht und Niedergeschlagenheit, die von kleinen Fluchtimpulsen erhellt wurde. Erstaunt stellte er fest, dass ihm kleine Tränenseen in die Augen traten.

Doktor Augustine Morgentau die Assistenzärztin der Geburtsstation sah den Rücklichtern des schwarzen BMWs nach, aus dem sie soeben ausgestiegen war. Es war der BMW von Hans, der sie nun wohl ein letztes Mal zum Dienst gebracht hatte.

„Hans", dachte sie, allerdings ohne jede Melancholie.

Schnell vermischten sich die beiden roten Leuchtpunkte mit anderen Lichtflecken, wurden kleiner und kleiner, bis sie endlich im Lichtermeer von Frankfurt, das nun in der Abendstimmung aufblühte, untergetaucht waren.

Die Ärztin blieb eine Weile vor dem Bürgerhospital auf dem Gehsteig stehen, einen Day-Pack Rucksack in ihrer Hand und schaute gedankenlos die vielbefahrene Nibelungenallee hinab. Hin und wieder kamen Fußgänger vorüber, deren Ziel das Krankenhaus war, oder ein Radfahrer schoss über den Radweg. Einige drehten sich kopfschüttelnd nach der Ärztin um, weil sie ihnen im Weg stand.

Einen Augenblick lang verspürte Augustine eine Art Herbststimmung. Die anbrechende Dämmerung stimmte sie mild und melancholisch. Doch dieses Gefühl verflog schnell wieder.

Zum einen war es Sommer und nicht Herbst, zum anderen war die Gynäkologin kein schwermütiges Naturell. Grübeln war ihr fremd. Im Gegenteil: man konnte sie zu Recht als lebenslustig bezeichnen.

Ihre ganze Erscheinung drückte diese Lebenslust aus.

Sie hatte ein hübsches Gesicht, glattes und schwarzes Haar, das in diesem Moment weit über ihre Schultern fiel. Ihr Blick hatte etwas Beruhigendes und zugleich Anziehendes. Es war ein funkelnder Blick, in dem immer ein verborgenes Lächeln zu liegen schien. Jeder, der Augustine Morgentau kennenlernte, vertraute ihr und hätte sofort geschworen, dass sie zu keiner Lüge fähig wäre, ja, dass das verborgene Lächeln in ihrem Blick ihm alleine galt.

Das allerdings stimmte nicht.

Die Ärztin drehte sich um und ging die Stufen zum Haupteingang des Krankenhauses halb empor. Dabei fiel ihr Blick auf die Fassade des Gebäudes. Die beiden Flügel rechts und links waren zu Beginn des zwanzigsten Jahrhunderts gebaut. Ihre halbrunden Fensterbögen und die hervorspringenden Kanten wirkten vertrauenerweckend. Doch in die Mitte, dort wo sich der Eingang befand und Augustine Morgentau jetzt auf der Treppe stand, hatte man in den neunzehnhundertfünfziger Jahren einen hässlichen Klotz gesetzt, der die beiden Flügel verband. Er war so unpassend, dass er einem unwillkürlich ins Auge sprang und das Bild bestimmte, das die Menschen vom Bürgerhospital in Erinnerung behielten, zumal es dieser Gebäudeteil war, auf dem sich zweispaltig der Schriftzug „Bürgerhospital" nach unten zog. Dieser Bruch verlieh dem Gebäudekomplex etwas unübersichtliches, verschachteltes. Von außen konnte man die Größe sowie Anfang und Ende des Hospitals nicht recht erfassen.

Als der Pförtner, der in einem Glaskasten am Ende der breiten Treppe saß, die Ärztin erkannte, hob er kurz die Hand und grinste dabei kumpelhaft.

Doktor Augustine Morgentau grüßte zurück, allerdings ohne auf das kumpelhafte Grinsen einzugehen. Halb auf der Treppe blieb sie stehen und schaute auf ihre Uhr. Es war zehn vor sechs. Ihr Nachtdienst im Kreißsaal begann um sechs.

In ihrem Rucksack suchte Augustine nach einem Zigarettenpäckchen. Heute morgen erst, hatte sie eine neue Packung gezogen. Sollte die schon aufgebraucht sein?

Endlich gelang es ihr in dem Durcheinander der Tasche das Päckchen zu ertasten, und sie zog eine Zigarette hervor. Es blieb noch etwas Zeit, um zu rauchen. Wer wusste, wann sie die nächste Gelegenheit dazu haben würde?

So setzte sie sich auf die Treppe, stellte den Rucksack neben sich ab und zündete die Zigarette an.

Natürlich gab sie kein gutes Beispiel ab. Eine Ärztin, die vor dem Krankenhaus saß und rauchte. Aber zum einen war es ihr egal, zum anderen war sie, so wie sie dasaß, mit einer engen Jeans und einer leichten Sommerjacke bekleidet, nicht als Ärztin zu erkennen. Aus der Ferne hätte man sie auch für einen Teenager halten können.

Zigaretten waren eine gute Sache. Augustine rauchte gerne. Natürlich war sie sich über die Risiken, angefangen von der Unfruchtbarkeit bis hin zu den verschiedenen Typen von Bronchialkarzinomen, vollkommen im Klaren. Während ihres Studiums hatte sie mit eigenen Augen von Krebs verheerte Lungenflügel gesehen. Aber wie sie jetzt den Rauch einsog, wie eine Art gasförmige Urnahrung, die ihr ein warmes und gemütliches Gefühl in der Brust gab, wusste sie, dass sie dieses Laster so schnell nicht würde aufgeben können.

Warum auch?

Irgendwie fand sie sich noch nicht alt genug, um damit

aufzuhören. Schließlich war sie erst achtundzwanzig. Wie die langen Nächte gehörten die Zigaretten zu ihrem Leben. Später, wenn sie verheiratet war und Kinder hatte, konnte sie das Rauchen immer noch aufgeben.

Die Ärztin ließ einen Stoß wallenden Nebels aus ihrem Mund quellen und sah nochmals in die Richtung, in der der BMW in die Stadt eingetaucht war. So leicht ließ sich der Fahrer dann doch nicht aus ihren Gedanken verdrängen. Vor einer Stunde noch war das ihr Freund gewesen. Doch mit ihm, das war jetzt vorbei.

Hans. Das war also die Geschichte mit Hans gewesen.

Natürlich hatte er nicht geraucht. Dazu war er zu vernünftig.

Das war das eigentliche Problem gewesen. Er war zu vernünftig.

Der Name hätte ihr schon Warnung genug sein sollen. Wer hieß heutzutage noch Hans?! Das klang nach solidem deutschen Ingenieur. Und so war Hans auch. Zwar lustig und amüsant. Zuvorkommend auch. Zum Beispiel hatte er ihr die Tür aufgehalten, wenn sie in den Wagen gestiegen war. Nie hatte er vergessen, ihr in den Mantel zu helfen

Doch diese Annehmlichkeiten waren nicht wirklich wichtig für die Ärztin. Dagegen ging Hans jeder Hauch von Abenteuer ab. Wenn sie ihn auf eine Party schleppte, wo ihre Freunde neben kleineren Alkoholexzessen auch den ein oder anderen Joint rauchten ...- Hans war immer derjenige gewesen, der alle nach Hause gefahren hatte, weil er weder übermäßig trank noch rauchte.

Sein Bemühen, die Kontrolle nicht zu verlieren, war anstrengend, für ihn und für sie.

Sie schüttelte den Kopf.

Nein, es hatte nichts werden können zwischen ihm und ihr.

Augustine Morgentau wollte noch nicht durch das Leben fahren wie auf Schienen, pünktlich und korrekt wie die deutsche Eisenbahn. Noch nicht.

Und es war besser jetzt, nach sechs Monaten, einen

Schlussstrich zu ziehen. Sechs Monate waren nicht lange. Das hinterließ noch keine großen Wunden.

Andere Männer würden kommen. Bis dreißig wollte sie sich noch Zeit lassen, bevor sie Nägel mit Köpfen machte. Aber bis dahin hatte sie noch zwei Jahre Zeit.

Die Ärztin zog den Rauch tief ein.

In diesem Augenblick trat ihr Kollege Kollar durch die gläserne Eingangstür des Bürgerhospitals nach draußen. Seine Schicht war zu Ende. Die Art wie er die Eingangstreppe herunterkam, hatte etwas spinnenhaftes. Es schien immer die Gefahr zu bestehen, dass sich seine langen dünnen Beine verheddern könnten.

„Na, Augustine." Er blieb kurz neben ihr stehen, setzte sich aber nicht.

„Wie sieht es heute aus?" fragte sie ihn und blickte die zwei Meter lange Gestalt hinauf, die neben ihr in den Abendhimmel ragte.

„Hhmm", knurrte er. „Nichts Außergewöhnliches. Gerade habe ich noch eine Serbin abgenabelt. Von der wirst Du aber nichts mehr sehen. Dir bleiben für die Nacht zwei Geburten, eine Marathonläuferin mit einem echten Arsch und …", hier unterbrach er sich und senkte dann seine Stimme ins Verschwörerische: „ … der junge Alain Delon mit der blutjungen Claudia Cardinale."

Er grinste breit über diesen Vergleich.

„Alain Delon und Claudia Cardinala?" fragte Augustine.

"Ja, sehen ziemlich gut aus die beiden. Ziemlich gut, wirklich."

Die Ärztin wunderte sich, dass ein Mann von einem anderen Mann behauptete, er sähe ziemlich gut aus. Gewöhnlich redeten Männer nur davon, wie gut Frauen aussahen.

In diesem Augenblick scherte ein Fahrzeug aus dem vorüber fließenden Verkehr aus und hielt auf dem Sperrstreifen vor dem Krankenhaus an. Sowohl Augustine als auch Doktor Kollar sahen auf.

Ein Mann und eine Frau stiegen aus dem Fahrzeug. Der Mann schnell und hektisch, die Frau quälte sich mühsam aus dem Kleinwagen, dessen Türöffnung für ihren Leibesumfang fast zu schmal war. Während die Frau sich noch auf dem Gehsteig aufrichtete und dabei die Hände in die Hüfte stemmte, eilte der Mann zum Kofferraum und riss eine Tasche heraus. Es war deutlich zu sehen, dass sie hochschwanger war. Die Eile, mit der der Mann um sie herumschwirrte wie eine Motte um eine Straßenlaterne, zeugte davon, dass er glaubte, die Geburt stehe unmittelbar bevor.

Die Gynäkologin betrachtete die beiden mit fachmännischem Blick. Der Typ sah aus, wie eine Art Physiker. Er war dünn und hatte etwas Lehrerhaftes an sich. Die Tatsache, dass er eine unmodische Strickjacke trug, bestärkte die Ärztin in ihrer Vermutung, dass er entweder Beamter oder Naturwissenschaftler war.

Die Frau sah einfach schwanger aus. Wie alle Welt schaute auch Augustine nicht auf ihr Gesicht, sondern auf ihren ballonartigen Bauch. Dort drinnen war das Baby.

Ob sie dieses Baby wohl zur Welt bringen würde?

Die meisten schwangeren Paare kamen in ihrer Aufregung ein oder zwei Tage zu früh. Das jemand so spät aufbrach, dass das Kind bereits auf der Fahrt ins Krankenhaus geboren wurde, kam fast nie vor. Überstürzte Geburten waren nicht häufig.

Nun, wer zu früh kam, wurde normalerweise von Doktor Morgentau wieder nach Hause geschickt.

Aber vielleicht war das Pärchen, das jetzt auf der Treppe an ihr vorüberging ohne sie wahrzunehmen, ja bereits zum zweiten oder dritten Mal da. Auf diesen Umstand deutete auch, dass die beiden bereits etwas strapaziert aussahen. Beide hatten Ränder unter den Augen, als hätten die Wehen sie schon einige Nächte lang nicht schlafen lassen. Der Mann lachte jetzt auch. Und das war kein glückliches, fröhliches, sondern ein überdrehtes, meckerndes Lachen, für das die Ärztin keinen Grund erkennen konnte.

Aber sie kannte das. Am Ende war eine Geburt für die Eltern immer etwas Nervenaufreibendes. Zwei, drei Stunden, falls es sehr schnell ging. Und sechsunddreißig falls es sehr lange dauerte.

Das Bürgerhospital hatte eine große, stark frequentierte Geburtsstation. Augustine hatte schon gut einhundertfünfzig Geburten in diesem Jahr hinter sich gebracht. Heute Nacht würden sicherlich zwei oder drei Kinder dazu kommen.

Das war etwas, was sie an ihrem Beruf liebte. Während andere Fachärzte wie Onkologen oder Orthopäden nur den Untergang der Körper ihrer Patienten verwalteten, schaffte sie neues Leben. So hart es manchmal im Kreißsaal zuging, am Ende waren alle glücklich. Man starb nicht im Kreißsaal. Leben begann dort, genau an diesem Ort und unter ihren Händen.

„Waren die schon mal da?" fragte sie Kollar, nickte mit Kopf in Richtung des Physikers und zündete sich noch eine Zigarette an.

„Ich glaub schon. Schon zweimal. Die Hebammen haben sie immer wieder nach Hause geschickt. Wahrscheinlich hast Du die auch noch. Mit denen wären es dann drei", antwortete er.

„Rauch nicht so viel", fuhr er nach einer Pause fort. „Wenn das der Alte sieht gibt es nur Ärger."

Der Alte, das war der Chefarzt. Ein militanter Gegner jeglicher Süchte wie Nikotin und Alkohol.

„Pfff", machte Augustine, was soviel heißen sollte wie: „Der kann mir mal den Buckel runterrutschen."

„Ist der heute da?"

„Nee, bis jetzt noch nicht. Kommt sicher morgen mal rein, wegen der *Chefarztpatienten*." Kollar grinste abfällig bei diesem Ausdruck. „Ich muss los. Hier, viel Glück! Bis dann!"

„Danke, danke", murmelte Augustine und schaute ihm

nach, wie er die restlichen Treppenstufen hinunterhüpfte. Entschlossen drückte sie jetzt die Zigarette auf den Stufen der Treppe aus, erhob sich, schulterte ihren Rucksack und stieg zum Eingang empor, in dem das Pärchen eben verschwunden war.

In der Tat betraten Valentin und seine Frau Heike bereits zum dritten Mal das Krankenhaus, und das, obwohl sie sich fest vorgenommen hatten, nicht zu früh zu kommen. Schon beim ersten Mal waren die Wehen nach Valentins Kenntnis, die er aus verschiedenen Büchern über die Geburt gewonnen hatte, derart, dass das große Ereignis unmittelbar bevorstehen musste. Schon beim ersten Mal hatten sie außerdem noch Zeit zugegeben, um ja nicht zu früh zu kommen. Man wusste ja, dass fast alle Erstgebärenden zu früh kamen. Auch das hatte Valentin gelesen. Er hatte ein Excelsheet geführt, in dem er die Wehen genau dokumentierte und glaubte man diesem Dokument, dann musste das Baby bereits seit zwei Stunden auf der Welt sein.

Und trotzdem waren sie zu früh gewesen und wieder heimgeschickt worden. Valentin konnte das gar nicht verstehen.

Der Muttermund war beim ersten Besuch noch nicht weit genug geöffnet. Beim zweiten auch nur ein klein wenig mehr. Wehen und Bücher hin oder her, der Muttermund war letztendlich die endgültige Uhr, mit der sich der Fortgang der Geburt messen ließ.

Erst wenn er sechs Zentimeter anzeigte, ging es wirklich los, und zehn Zentimeter musste er geöffnet sein, damit das Baby hindurch passte. Zehn Zentimeter. Valentin verharrte einen Augenblick auf der Treppe und schaute nachdenklich auf seine Hand. Das war etwa zweimal so lang wie sein Daumen. Dabei fiel ihm auf, dass er seine Fingernägel schneiden und rund feilen musste. Am Ende würde er das Neugeborene damit kratzen.

„Wo bleibst Du denn, Valentin?" Heike stand am Treppenabsatz und schaute ihn fragend an.

„Komme", antwortete er kurz. Sein langer Körper ruckte nach vorne, als ziehe ihn die Tasche, die er trug, die Treppe hinauf.

Wie Augustine Morgentau vermutet hatte, war Valentin Physiker. Auf die Geburt hatte er sich mit akademischen Eifer vorbereitet. Angestellt war er am Physikalischen Institut der Johann Wolfgang Goethe Universität, wo er sich mit Ultrakurzzeitspektroskopie beschäftigte, ein so weltabgewandtes Thema, dass selbst seine Frau Heike nicht verstand, was er dort eigentlich tat.

Nun, es war Valentin irgendwie peinlich, dass er zum dritten Mal hier antanzte. Auf Außenstehende musste das ja den Eindruck erwecken, als hätte er diese Geburtssache nicht richtig im Griff.

Heimlich gab er Heike die Schuld dafür und warf ihr vor, dass sie zu wehleidig sei. Auch wenn er nie gewagt hätte, das ihr gegenüber auszusprechen.

Wahrscheinlich waren die Wehen, die sie gespürt und deren Zeitabstände, Dauer und gefühlte Heftigkeit – wie es in einem Buch empfohlen wurde - er sorgsam in seine Tabelle eingetragen hatte, gar keine richtigen Wehen, sondern nur leichte Vorwehen, wie sie in den letzten drei Wochen der Schwangerschaft hin und wieder auftreten konnten.

Jedenfalls war die Auswertung der Tabelle eindeutig gewesen. Wahrscheinlich hatte Heike bei der Angabe der Heftigkeit etwas übertrieben.

Andererseits musste Valentin zugeben, dass sich Schwangerschaft und die Geburt von der Physik darin unterschieden, dass alles so oder auch ganz anders verlaufen konnte. Obwohl das Ergebnis immer das gleiche war, schien es keine zwei gleichen Schwangerschaften oder Geburten zu geben.

Und genau dieses Unberechenbare machte Valentin nervös.

Als er eben den Kofferraum seines Wagens geschlossen hatte, hatte er ein kurzes unkontrolliertes Lachen ausgestoßen. Obwohl es überhaupt keinen Anlass dafür gegeben hatte. Er kannte das. Es war ein Zeichen von Nervosität. Stresssituationen führten bei Valentin dazu, dass ein hysterischer Wesenszug zu Tage trat.

Die Geburtstasche hatten sie wie empfohlen bereits vor drei Wochen gepackt. In ihrer 4-Zimmerwohnung in Enkheim hatte sie seitdem im Flur gestanden. Der Physiker trug sie die Treppe hinauf. Einen Augenblick musste er inne halten, weil eine junge Frau ihm im Weg saß, die eine Zigarette rauchte. Jetzt, an einem Donnerstag Abend, war noch ein ständiges Kommen und Gehen im Bürgerhospital. Hauptsächlich Leute, die nach Büroschluss kranke Angehörige besuchten, gingen nun ein und aus. Gegen zwanzig Uhr würde dieser Strom versiegen und in der Vorhalle würde es ruhig werden.

Als Valentin die Pförtnerloge passierte, grüßte der Pförtner ihn, als seien sie gute Bekannte.

"Und? Das dritte Mal hier, oder? Ist es nun soweit?" grinste er. Die Aufregung der schwangeren Paare, die Tag für Tag an seinem Glaskasten vorbeikamen, schien ihm wohl eine besondere Freude zu machen.

Valentin winkte ab, wie jemand, dem eine große Sache bevorstand, von der er nicht abgelenkt werden wollte. Nach nichts stand ihm weniger der Sinn, als nach einem Gespräch mit dem Pförtner.

"Machen Sie sich nichts draus. Die meisten tauchen mehrmals hier auf. Geboren werden sie am Ende alle. Ist noch keiner drin geblieben, hahaha!", lachte der Pförtner. Wieder ernst werdend deutete er dann auf Valentins Wagen, der auf dem Sperrstreifen stand. "Den fahren Sie aber bald wieder weg?! Dieser Platz muss für die Notarztwagen frei bleiben."

Valentin blieb stehen und schaute die Treppe hinunter, dorthin wo der Zeigefinger des Pförtners wies.

"Ach so", stammelte er dann. "Ja. Ja richtig, der Wagen. Sobald ich meine Frau nach oben gebracht habe."

Ohne ein weiteres Wort heftete er seinen Blick wieder auf die Schwangere, die langsam in Richtung des Kreißsaals ging und lenkte seine Schritte ebenfalls in diese Richtung.

Der lange, weiße Krankenhausgang, der dorthin führte, hatte etwas Eigenartiges.

Die kahlen Wände boten dem Blick keinen Anhaltspunkt, so dass der Physiker automatisch auf den mit grau-grünem Linoleum ausgelegten Boden vor sich starrte. Valentin hatte den Eindruck durch einen langen Tunnel zu gehen, der zwei Welten miteinander verband.

Die eine, das war die ganz normale Welt, in der sich zum Beispiel der Pförtner bewegte. Dessen Dienst würde bald zu Ende sein. Er würde sich mit Freunden in einer Bar oder Kneipe treffen, gedankenlos ein paar Bier trinken, über Fußballergebnisse plaudern und lachend den Sommerabend ausklingen lassen.

Falls Valentin ihm morgen wieder begegnen sollte, dann hatte der Pförtner einen netten Abend und eine traumlose Nacht hinter sich, an die er sich schon in einer Woche nicht mehr genau erinnern würde.

Vor Valentin lag die *andere* Welt. Dort verging die Zeit langsamer. Unter unsäglichen Schmerzen wurden Menschenkinder geboren. Eine schicksalhafte Welt, in der zum Beispiel ein ärztlicher Fehler verheerende Auswirkungen haben konnte, in der sich zeigte, ob das Baby, das man neun Monate gepflegt und gehegt hatte, gesund und überlebensfähig geboren war.

Diese *andere* Welt war existenziell, bedrohlich und unberechenbar. Vor allen Dingen ganz und gar unberechenbar.

Bei dem Gedanken daran, was alles schiefgehen konnte und welche Konsequenzen das haben würde, verspürte Valentin einen bitteren Geschmack im Mund. Seine Hände begannen zu schwitzen und er musste nachgreifen, weil die

Lederriemen der Geburtstasche ihm aus den Händen zu gleiten drohten.

Wann würde er, Valentin, wohl diesen Gang in die andere Richtung durchqueren? Zurück in die normale Welt? War dann alles gut gegangen?

An Ende des Ganges angelangt, wo ein Aufzug zu Zimmern und Sälen des Kreißsaales führte, drehte sich Valentin nochmals um und sah zu dem Pförtner zurück. Wie durch eine Röhre sah er ihn. Soweit er es aus der Entfernung ausmachen konnte, führte der gerade ein fröhliches Gespräch mit einer jungen Frau.

In diesem Augenblick beneidete Valentin ihn um sein Schicksal, um die augenblickliche Leichtigkeit seines Lebens.

„Valentin, was machst Du? Träumst Du?" ächzte Heike.

Der Aufzug war angekommen. Sie stand bereits in der Kabine und hatte einen Fuß in die Schiebetür gestellt, damit sie sich nicht wieder schloss. Trotz ihres körperlichen Zustands machte sie einen recht ruhigen Eindruck. Sie hatte eine kräftige Statur. So wie sie die Hände in die Hüften stützte und den Rücken etwas nach innen wölbte, um bequemer stehen zu können, war klar, dass sie mit beiden Beinen fest im Leben stand. Natürlich war sie aufgeregt. Aber ihr war anzumerken, dass sie ein Urvertrauen in ihren Körper und den weiteren Fortgang der Dinge hatte, das Valentin fehlte. Ihre Aufregung war eine körperliche Spannung, die sich in dem Vorgang der Geburt entladen würde. Eine Aufregung, die sie heraus pressen würde, während Valentin hektisch wie ein Insekt mit wirren Flugmanövern um sie herumkurvte.

„Valentin?" forderte sie ihn noch einmal auf, jetzt lag doch etwas Ungeduldiges in ihrer Stimme.

„Ähä." Valentin riss sich von dem Pförtner los, schüttelte sich und trabte dann mit gesenktem Kopf in den Aufzug. Der Aufzug war schon älteren Datums. Das Neonlicht der Aufzugskabine flackert kurz, als sich die Tür mit einem mechanischen Rollgeräusch schloss. Mit einem leichten Rucken zog er an. Es ging nach oben, zum Kreißsaal.

Marcus schaute aus dem Fenster hinaus auf den Hof des Bürgerhospitals. Zum einen diente der Hof den Lieferanten und Krankenwagen als Zufahrt, zum anderen waren die Ränder mit breiten Grünstreifen verziert, auf denen einige Bäume und Bänke standen, so dass sich die Patienten die Beine vertreten konnten. Aber gerade waren keine Patienten zu sehen. Der Ort lag menschenleer da.
„Besonders einladend sieht das nicht aus", dachte Marcus. Die Blumenbeete waren geräumt und das Laub der Bäume zeigte bereits erste Anzeichen des Herbstes.
Obwohl die Sonne noch groß und rot am Horizont stand, lag der Hof bereits im Dunkeln und noch während Marcus hinaussah wurden die Laternen eingeschaltet und es legten sich wilde Schatten auf den Beton der Zufahrt.
Unbehagliche, gezackte Schatten.
„Wie gut wäre es, jetzt in Paris zu sein", dachte Marcus. Dabei stellte er sich vor, wie er rauchend in einem Straßencafé saß und zusah, wie der Wind das Laub draußen vorüber trieb.
Paris. In sechs Stunden konnte er mit seinem Alfa Romeo dort sein.
Nicht dass er die Stadt gut kannte, noch hatte er jemals dort gelebt. Marcus war hier in Frankfurt geboren. Genaugenommen war er nur einmal dort gewesen, nämlich auf Klassenfahrt mit dem Physikkurs.
Aber Paris war schon immer die Stadt, wo alle seine Träume zusammenliefen. Die Stadt der Künstler, der Träumer, der Abenteurer. Die Stadt der Boulevards und Cafés.
Paris, Paris, Paris.
Wenn er daran dachte, lockerte sich der harte Griff, der sich um seine Brust gelegt hatte für einen Moment und er gewann wieder etwas an Leichtigkeit.

Paris.

Doch nun stand er hier am Fenster dieses Krankenhauses.

Und es waren nur kleine Fluchten, die ihm gelangen.

War es das Bürger oder das Marien?

Obwohl er in Frankfurt aufgewachsen war, konnte er die beiden Krankenhäuser nicht auseinander halten. Mit Krankenhäusern hatte er bisher nicht viel zu tun gehabt. Einmal hatte er Fabio besucht, nachdem der mit seinem Motorroller gestürzt war. Das musste jetzt drei Jahre zurückliegen. Aber Fabio hatte mit seinem gebrochenen Schlüsselbein oben in der BGU an der Friedberger-Landstraße gelegen.

Claudia hatte hierher gewollt.

Ihm war es egal gewesen. Marcus hatte keine Meinung dazu gehabt.

Trotz des warmen Septemberabends ließ ihn der Anblick der dahingehenden Sonne frösteln.

Verdammt!

Der Junge drehte sich um und schaute auf das Mädchen, das mit konzentriertem Gesicht und geschlossenen Augen in dem flachen Wasserbecken des Kreißsaals saß.

Er ließ seinen Blick lange auf ihr ruhen.

Die Schwangerschaft hatte ihr nichts von ihrer Schönheit genommen. Im Gegenteil. Während andere Schwangere aufquollen, sich ihre Gesichtszüge vom mädchenhaften zum mütterlichen wandelten und sie sich zu Gebärenden verformten, hatte Claudia angefangen in einem göttlichen Licht zu leuchten. Sie hatte nichts von ihrer Zartheit verloren, das musste Marcus zugeben.

Jetzt zuckte ein heller Schmerz über ihr Anlitz und sie atmete mühsam aus. Doch ihre Augen öffneten sich nicht.

Warum hielt sie die Augen geschlossen? Nur um ihn nicht ansehen zu müssen?

Das war ihre Art, ihm zu zeigen, dass sie ihn verachtete.

„Sie will, dass ich mich schuldig fühle", dachte der Junge bitter.

Aber warum sollte es seine Schuld sein?

Wollte sie das?

Was wollte sie? Er wusste es nicht mehr. Er hatte sie verloren. Seit Tagen hatte sie nur das Nötigste mit ihm gesprochen. Dass ihre wagen Pläne, die sie beide einmal für die Zeit mit dem Baby gemacht hatten, längst zerstoben waren, war Marcus klar.

Doch wie sollte es weitergehen? Was nun, da es nicht mehr da war, dieses Einverständnis zwischen ihnen, das sie über das letzte Jahr getragen hatte?

Aber wahrscheinlich dachte sie darüber jetzt gar nicht nach. Sie kapselte sich in ihre Geburt ein und ließ ihn einfach draußen.

Und wenn das Baby da war?

Sie waren erst vier Monate zusammen, als Claudia schwanger geworden war. Da war er noch zwanzig gewesen und sie neunzehn. Inzwischen war er einundzwanzig. Geburtstag hatte er im Juni gehabt.

„Ein Sommerkind!" So hatte ihn seine Mutter immer genannt. Es sollte klingen wie „Ein Sonntagskind!"

Alles an Claudia hatte er einmal gut gefunden.

Dass sie aus einer reichen und konservativen spanischen Familie kam, die er, Marcus, nie zu Gesicht bekommen hatte, weil Claudia eigentlich noch keinen Freund haben durfte. Dass sie, als sich die Schwangerschaft im dritten Monat nicht mehr verheimlichen ließ, abgehauen waren, sich versteckt hatten, zuerst bei Freunden in Frankfurt, dann in Wien, Prag und an der Riviera untergetaucht waren.

Sie hatten gelebt wie in einem französischen Schwarzweißfilm, wie Abenteurer. Und das Baby hatte ihrer Liebesgeschichte einen zusätzlichen Reiz gegeben.

Marcus hatte dieses Lebensgefühl genossen.

Es war perfekt gewesen, die perfekte Leichtigkeit.

Obwohl sie ausreichend Geld hatten, hatten sie immer in billigen Hotels gewohnt. Sie hatten in Cafés gefrühstückt, in denen schmutzige Arbeiter gesessen und geraucht hatten.

Ihre Tage hatten sie mit Herumspazieren verbracht, voller Träume und Optimismus.

Wo sie hinkamen, fielen sie auf.

Er erinnerte sich an eine Szene in Prag. An einem Sommernachmittag waren sie oben auf dem Laurenziberg gewesen.

Claudia hatte auf einer Decke im Gras gelegen und geschlafen. Marcus hatte nicht weit von ihr auf einer Bank gesessen und rauchend auf das Gassengewirr der Altstadt geschaut.

Gut hatte er sich gefühlt.

Irgendwann hatte sich ein älterer Herr zu ihm auf die Bank gesetzt.

„Ein schönes Mädchen." Der Mann hatte ihn unvermittelt auf Deutsch angesprochen. „Ein sehr schönes Mädchen." Er nickte mit dem Kopf zu Claudia hinüber.

„Deine Freundin, ja?"

Ohne zu antworten, hatte Marcus ihn prüfend angesehen.

Der Alte hatte ein freundliches, verschmitztes Gesicht. Zudem war er gut gekleidet, in einer alten aber eleganten Art.

„Wie alt?" fuhr er fort ohne Marcus Antwort abzuwarten.

Das hatte er gefragt, so wie man nach dem Alter eines Kleinkindes fragt, um daraus auf dessen Entwicklungsstand zu schließen.

„Neunzehn."

Der Alte hatte den Kopf hin- und hergewogen und die Antwort wiederholt.

„Neunzehn."

„Und schon schwanger. Das ist schön", hatte er nach einiger Zeit hinzugefügt.

Marcus war klar, dass er Claudia und ihn schon länger beobachtet haben musste, denn so wie sie jetzt dalag, war von ihrer Schwangerschaft nichts zu sehen.

„Gefällt Euch Prag? Es ist angenehm hier im Sommer, nicht wahr? Eine Stadt, in der man glücklich sein kann."

„Wir leben schon einige Monate hier." Marcus hatte das ganz lässig gesagt. Und er hatte *leben* gesagt, um klarzustellen, dass sie keine normalen Touristen waren. Es war ihm wichtig, dass der Alte verstand, dass sie ...- nun, etwas besonderes waren.

„So, so", hatte der Alte gelächelt und weiterhin das schlafende Mädchen betrachtet, als handle es sich um ein Kunstwerk.

„Ich besitze ein Caféhaus, hier in Prag", er deutete auf die Stadt hinunter. „In der Betlemska. Hier ist meine Karte. Es würde mich freuen, wenn ich Euch dort einmal begrüßen könnte."

Dann war der Mann aufgestanden und gegangen.

Der Alte hieß Johannes.

Irgendwann waren sie in sein Caféhaus gekommen. Und es hatte ihnen auf Anhieb gefallen.

Dort verkehrten immer die gleichen Leute. Coole Leute. Extra coole Leute. Johannes hatte Claudia und Marcus vorgestellt, als führe er sie in seine Familie ein. Viele der Gäste waren Schriftsteller, Maler oder Bildhauer. Weder Marcus noch Claudia hatten etwas mit Kunst zu tun. Trotzdem hatten sie nach einiger Zeit zu diesem Kreis gehört. Claudia mit ihrem Witz und ihrer Jugend begeisterte sie alle. Und dann natürlich die Schwangerschaft. Dieser täglich voranschreitende Prozess in Claudias Bauch war das Gesprächsthema schlechterdings. Ein paar der älteren Damen bekümmerten sie stetig und interessierten sich für den Zustand des Babys, als seien sie die Großmütter des Kindes.

Bald kamen sie jeden Tag in das Caféhaus. Ja, manchmal verbrachten sie den ganzen Tag an diesem Ort.

Man grüßte sie wenn sie das Café betraten, man setzte sich zu ihnen an den Tisch oder lud sie ein. Es dauerte nicht lange, dann erwartete man sogar ihr Erscheinen. Wenn sie einmal ein oder zwei Tage fernblieben, dann fiel das auf.

Und was für interessante Leute sie kennenlernten.

An einem Tag wurden sie zur Vernisage eines Bildhauers eingeladen, am nächsten las jemand aus seinem Manuskript.

Marcus schien es, als hätten sie jetzt das wahre Prag entdeckt, das alte Prag, das der Boheme. Und auf geheimnisvolle Weise gehörten sie dazu.

Ja, in dieser Zeit waren sie glücklich gewesen.

Das war das Leben gewesen, das er immer gesucht und bisher nur in Büchern gefunden hatte. Genau dieses Leben war es.

Doch irgendwann – nach Prag - hatte ihre Geschichte nicht mehr funktioniert. Auch wenn Marcus nicht wusste, warum es so gekommen war, so konnte er sich genau an den Moment erinnern, als ihm das klar wurde. Es hatte eine Art Entzauberung stattgefunden.

Wie das Mädchen jetzt in der Wanne saß und auf ihr beider Kind wartete, kam sie ihm fremd vor.

Ihre Augen waren noch immer geschlossen. Nur manchmal verzogen sich ihre Gesichtszüge vor Schmerz.

War das die Claudia, die er geliebt hatte? So sehr geliebt, dass er sich eins mit ihr gefühlt hatte?

Jetzt schien sie ihm unerreichbar fern.

Unfassbar!

Wie sollte das weitergehen?

Das Kind würde kommen. In wenigen Stunden würde es da sein. Und dann?

Er konnte nicht sagen, was sie jetzt von ihm erwartete. Er verstand es nicht. Sie erwartete keine Liebesgeschichte mehr. Das war ihm klar.

Aber er konnte sich keine andere Geschichte zu der neuen Situation ausdenken. Keine Geschichte für sie beide. Nichts, was sie aus dieser Realität hinaustragen konnte. Ihre Zukunft kam ihm so unausweichlich, unerfreulich und nüchtern vor. So banal und auf eine grausame Art schwer.

Marcus drehte sich um und schaute wieder hinaus auf den Hof, der jetzt ganz in einem dunklen Grau versunken war.

In diesem Kreißsaal fühlte er sich fehl am Platz. Überflüssig. An die Wand gedrückt. Er hatte dieses elende Gefühl, dass es nichts gab, was er geben konnte. Aber nichts zu tun und nur mit den Händen in den Hosentaschen hier zu stehen war genauso falsch.

Ja, er konnte Claudia hier zurücklassen. Ihre Familie würde sie auffangen. Und vielleicht war es sogar das, was sie sich wünschte.

In sechs Stunden konnte er in Paris sein und wieder eintauchen in diese andere Welt, die soviel besser war, als die jetzige, in der er es einfach nicht mehr aushielt.

2

Um in die Geburtsstation zu gelangen musste man
Klingeln. Die schwere Tür mit der Milchglasscheibe war
verschlossen und unter dem Schild "Kreißsaal" hing ein
zweites, auf dem "Bitte klingeln" stand. Der Klingelknopf
war blank gescheuert und der weiße Lack darum sah
schmutzig und abgenutzt aus. Dadurch dass man den
Zugang zu dieser Station einschränkte, bekam sie etwas
Wichtiges, denn zu den meisten anderen Stationen des
Krankenhauses hatte man freien Zutritt.
Indem man den Kreißsaal verschlossen hielt, wollte die
Krankenhausleitung den gebärenden Eltern Ruhe
verschaffen. Vor allen Dingen wollte man verhindern, dass
irgendwelche Besucher ob gewollt oder zufällig in diese
Spähre vordrangen. Eine Maßnahme, die sich bisher
bewährt hatte. Geburt ist Privatsache und niemand hat
gerne Publikum dabei.
Die Geburtstation hatte fünf Kreißsäle. Die Kreißsäle waren
nummeriert und das Personal bezeichnete sie als K1, K2,
K3, K4 oder K5. Zwei der Kreißsäle waren extravagant,
nämlich K4 und K5. Sie waren später erst hinzugekommen.
In K4 befand sich ein Romarad. Dabei handelt es sich um
einen futuristisch anmutende Vorrichtung, die es
ermöglichen sollte, das Kind im Sitzen zu gebären. Eine
Vorrichtung, die so gut wie nie benutzt wurde. Zumindest
hatte Augustine Morgentau in ihrer zwei Jahre andauernden
Tätigkeit als Gynäkologin im Bürgerhospital keine Geburt
im Romarad miterlebt. Im zweiten befand sich ein
bodennahes, mit kleinen Mosaikfließen ausgestaltetes
Becken. Das sollte eine Wassergeburt ermöglichen, war
aber letzten Endes genauso erfolglos wie das Romarad.
Dennoch wurde diese beiden Kreißsäle bei Führungen und
Präsentationen immer besonders hervorgehoben, um die

moderne Ausrichtung der Station zu unterstreichen.

Zu den Kreißsälen gab es noch die zwei kleinen Untersuchungszimmer und das Stationszimmer.

Wenn sich die Tür öffnete und man die Geburtsstation betrat, fühlte man sich nicht mehr wie in einem Krankenhaus. Die Station hatte ein angenehmes und weiches Flair. Die Wände waren nicht klinisch-weiß sondern pastellfarben. Überall hingen Pinnwände mit Photos von Neugeborenen und glücklichen Eltern. Rechts und links des Flures, der die einzelnen Kreißsäle miteinander verband, waren hölzerne Sprossenwände angebracht. Die Stühle, die hier und da herumstanden waren aus hellem Buchenholz. Nur der Bodenbelag aus Linoleum war etwas misslungen. Dennoch war die Geburtsstation die bei weitem „netteste" Station im ganzen Krankenhaus. Sie ähnelte einem gut aufgeräumten Kinderzimmer. Man hatte sich Mühe gegeben, den werdenden Müttern und Vätern, die hier manchmal Tage und Nächte verbrachten, ein möglichst fröhliches und hoffnungsfrohes Ambiente zu bieten.

Dennoch herrschte auf der Station immer eine gespannte und betriebsame Stimmung. Die Krankenschwestern, Hebammen und Ärzte, die hier ihren Dienst taten, hatten nur selten Gelegenheit eine Pause zu machen und gesellig im Stationszimmer zusammen zu sitzen.

Auf dem Flur, sprach man automatisch leise, so wie man die Stimme senkt, wenn man eine Kirche betritt. Manchmal war es tatsächlich sehr still, und aus den angrenzenden Zimmern drang nur hin und wieder ein leises Wimmern. Doch dieses Wimmern war wie das Säuseln kleiner Windböen, die einem Sturm voraus eilen. Schon im nächsten Moment konnte lautes Stöhnen erklingen, das sich schnell zu einem unmenschlichen Geschrei veränderte. Hin und wieder flog dann sogar eine Tür auf, und eine Hebamme, die dringend etwas benötigte überquerte eilig den Gang.

Die Station kannte keine Ruhe. Eine gewisse Geschwindigkeit schien hier zur Grundstimmung zu gehören. Weder beim Personal noch bei den Patienten gab es jemanden, der entspannt und gemütlich herumstand. Geburt kennt keinen Tag oder Nacht, kein Wochenende oder Sommerferien. Sie findet fortwährend statt. In jedem Moment wirft die Menschheit neues Leben aus, um die Sterbenden zu ersetzen und zu jeder Sekunde im Jahr lag eine träge aber strenge Vibration in der Luft des Kreißsaals, die jeden Augenblick beschleunigt werden konnte, bis hin zur Raserei.

Jeden zweiten und vierten Dienstag im Monat veranstaltete das Bürgerhospital einen Informationsabend für werdende Eltern. Teil des Programms war auch eine Führung durch die Geburtsstation. Die Besuchergruppen bewegten sich dann leise und geduckt, wie eingeschüchterte Ferkelchen, denen man schon einmal die Schlachtbank vorführt, auf der eines Tages ihr Leben enden wird.

Geburt bedeutet auch Angst.

Inzwischen war Augustine Morgentau auf der Station eingetroffen. Sie hatte ihren weißen Arztkittel übergezogen und die Schuhe gegen weiße Birkenstocksandalen getauscht. Die langen dunklen Haare waren zu einem Dutt zusammengepfercht. Auf ihrem Namensschild war ein klares „Doktor Morgentau" zu lesen. Auf dieser Anrede bestand sie gegenüber den Patienten, gegenüber den Hebammen und den Schwestern und natürlich gegenüber dem "Alten". Mit der Augustine, dem leichtherzigen Mädchentyp, die vor kurzem noch rauchend auf der Eingangstreppe gesessen hatte und über ihr Leben nachdachte, schien Frau Doktor Morgentau nichts mehr gemein zu haben.

In der Tat war sie medizinisch gesehen außergewöhnlich gut. Schon im Studium hatte sie zu den Besten gehört. Auch deshalb weil sie einen Zugang zur Mathematik und der Naturwissenschaft hatte. Sie hatte einen messerscharfen und wissenschaftlichen Verstand. Das unterschied sie von der Schar der Ärzte, die nur über die grundsätzliche Voraussetzung für ein Medizinstudium verfügten, nämlich auswendig lernen zu können, ehrgeizig und hierarchiegläubig zu sein.

In den Jahren ihres Berufslebens hatte sie gelernt eine Station in den Griff zu kriegen. Das war nicht immer einfach, denn ein städtisches Krankenhaus ist organisatorisch immer ein Chaos, hervorgerufen durch überkommene Hierarchien, Kompetenzgerangel zwischen Leitung, Schwesternschaft und Ärzteschaft, Nichtzuständigkeiten und der Eitelkeit von Ärzten. Bei einer Geburtsstation kommen erschwerend die Hebammen hinzu. Dieser besondere Menschenschlag glaubt den Gynäkologen auf Grund der praktischen Erfahrung und ihrer zumeist selbst erdichteten esoterischen Weltsicht weit überlegen zu sein. Ärztliche Vorgaben und Ratschläge an die Gebärenden und Mütter wurden von Hebammen gerne hintertrieben und durch eigene „ganzheitliche" Ideen zu ersetzen versucht. Ein ganz besonderes Ärgernis.

Aber Augustine hatte gelernt sich durchzusetzen und sich Achtung zu verschaffen. Diskussionen ließ sie nicht zu und fast immer gaben ihr die Resultate recht. Hier auf Station wollte sie weder nett sein noch als nett gelten. Wenn sie der diensthabende Arzt war, dann galt ihr Wort und nichts sonst.

Gerade befand sie sich im Stationszimmer und studierte die vier Patientenakten, die ihr Vorgänger ihr überlassen hatte.

Barbara trat ein. Sie trug eine Packung CTG Papier unter den Arm geklemmt, den sie nun auf die Ablage stellte, um sich die Hände zu waschen. Dazu musste sie aber eine Reihe von Kaffeetassen beiseite räumen, die das Spülbecken blockierten.

„Mann, Kollar!" schimpfte sie, weil sie den Vorgänger von Augustine Morgentau in Verdacht hatte, wie üblich seine Tassen achtlos zurückgelassen zu haben.

Kaffee war ein wichtiges Betriebsmittel der Geburtsstation. Unterhalb der Mikrowelle, die in Kopfhöhe hing, stand eine große Kaffeemaschine, die sowohl das Personal als auch die wartenden Väter versorgte. An den Schränken hingen Zettel. „Wer den letzten Kaffee nimmt, bitte für neuen sorgen!" und „Leere Kaffeetassen bitte auf dem Geschirrwagen abstellen!"

Beide waren von Barbara, die einen aussichtslosen Kampf um etwas mehr Ordnung und Organisation im Stationszimmer führte. Ein weiterer, auf dem die Frage „Was ist Liebe?" stand, war von einem Unbekannten angebracht worden.

„Hi Barbara", sagte Augustine und sah zu der Hebamme auf.

„Hallo Doktor Morgentau. Sie haben schon wieder geraucht", grummelte die Hebamme. „Man riecht es!"

Augustine ignorierte diese Bemerkung.

Die Nachtschichten im Kreißsaal des Bürgerhospitals werden mit zwei Schwestern, einer Hebamme und einem Arzt besetzt. Eine weitere Hebamme und ein weiterer Arzt hatten im Hintergrund Bereitschaft.

Augustine fand, dass Barbara eine gute Partnerin sei. Sie hatte viel Erfahrung, konnte anpacken wie ein Mann und war nicht faul. Ihr Schwachpunkt war der unsensible Umgang mit den Gebärenden, vor allen Dingen mit deren männlichen Begleitern. Im Grunde genommen war sie eine Art Raubein. Niemals wäre Doktor Morgentau auf die Idee gekommen, privat mit ihr Kontakt aufzunehmen. Doch im Kreißsaal konnte man sich auf sie verlassen. Und das war es, was zählte.

„Welche Schwestern haben denn heute Nacht Dienst?" fragte Augustine, ohne von den Patientenakten aufzusehen.

Barbara wendete den Kopf und fixierte den Dienstplan.

„Sybille & Sybille", antwortete sie dann. Sie spuckte die beiden Namen geradezu aus.

Augustine runzelte die Stirn. Die beiden genannten, die

beide tatsächlich mit Vornamen Sybille hießen, waren auch nicht gerade ihre Wunschbesetzung. Sie waren typische junge Krankenschwestern: Blond, solariumgebräunt und ihr einziger Daseinszweck schien zu sein, möglichst schnell zur Arztgattin aufzusteigen. Zumindest verhielten sie sich so. Sobald ein Arzt auf Station war, richteten sie sich nach ihm aus wie Kompassnadeln nach Norden. Und vergaßen vieles andere. Außerdem fehlte ihnen noch die Nervenstärke, die man für den Dienst auf der Geburtsstation brauchte.

Vor Augustine hatten sie großen Respekt, obwohl sie kein Mann war. Aber dass Augustine aus eigener Kraft Frau Doktor Morgentau geworden war, dass sie gut aussah, teuren Schmuck trug und aus „gutem Haus" kam, das beeindruckte Sybille & Sybille sehr.

Mit den Hebammen hingegen verband sie gegenseitige, allertiefste Verachtung. Vor allen Dingen mit Barbara kamen die beiden gar nicht gut aus.

„Wo sind die beiden jetzt?"

„Keine Ahnung. Vielleicht in der Pause?" Barbara zuckte die Achseln. „Vielleicht erholen sie sich von Doktor Kollars Anwesenheit? Wer weiß."

Es war nicht zu übersehen, dass die Hebamme schlechter Dinge war. Das kam häufiger vor. Augustine hatte sich daran gewöhnt und fragte nicht nach dem Warum. Aber vorsichtshalber ließ sie der Hebamme eine kleine Warnung zukommen.

„Ich möchte bitte keinen Ärger, Sticheleien oder sonst etwas vor den Patienten, Barbara. Okay?" Augustine hatte das freundlich aber bestimmt gesagt und dabei Barbara angeschaut. Schon mehrmals war es zwischen Barbara und einer der Sybillen zum öffentlichen Streit gekommen. Und wenig war für die Gebärenden oder Patienten schlimmer, als wenn das Fachpersonal, dem sie ja vertrauen sollten, begann untereinander Gehässigkeiten auszutauschen oder sich über ärztliche Maßnahmen zu streiten.

„Schon kapiert, Doktor Morgentau", grummelte Barbara.
„Wieso fehlt hier der Mutterpass? Und hier auch?!"
Die Hebamme schaute über Augustines Schulter auf die Krankenakte.
„Ach, die. Die ist schon durch. Das Baby ist schon da. Eine Serbin. Von Kopf bis Fuß tätowiert. Hatte natürlich keine Ahnung, dass man den Mutterpass zur Geburt mitbringen könnte."
Barbara machte eine Pause während sie irgendetwas in einer der Schubladen suchte.
„Komische Paare heute", fuhr sie dann fort. „Eine vollkommen durchtrainierte Frau. Und ihr Typ ist so unsympathisch, das kann man sich nicht vorstellen."
„So was von unsympathisch", brummte sie vor sich hin.
„Und auch alles noch Erstgebärende."
Augustine schüttelte den Kopf, als wolle sie das Gerede der Hebamme abschütteln. Fachlich war Barbara eine gute Hebamme. Die negative Sicht- und Ausdrucksweise, die Barbara in ihren Phasen von schlechter Laune annahm, ging Augustine auf die Nerven. Obwohl sie sich manchmal fragte, ob sie nicht irgendwann genauso enden würde, stumpf geworden durch hunderte von Geburten.
"Hier", Barbara legte einen Excel-Sheet Ausdruck von Valentin vor Augustine auf den Tisch. "So ein Typ mit Strickjacke, ein unglaublicher Besserwisser, hat eine Tabelle mit der Wehentätigkeit seiner Frau erstellt. Sie möchten bitte kontrollieren, ob alles in Ordnung ist. Seiner Meinung nach ist alles in Ordnung." Eine Portion Hohn schwang in ihrer Stimme mit.
Augustine nahm das Blatt entgegen und legte es ohne einen weiteren Blick neben sich.
"Wir machen gleich Visite. Dann kümmere ich mich darum", sagte sie. "Wer ist am weitesten?"
"Sieht aus, als wäre die Spanierin die nächste. Die ohne Mutterpass."
"Gut, dann lass uns da zuerst rein." Die Ärztin sortierte die

Patientenakten und schnappte sich die des jungen Mädchens.

"Wo liegt denn die Spanierin?" fragte sie Babara, als sie das Stationszimmer verließen.

"K4. In der Wanne. Irgendwie kam sie auf die Idee, dass eine Wassergeburt besonders einfach wäre. Wenn sie erst hinein gekackt hat, wird sie es sich sicher anders überlegen!"

„Mann, Barbara!" Augustine hielt einen Augenblick inne und blieb vor der Hebamme stehen. „Mach dich locker. Ich weiß nicht warum du so biestig bist heute. Okay, vielleicht hattest Du einen Scheißtag. Ich will es aber gar nicht wissen. Ich brauche Leute die funktionieren und nicht Leute die ihre Gemütslagen hier ausleben!"

„Ja, ja. Schon okay. Ich krieg mich wieder ein."

Augustine hatte manchmal das Gefühl, dass Barbara ab und zu eine Zurechtweisung brauchte, ja, dass sie sie geradezu herausforderte durch ihren Sarkasmus. Meistens lief es danach aber wieder rund.

„Spricht sie deutsch?"

„Perfekt. Sie ist hier in Frankfurt aufgewachsen. Soweit ich verstanden habe, leben ihre Eltern auch hier."

Die Ärztin zog die Tür zum Kreißsaal auf und trat ein.

Schon weit über hundert Mal war Augustine zu einer Visite angetreten. Normalerweise galt ihre ganze Aufmerksamkeit der Schwangeren und der bevorstehenden Geburt. Natürlich nahm sie auch die Väter oder andere Angehörigen, die die werdende Mutter begleiteten wahr. Aber doch nur in zweiter Linie und mehr in der Art, dass sie sie in eine Schublade einordnete, wie „überbesorgter Vater", „gestresster Vater", „Nervensäge" und der gleichen mehr. Aber hier war das anders.

Doktor Kollars Scherz, dass es sich um Claudia Cardinale und Alain Delon handelte, war eine sehr gute Beschreibung für die beiden. Als Augustine nun Marcus ansah vergaß sie sogar für einen Augenblick, dass sie sich im Kreißsaal befand. Erstaunt musterte sie den jungen Mann. Seine Kleidung war im Stil dieser alten französischen Schwarzweiß-Krimis, die man manchmal noch in den Kommunalen Kinos sah. Eine einfache schwarze Stoffhose, ein weißes Hemd und schwarze Anzugsschuhe. Lässig und elegant, dabei nicht zu auffällig. Aber doch irgendwie etwas aus der Zeit gefallen und ganz untypisch dafür, wie die Männer sonst so im Kreißsaal erschienen. Seine schwarzen Haare, dieses jungenhafte, abenteuerliche an ihm … dieser Junge hatte etwas Sehnsucht erweckendes … und gleichzeitig etwas verletzliches. Einen Augenblick war Augustine neidisch auf das Mädchen und den Jungen. Es schien ihr, als besitze der Junge etwas, wonach Augustine schon immer vergeblich gesucht hatte. Sie fragte sich, was das war. Vielleicht war es dieses Gefühl, dass sich das ganze Leben vor einem ausbreitete wie die Landkarte von einem bisher unbekannten geheimnisvollen Kontinent, der nur darauf wartete entdeckt zu werden.

So wirkte es auf Augustine, die nun unbewusst ihr Haar zurückstrich. Eine Geste, die in diesem Moment ganz ohne Sinn war, denn Doktor Morgentau trug ihre langen schwarzen Haare ja zu einem Dutt geschnürt, aus dem auch nicht ein Härchen hervorstach. Aber eine Geste, die Frauen häufig dann ausführen, wenn sie tief in ihrem Inneren wünschen, wahrgenommen zu werden.

All das dauerte nur einen kurzen Augenblick, denn Barbara, die hinter Augustine in den Kreißsaal trat, war leicht gegen die Ärztin gestoßen, als diese so abrupt stehen geblieben war.

Durch den Schubs wieder auf die Spur gebracht, schüttelte Augustine entschlossen den Kopf, als wolle sie sich von dem starken Eindruck, den Marcus auf sie gemacht hatte, befreien.

Was sie als nächstes spürte, war die gespannte Atmosphäre im Raum. Man konnte es geradezu greifen. Hier lief ganz deutlich etwas schief. Nichts medizinisches. Nein. Aber zwischen den beiden war etwas vollkommen nicht in Ordnung. Das war kein Paar. War er überhaupt der Vater?

Das Mädchen war verstockt und nervös, das sah Augustine sofort. Mit ihren vollen Brüsten, ihr er leicht dunklen Haut, diesen Augen und dem perfekten Kugelbauch klebte sie wie ein Krebs am Rand der Wanne. Der Junge hatte nicht gegrüßt als sie den Raum betreten hatte, nur kurz aufgesehen. Nun schaute er wieder aus dem Fenster. Das war natürlich völlig untypisch. Normalerweise bestürmten die Väter Augustine Morgentau mit Fragen. Dabei war die erste Frage immer: „Wie lange dauert es noch?"

Die Ärztin hätte nicht sagen können, warum der Junge sich so ins Abseits stellte. Es schien ihr keine Bösartigkeit oder Ablehnung dahinter zu stecken. Vielmehr hatte sie das Gefühl, dass er sich von der ganzen Situation abkapseln wollte, weil er überfordert war.

Ja, bei beiden war dieser Grad von Überforderung erreicht, wo der Stress keinen klaren Gedanken mehr zulässt.

Das arme Mädchen.

Eine Welle von Mitgefühl strömte durch Augustines Herz. Sie wandte sich der Schwangeren zu und lächelte sie an.

„Sooo", begann sie, kniete sich neben das Bassin, um auf Augenhöhe mit Claudia zu sein und legte eine Hand auf ihr Knie.

„Ich heiße Augustine", fuhr sie dann fort. Ganz bewusst machte sie hier eine Ausnahme und stellte sich mit Ihrem Vornamen vor. Ihre Stimme hatte einen warmen Ton angenommen und sie strich dem Mädchen zärtlich über das Haar. Hier war Nähe notwendig.

„Ich bin heute Nacht Deine Ärztin. Du brauchst keine Angst zu haben. Wir werden dein Baby sicher auf die Welt bringen. Hast Du mich verstanden?"

Claudia sah sie nun an und nickte.

„Wie heißt Du?" fragte die Ärztin, obwohl sie den Namen aus den Unterlagen kannte.

„Claudia", flüsterte das Mädchen.

„Claudia, immer wenn Du mich brauchst, bin ich sofort für Dich da. Die Hebammen und die Schwestern bekommen Anweisung, mich zu rufen, wenn Du es verlangst. Ich bin die ganze Nacht wach. Ich schlafe nicht. Morgen früh gegen acht endet meine Schicht. Aber falls dein Baby bis dahin nicht geboren wurde, dann bleibe ich solange bis es kommt. Das verspreche ich Dir, okay?"

„Okay." Das Mädchen schwitzte. Ihre Stimme war wie ein rauer Windhauch, aber Augustine merkte, wie sie sich etwas entspannte.

„Nun kommen wir zu ein paar medizinischen Fragen."

Augustine holte Luft und lächelte als sie fortfuhr: „Als erstes möchte ich wissen, ob Du das Kind wirklich hier in der Wanne bekommen möchtest. Nicht dass das nicht möglich ist, aber eine Wassergeburt ist eher ungewöhnlich und nicht unbedingt der leichteste Weg."

Doktor Morgentau war, im Gegensatz zu Barbara und auch dem „Alten" kein Freund der Wassergeburt. Im Wesentlichen weil man bei dieser Geburtsmethode nicht ohne weiteres eine PDA setzen konnte. Zudem musste man im Falle von Komplikationen die Schwangere erst aus dem Wasser ziehen. Und manchmal, falls es zu einem Geburtsnotfall kam, musste es einfach schnell gehen. Man verlor dann die Zeit, die nötig war, um sie in einen anderen Kreißsaal zu verlegen.

„Ich habe im Internet gelesen, dass es weniger weh tut und besser für das Baby ist und...", antwortete das Mädchen ohne den Satz zu beenden.

Das Internet. Wie alle Ärzte verfluchte Doktor Morgentau das Internet. Eigentlich stündlich wurde sie von den Gebärenden und ihren Männern mit irgendwelchen Halbwahrheiten aus diesem Medium konfrontiert. Zu Anfang ihrer ärztlichen Tätigkeit hatte Augustine noch versucht, diese Halbwahrheiten zu entkräften. Aber sie hatte die Erfahrung gemacht, dass daraus schnell endlose Diskussionen werden konnten, die zu wenig führten und

Zeit kosteten, die sie für den Stationsbetrieb benötigte. Männer, die noch nie bei einer Geburt dabei gewesen waren, hatten ihr, die sie schon Hunderten von Babys auf die Welt geholfen hatte, erklärt, was in dieser und jener Situation zu tun sei, weil sie das im Internet gelesen hatten. Daraufhin hatte sich die Ärztin ein paar Strategien zurecht gelegt, um „Internetsituationen" zu einem kurzen Ende zu bringen. Bei dem Mädchen fiel die Entscheidung, welche sie anwenden sollte, leicht.

„Vertraust Du mir, Claudia?"

Claudia schaute fragend auf.

Ja." nickte sie dann.

„Gut. Dann bleibst Du jetzt noch eine Viertel- oder Halbe Stunde in der Wanne. Und dann nichts wie raus aus dem Wasser. Wir verlegen dich in einen Kreißsaal mit einem schönen breiten Bett, okay? Glaub mir, das ist am Ende angenehmer als eine Wassergeburt. Einverstanden?"

„Einverstanden", flüsterte das Mädchen und Augustine nickte zufrieden.

"Was wird es denn? Ein Junge oder ein Mädchen? Habt ihr schon einen Namen ausgewählt?"

"Ich weiß es nicht", sagte die Spanierin. „Ich weiß es nicht. Wir ...-„

Bei diesem „Wir" brach sie ab.

Der Satz, den sie hatte aussprechen wollen, war vor einiger Zeit noch wahr gewesen, aber jetzt ohne Bedeutung. Es hatte eine Hoffnung gegeben und eine Zukunft. Aber die war nicht mehr. Der Blick der Spanierin ging für einen Moment hinüber zu dem Jungen. Auch wenn Augustine es in diesem Moment nicht wirklich verstand, ahnte sie doch, was das Problem war. Das was den Jungen und das Mädchen verbunden hatte, war aus irgend einem Grund zerbrochen. Und das was zerbrochen war, musste sehr tief gewesen sein.

"Wo ist dein Mutterpass?" fuhr sie fort. „In den Unterlagen habe ich ihn nicht gefunden. Hast Du Dich vorher denn nicht untersuchen lassen?"

"Doch, aber wir waren unterwegs. In Wien, in Prag ..." Bei dieser Antwort schwang ein Rest Stolz in der Stimme des Mädchens mit, etwas kämpferisches. Doch dann fing sie an zu weinen. Die Tränen schossen über ihre braunen Wangen. Es war ein ganz bitterliches Weinen.

„Wer weiß", dachte Augustine. „Vielleicht hat ihr Stolz das lange nicht zugelassen. Aber nun ..."

Augustine warf einen kurzen Blick zu Marcus, ob eine Reaktion von ihm kam. Doch der Junge stand da, die Hände in seine Hosentaschen vergraben, irgendwie hölzern. Er schien sich nicht zu verkriechen, aber doch irgendwie abzusondern und war weit davon entfernt seine Freundin trösten zu können. Ein bitterer Zug war auf seinem Gesicht erschienen und ließ ihn älter wirken als er war.

Er war niemand, der einem anderen Halt geben konnte, egal ob er es wollte oder nicht, er konnte es schlichtweg nicht. Obwohl er sein Gesicht abgewandt hatte und weiter aus dem Fenster sah, konnte man ihm ansehen, wie seine Gedanken in seinem Kopf auf der Suche nach einem Ausweg hin und her ruderten.

„Oje", dachte Ärztin. „Das kann ja heiter werden."

Die Spanierin war jung. Körperlich würde die Geburt sicher kein Problem werden. Aber ohne moralische Unterstützung konnte die Sache unnötig schwierig werden. Einen Augenblick lang überlegte Augustine, ob sie nicht vorschlagen sollte, dass das Mädchen ihre Mutter hinzuzog. In dem Aufnahmebogen hatte sie eine Frankfurter Adresse angegeben. Vielleicht war es möglich, dass ihre Eltern schnell dazukamen. Doch dann schien ihr das zu gewagt, weil sie nicht wusste welches Verhältnis das Mädchen, der Junge und ihre Eltern untereinander hatten.

Sollte sie fragen?

„Ich muss weitermachen!" ermahnte sie sich. „Es sind noch mehr Patienten da und für alle wird die Geburt hart werden."

Die Ärztin legte dem weinenden Mädchen die Hand auf die Schulter.

"Schon gut, Claudia, das wird alles gut werden. Jetzt bringst Du erst einmal Dein Baby zur Welt, nichts anderes zählt in dieser Nacht. Nur Du und dein Baby. Und dann sehen wir weiter. Barbara, gib mir bitte das CTG."

Die Hebamme, die die ganze Zeit schweigend neben ihr gestanden hatte, reichte ihr den Papierstreifen. Sie warf einen kurzen Blick auf die Kurven. Alles sah normal aus.

Plötzlich verzerrte das Mädchen ihr Gesicht und stöhnte.

"Das Baby drückt jetzt. Es ist dein Kind und es ist auf dem Weg in die Welt", sagte Augustine Morgentau. "Du machst das schon richtig. Du brauchst keine Angst zu haben. Dein Körper und dein Kind machen alles richtig."

Sie ließ die Hände auf den Schultern des Mädchens ruhen bis die Wehe vorbei war.

"Ich bin da", flüsterte Augustine ihr jetzt zu. "Siehst du, ich bin immer im Umkreis von zehn Metern um dich herum. Auch wenn Wände dazwischen sind. Ich bin da. Jetzt muss ich nach den anderen sehen. Aber wenn du mich rufst, komme ich", wiederholte sie nochmals.

Claudia sah Augustine an.

„Danke", sagte sie dann leise.

Marcus blickte auf. Er sagte nichts, sondern nickte nur kurz.

Augustine war sich nicht sicher, ob diese Art zu Nicken und die Augen niederzuschlagen eine einstudierte oder eine natürliche Geste war.

Sie stand auf und ging hinaus.

„Puuhh!" seufzte die Ärztin, als sie mit Barbara wieder in dem Vorraum war. „Die Armen."

Sie bedauerte das Mädchen und auch den Jungen.

Die Hebamme schwieg. Aber Augustine glaubte zu wissen, was sie dachte. Die Hebamme war neidisch auf Claudia. Claudia war zu schön, zu sehr Sonnenschein, zu sehr verwöhnt von der Welt. Jemand wie Barbara gönnte ihr dieses Unglück ihres Glückes wegen.

Ein Bestandteil der Geburt, das wusste Valentin bereits, war das Warten in Untersuchungsräumen. Wenn man im Kreißsaal ankam, wurde man immer erst in einen Untersuchungsraum geführt. Dort blieb man lange Zeit allein. Allein mit der Gebärenden und seinen Gedanken.

Auch dieses Mal waren Heike und Valentin entgegen seiner Hoffnung nicht gleich in einen Kreißsaal sondern wieder nur in ein Untersuchungszimmer gekommen. Eine mürrische Hebamme hatte Heike hier untersucht und das CTG angeschlossen. Eine befriedigende Auskunft darüber wie es denn weiterginge und ob es denn voranginge hatte der Physiker trotz mehrmaligen Nachfragens nicht bekommen.

So saß er denn da, allein mit seinen Gedanken und lauschte dem langsamen Schaben, das durch die Papierrolle des Messgerätes hervorgerufen wurde.

Das CTG machte den Herzschlag des Babys für die Außenwelt hörbar. Es war mehr ein Kontroll- denn ein Untersuchungsinstrument, das einen die ganze Geburt über begleitete, wie eine Armbanduhr, die man immer trug.

Valentin schaute prüfend auf das Gerät. Zum dritten oder vierten Mal zog er nun seine Lesebrille hervor, um es eingehender zu betrachten. Ein flacher, weißer Plastikkasten mit viel Elektronik darin. Oben ein Thermodrucker, der die Kurven auf einen laufenden Papierstreifen zeichnet. Daneben eine Digitalanzeige, die den augenblicklichen Herzschlag auswies. Der Herzschlag seines Babys war normal – wenn man dem CTG glauben konnte. Und ob dem so war, daran zweifelte er.

Als promovierter Physiker verbrachte er beruflich viel Zeit in Labors und kannte sich mit Messgeräten aus.

Bei den ersten zwei Besuchen im Bürgerhospital, als Heike und er dachten, dass Baby sei schon auf dem Weg, waren sie in einem anderen Untersuchungszimmer geparkt worden. Dort stand ein neues CTG der Firma Siemens.

Siemens baute hervorragende Messgeräte und hatte eine sehr gute Qualitätskontrolle.

Dass das Gerät in diesem Untersuchungszimmer von einem asiatischen Hersteller stammte, den Valentin nicht kannte und bereits älteren Datums war, beunruhigte ihn. Ohne dass Heike es merken sollte, hatte er nach dem Typenschild gesucht und dann den Herstellernamen und die Kennung in eine Suchmaschine seines Smartphones eingegeben. Er hatte jedoch keinen Treffer erzielt. Und für eine langfristige Recherche fehlte ihm die Zeit.

In seiner ohnehin schon angespannten nervlichen Situation, trug das nicht zu seiner Beruhigung bei.

Misstrauisch betrachtete er das CTG. Mit alten Messgeräten asiatischen Fabrikats hatte Valentin keine guten Erfahrungen gemacht. Sie konnten immer einmal fehlerhaft arbeiten.

Auch schien es ihm, dass die Hebamme, die sie betreute mit der Handhabung dieses Geräts nicht sonderlich vertraut war. Schließlich war sie ja nur eine Hebamme und keine Physikerin. Vielleicht war auch die Übersetzung der Bedienungsanleitung aus dem asiatischen ins deutsche mangelhaft, und sie hatte sie nicht richtig verstanden. So etwas kam häufig vor. O ja, Valentin kannte einige Beispiele in denen Messgeräte wegen mangelhafter Qualität oder unsachgemäßer Bedienung falsche Resultate gelieferte hatten.

Was also wenn dieses asiatische CTG zwar eine beruhigende Herzfrequenz von 120 bis 180 Tönen pro Minute verzeichnete, aber in Wirklichkeit schlug das Herz des Babies nur 60 bis 80 Mal?

Sein Baby würde dann an Sauerstoffmangel leiden, was nach kurzer Zeit bereits zu Schädigungen des Gehirns führte. Physiker konnte es dann nicht mehr werden.

Während er unablässig die Zickzacklinie beobachtete, die

auf die schmale Papierrolle gezeichnet wurde, rückte er den Schallkopf auf dem Bauch seiner Frau zum wiederholten Male zurecht.

"Valentin, was machst Du da?" ächzte Heike und schaute ihn fragend an.

"Äh, ich rücke die Sensoren zurecht", näselteValentin.

"Warum?"

"Weil, äh, mir schien, sie saßen nicht richtig."

„Valentin, ..."‚ begann Heike obwohl ihr das Sprechen gerade schwer fiel. Sie kannten ihren Mann ja nun schon einige Jahre und wusste, dass er in schwierigen Situationen zu fixen Ideen neigte. Die Geburt machte ihn nervöser als sie. Seit Beginn ihrer Schwangerschaft beschäftigte er sich ausschließlich mit Büchern und Studien zur Geburt und terrorisierte sie mit seiner ewigen Besserwisserei.

„Valentin, es wird schon werden. Alles ist gut. Dem Baby geht es gut. Ich kann das fühlen. Mir geht es auch gut. Alles ist okay."

„Ja", sagte Valentin. „Du hast wahrscheinlich recht."

Doch diese Beruhigung hielt nur kurze Zeit an. Nervös fingerte Valentin an den Knöpfen seiner Strickjacke herum. Einer der Knöpfe hing etwas herunter, so dass Valentin die Bindfäden anzog. Eine Zeit lang versuchte er sich ganz auf den schwarzen Stofffaden zu konzentrieren. Er zog den Faden nach außen und wickelte ihn um den Fuß des Knopfes, machte einen kleinen Knoten und biss das überstehende Stück ab. Ein unbeteiligter Beobachter hätte sich bei diesem Vorgang an einen sich lausenden Affen erinnert. Tatsächlich war es Valentin für einen ganz kurzen Augenblick gelungen, sich der Dynamik der Geburt zu entziehen. Aber leider nur für einen ganz kurzen Augenblick.

Als seine Frau wieder eine Wehe bekam, beobachtete er wieder den zweiten Schreiber des CTGs, der die Wehentätigkeit aufzeichnete. Er sollte jetzt ausschlagen. Doch obwohl Heike nun laut aufstöhnte, rührte sich der

Zeiger keinen Millimeter. Keinen Millimeter!

Aha! Also doch!

Das hatte er nun schon mehrmals beobachtet!

„Wie geht es dir? Gut?" fragte er betont beiläufig, als seine Frau sich erholt hatte.

Sie schaute ihn fragend an.

„Ja, ganz gut."

„Hattest du eine Wehe?"

„Natürlich hatte ich eine Wehe. Das hast Du doch wohl gehört! Warum fragst du?"

„Mit dem Baby ... – alles okay?"

„Valentin, gerade hatte ich dir gesagt, dass alles okay ist. Worauf willst du hinaus? Ist irgendetwas nicht in Ordnung?"

„Doch, doch", lachte er meckernd. „Alles in Ordnung", beeilte er sich zu versichern. Er wusste, dass nicht der richtige Zeitpunkt war, ihr seine Ansicht und seine Ängste über das CTG mitzuteilen. Er wusste, dass er jetzt ruhig bleiben sollte. Sicher war alles in Ordnung. Die Sterblichkeitsrate von Babys bei der Geburt war in Deutschland nahe null. Genau genommen 0,545 Prozent. Und darin waren Frühgeburten, Totgeburten und Risikogeburten mitgezählt. Heike war gesund. Und alle Untersuchungen vom Embryostadium bis heute waren vortrefflich verlaufen. Es bestand also keine Gefahr.

„Ruhig bleiben, Valentin", dachte er. „Ruhig bleiben."

Aber es fiel ihm schwer.

Warum hatte der Wehenschreiber des Geräts nicht ausgeschlagen?

Was machte das Baby im Bauch seiner Frau? Schlug sein Herz noch so, wie es das CTG aufzeichnete?

Einen Augenblick lang war Valentin versucht, eine Hebamme zu bitten, sie in das andere Untersuchungszimmer mit dem guten Siemens CTG zu legen oder ihm zumindest die Bedienungsanleitung für dieses Gerät hier auszuhändigen. Das hätte ihn ganz sicher beruhigt. Aber es war ihm auch klar, dass das nicht ging, dass er mit seinen Befürchtungen alleine war und auf Unverständnis stoßen würde.

Dann hatte er eine andere Idee.

Er selbst konnte mit Hilfe eines Stethoskops die Herztöne des Babys überwachen. Ein Stethoskop war etwas Sicheres. Es funktionierte immer und log nie.

Deshalb stand Valentin jetzt abrupt auf und ging zu einem der Schränke. Er ließ sich öffnen. Gut. Valentin begann in den Regalfächern nach einem Stethoskop zu suchen. So etwas sollte hier doch zu finden sein. Jeder Arzt hatte eins um den Hals hängen oder in seinem Kittel stecken. Wahrscheinlich lag auch eines hier im Schrank herum.

„Was machst du, Valentin?" Heike hat sich halb aufgestützt und schaute ihn fragend an. Ihr Kittel war heruntergerutscht und der runde Bauch glänzte im Neonlicht.

„Nichts, Schatz. Ich schaue mich nur einmal um. Du musst dich nicht beunruhigen."

„Was soll das heißen: Du musst dich nicht beunruhigen? Ich bin nicht beunruhigt. Wenigstens nicht wegen des Babys oder mir!" Die Stimme seiner Frau war etwas schriller geworden.

„Ruhig, ruhig", antwortete Valentin. „Keine Panik." Während er eine Schublade nach der anderen öffnete, versuchte er einen möglichst gelassenen Eindruck zu machen.

Leider fand Valentin kein Stethoskop. Dafür stieß er nun mit dem Ellbogen eine Papierschachtel von dem Schränkchen. Die darin aufbewahrten Kügelchen tanzten nun fröhlich über den Linoleumboden.

„Valentin, was machst du da?" wiederholte Heike nun ihre Frage.

Der Physiker lachte meckernd.

Eigentlich hatte er vorgehabt, die Geburt ruhig und souverän zu überstehen. Deshalb hatte er sich auch so gut darauf vorbereitet, um jederzeit die Situation richtig einschätzen zu können. Aber irgendwie entglitt ihm die ganze Geschichte. Nicht die Geburt entglitt ihm, er selbst entglitt sich.

Er kniete sich hin und begann die im ganzen Zimmer verstreuten Kügelchen aufzusammeln. Dabei rutschte ihm nun noch die weit nach vorne geschobene Brille von der Nase. Im letzten Augenblick konnte er sie auffangen.

Heike starrte ihn verständnislos an.

„Valentin, bitte, bitte setz dich wieder hin! Lass die Kügelchen einfach liegen. Bitte setz dich nur neben mich. Mehr musst Du nicht tun!" Heike sprach eindringlich und bestimmt, um zu ihrem auf dem Boden herumkrabbelnden Gatten durchzudringen, was offensichtlich gelang, denn Valentin ließ die Kügelchen, die er bereits aufgesammelt hatte einfach wieder fallen und begab sich auf den Hocker. Er faltete die Hände und legte sie in seinen Schoß. Wie zum Zeichen der Kapitulation verstaute er seine Brille wieder in der Tasche seiner Strickjacke. Dann wandte er sich seiner Frau zu:

„Du hast Recht, Heike. Ich muss mich beruhigen. Ich muss mich beruhigen. Es wird schon. Ich bin nur der Zuschauer, ich muss nichts machen. Alles wird gut. Ich muss nichts machen."

„Alles wird gut!" wiederholte er noch mehrmals in leiser werdendem Tonfall, so dass es am Ende wie ein dahingemurmeltes Gebet klang.

Heike hätte gerne den Kopf geschüttelt und geseufzt, aber in diesem Moment jagte eine Wehe durch ihren Körper, der ihren Seufzer zu einem lauten Schrei werden ließ.

Während Valentin versuchte, sein inneres Gleichgewicht zu finden und Marcus immer noch wie versteinert aus dem Fenster der heraufziehenden Dunkelheit entgegensah, hatte Ray einen Moment, um seinen Gedanken nachzuhängen. Als seine Partnerin ihm gemeldet hatte, sie sei schwanger, war der Anwalt nicht überrascht gewesen. Das heißt, trotzdem sie die Pille nahm und ein Kind zwischen ihnen nicht vereinbart war, war er nicht überrascht gewesen.

Bei Frauen, die das dreißigste Lebensjahr überschritten, schien die Pille auf geheimnisvolle Weise an Wirksamkeit zu verlieren. Ray kannte keine zwanzigjährige Frau, die trotz Pille schwanger wurde, aber etliche dreißigjährige. Plötzlich vertrugen diese Dreißigjährigen die Pille nicht mehr, fanden sie nicht mehr gut, entdeckten, dass sie sich seit Jahren mit der Pille vergifteten, oder vergaßen hin und wieder sie zu nehmen. In ihren Frauenzeitschriften lasen sie Artikel über die schädlichen Nebenwirkungen des Medikamentes und Studien über Unfruchtbarkeit.

Der wahre Grund für all das war natürlich die biologische Uhr, die unbarmherzig tickte. Das wusste Ray ganz sicher. Mit einem Mal wurde es für die dreißigjährigen Frauen eng. Spätestens ab diesem Alter begann die Umsetzung des Lebensplanes: ein Mann, Kinder. Hatte man diese Punkte bis vierzig nicht erreicht, war man eine Loserin, ein Ladenhüter. Nicht dass der Anwalt das so sah. Nach seiner Einschätzung waren die Frauen selbst es, die es so sahen.

Als die beste Freundin von Fabienne, die ja auch die Pille nahm, schwanger wurde, hatte Ray irgendwie damit gerechnet, dass auch er bald Vater werden könnte. Immer öfter drehten sich die Gespräche um Babys. Fabiennes Freundin konnte über nichts anderes mehr reden. Und auch an Fabienne konnte er eine Veränderung wahrnehmen. Bisher hatte sie ein sehr strukturiertes Leben geführt. Im Mittelpunkt stand ihr Beruf als Wirtschaftsprüferin. Dazu kamen viele sportliche Aktivitäten, die sie diszipliniert ausführte. Morgens stand sie früh auf, um schwimmen zu gehen oder Gymnastik zu machen. Vor dem Büro wohlgemerkt. Zweimal im Jahr lief sie einen Marathon oder machte einen Triathlon. Alles war immer gut geplant. Sie nutzte ihre Zeit.

Zum einen hatte Ray das bewundert, zum anderen kam es

ihm irgendwie zwanghaft vor.

Aber seit Fabiennes Freundin glückliche Mutter war, hatte sich diese Struktur irgendwie aufgeweicht. Wie ein straff gespanntes Seil, dem die Verankerung abhanden gekommen ist, hatte sich ihr Leben in Wellen gelegt. Die Bedeutung die Beruf und Sport in Fabiennes Leben einnahm, war auf einmal weniger geworden und durch eine seltsame Nervosität ersetzt worden. Stimmungsschwankungen und romantische Anwandlungen waren dazu gekommen. Plötzlich blieb sie gerne im Bett liegen.

Bei einem Mann hätte der Anwalt behauptet, dass sich ihm die Sinnfrage stellte, dass er nachdenklich wurde, eine Art Midlife Crisis bekam. Bei Fabienne wusste er nicht, ob diese neue Ziellosigkeit überhaupt in ihr Bewusstsein gedrungen war. Sah sie, dass sie sich veränderte? Oder war das ein rein emotionaler Vorgang?

Wie er letztendlich zur Vaterschaft gekommen war, wusste Ray nicht. Seine Partnerin hatte niemals auch nur einen Ton davon verlauten lassen, dass sie die Pille abgesetzt hätte. Noch hatte sie ihn gefragt, ob er sich vorstellen könnte jetzt Vater zu werden. Als sie dann schwanger war, hatte sie sich so gefreut, dass es Ray gemein vorgekommen wäre, von ihr eine Erklärung zu verlangen.

Nun gut.

Auch wenn es nicht sein unbedingter Wunsch war, eine Familie zu gründen, fand Ray Fabiennes Verhalten nachvollziehbar. Er war gerne mit ihr zusammen. Die Sache war ja dann auch unumgänglich gewesen. Und, mein Gott, eines der Ziele des Menschen war, sich fortzupflanzen. Warum also nicht!

Zu behaupten, er sei begeistert, wäre etwas hoch gegriffen. Doch er stand der neuen Situation nicht negativ gegenüber. Auf die ganzen Details, die so eine Schwangerschaft und Geburt mit sich brachte, hätte er aus ästhetischen Gründen allerdings gerne verzichtet.

In diesem Augenblick wurden seine Gedanken unterbrochen, weil sich die Tür des Untersuchungszimmers öffnete. Ray blickte auf. Doktor Morgentau und Barbara traten ein.

Der Anwalt musterte Augustine und las Titel und Namenszug auf dem kleinen Aluminiumschild, dass mit einer Sicherheitsnadel an ihren weißen Kittel geheftet war. Eine Ärztin, aha.

Zwar hielt Ray Männer grundsätzlich für die besseren Ärzte, aber hier auf der Geburtsstation war er bereit, eine Ausnahme zu machen. Es war ihm lieber, dass eine Frau sich im Intimbereich von Fabienne zu schaffen machte. Der Gedanke, dass ein Doktor Kollar ständig seinen Finger in die Scheide seiner Partnerin steckte, war ihm ehrlich gesagt zuwider.

„Guten Abend Frau Roben, Herr Karger. Mein Name ist Doktor Morgentau. Ich bin die diensthabende Ärztin für die nächsten zwölf Stunden", begann Augustine ihre Begrüßung und lächelte dabei. Sie gab erst Fabienne und dann Ray die Hand.

„Karger." Der Anwalt erhob sich kurz von seinem Hocker und auch Fabienne rang sich ein Lächeln und ein klares „Roben" ab.

„Endlich mal jemand, der sich soweit mit unseren Papieren beschäftigt hatte, dass er wenigstens in der Lage ist, uns mit unserem Namen anzusprechen. Das ist doch schon einmal ein Fortschritt." Ray war ehrlich überrascht.

Überhaupt fand er, dass diese Ärztin eine sympathische Ausstrahlung besaß. Sie war hübsch und hatte etwas Positives, ohne dass man ihr mangelnden Ernst hätte unterstellen können. Unter dem Arm hatte sie die Krankenakte geklemmt und um ihren Hals baumelte locker das Stethoskop. Mit einem Blick konnte Ray erkennen, dass sie eine teure aber nicht auffällige Uhr trug. Sie schien direkt aus dem Leben zu kommen. Nicht so lästig und verkrampft wie die Hebamme an ihrer Seite, die ihre

Frustration über die Menschheit an den Männern auf der Geburtsstation ausließ. Nicht so betont locker wie dieser Kollar, der wahrscheinlich am liebsten mit dem Skateboard in die Untersuchungszimmer eingerollt wäre.

Einfach sympathisch und klar.

Aber jetzt erschnüffelte Ray etwas, das ihn ein wenig irritierte. Noch einmal schnupperte er.

Abgestandener Zigarettenrauch! Doktor Morgentau roch nach Zigarettenrauch. Rauchen war etwas, das er nicht billigte. Unwillkürlich zog Ray eine Augenbraue nach oben.

Diese Ärztin rauchte!

Nun gut, niemand war frei von Fehlern.

„Sooo", begann Augustine und zog sich den zweiten Schemel heran. „Dann wollen wir mal schauen. Wie geht es Ihnen denn, Frau Roben."

„Ganz goad, es gohd", presste Fabienne hervor, während Doktor Morgentau den Kopf des Stethoskops über den Schwangerenberg wandern ließ und Ray sich über Fabiennes Verlust eines zivilisierten Hochdeutsches schämte.

„Sie sind Sportlerin, nicht wahr?" stellte die Ärztin fest.
„Sieht man ihnen an. Läuferin, ja?"

„Marathon." Fabienne hatte das nicht ohne Stolz gesagt.

„Mmmhhh", murmelte Augustine, noch immer mit dem Stethoskop beschäftigt.

„Und wie ist ihre Bestzeit?"

„3:42, Berlin."

„Wow! Nicht schlecht!" nickte die Ärztin anerkennend, obwohl sie das Resultat gar nicht beurteilen konnte.

Ray war erstaunt über Doktor Morgentaus Routine. Offensichtlich konnte sie gleichzeitig Smalltalk mit Fabienne machen, dabei den CTG Streifen analysieren und die Untersuchungsergebnisse in die Akte eintragen. Und dabei machte sie einen vollkommen souveränen und freundlichen Eindruck.

In diesem Moment krampfte sich Fabiennes Körper jäh zusammen.

„Jeddz abbr!" stieß sie aus, dann ertönte ein Stöhnen, so tief, wie man es diesem kleinen, drahtigen Körper gar nicht zugetraut hätte.

Unwillkürlich zuckte der Anwalt zusammen und befremdet blickte er auf Fabienne. Er war jetzt wie lange mit ihr zusammen? Drei Jahre, vier Jahre? Noch nie hatte er einen solchen schrecklichen Laut von ihr gehört. War das noch ein menschlicher Laut?

Augustine ließ ganz entspannt ihre Hand auf dem Bauch der Schwangeren liegen und lächelte.

„Na, geht ja gut voran", bemerkte sie.

Dann streifte sie einen Gummihandschuh über. Der Anwalt wusste schon was jetzt kam. Diesen Teil der Untersuchung kannte er bereits. Aus Respekt vor dem Intimbereich seiner Partnerin schaute er zur Seite, während die Ärztin Fabiennes Kittel nach oben schob und der Schwangeren den Finger in die Scheide steckte, um den Muttermund zu prüfen..

Natürlich wusste der Anwalt, dass diese Handlung notwendig war. Aber dennoch fand er das entwürdigend. Der Mensch schien ihm während des Gebärens auf die Stufe des Tieres erniedrigt. Genau diese entwürdigenden Situationen waren es, die mitzuerleben er hatte vermeiden wollen, die ihm die Vorstellung bei der Geburt anwesend zu sein, so unmöglich erscheinen ließ. Diese Schreie, dieses schwäbische Gestammel, dieses Herumgerühre in Scheiden und Gebärmüttern ... - er konnte das wirklich nur schwer aushalten.

„Muttermund sechs bis sieben Zentimeter", verkündigte Augustine Morgentau in einem freudigen Ton, als sei sie auf eine Goldader gestoßen. „Lange kann es nicht mehr dauern. Sie sollten bald in die Übergangsphase kommen." Sie wandte sich der Hebamme zu: „Barbara, wir legen sie in einen der Kreißsäle."

Damit war die Visite beendet. Genau für diesen Moment hatte der Anwalt sich zurecht gelegt, was er unbedingt noch vortragen wollte, ein Plädoyer sozusagen.

Gerne hätte er sich jetzt oder in naher Zukunft in seiner und Fabiennes Wohnung in der Savignystrasse im Westend befunden. Gerne hätte er dort in Ruhe, sagen wir bei einem Glas Rotwein, die Geburt abgewartet. Gut, von diesem Ziel hatte er sich verabschiedet. Auch die Chefarztbehandlung: geschenkt.

Er hatte keine Hoffnung mehr, dass diese Behandlung ihm beziehungsweise Fabienne noch zu teil werden könnte, da weit und breit kein Chefarzt zu sehen war und um diese Uhrzeit würde sich so schnell auch keiner auftreiben lassen.

„Lange kann es nicht mehr dauern", hatte die Ärztin gesagt. Und jetzt, wo Fabienne von dieser Besenkammer in einen anständigen Kreißsaal verlegt wurde, schien alles einen etwas erfreulicheren Gang zu nehmen. Das klang ja alles sehr gut. In dem Anwalt keimte die Hoffnung auf, dass es von nun an sehr schnell gehen könnte. Um so wichtiger war es genau jetzt klar zu machen, dass er etwas auf Abstand gehen wollte.

„Frau Doktor Morgentau", würde er beginnen. „Wie sehen Sie denn die Möglichkeit, dass ich bei der Geburt selbst, sagen wir, nur in der unmittelbaren Nähe bin." Dabei schwebte ihm die Eingangshalle des Bürgerhospitals vor.

„Sehen Sie", würde er fortfahren. „Was diese Sachen angeht, wie zum Beispiel *Blut sehen* ...- also, ich bin da etwas empfindlich und wäre sicherlich keine große Hilfe. Deshalb hatte ich vorher schon mit meiner Partnerin abgestimmt ...," Hier würde er Fabiennes Hand ergreifen, um deutlich zu machen, dass es ein Entschluss von ihnen beiden war. „ ... dass ich in der Endphase dann nicht mehr anwesend bin. Schließlich kann man ja nicht immer voraussetzen, dass der Vater bei der eigentlichen Geburt dabei ist. Ich würde Frau Roben jetzt ihren Händen überlassen und mich in die Eingangshalle begeben."

Seinetwegen bliebe er noch in der Übergangsphase. Aber keinesfalls in der Endphase!

All das hatte er sich wohl formuliert zurecht gelegt, als er sich zu der Ärztin umwandte.

„Entschuldigen Sie, Frau Doktor Morgentau. Aber einige Dinge bedürfen noch der Klärung ...", er lächelte die Ärztin gewinnend an. Dann warf er einen Blick auf seine Hände bevor er weitersprechen wollte.

In diesem Augenblick öffnete sich für alle unerwartet die Tür. Irritiert von dem Geräusch fuhr Ray herum. Acht Augenpaare – sogar Fabienne hatte sich aufgestützt – erblickten einen dünnen Mann im Türrahmen.

Seinem Aussehen nach gehörte der Typ, der jetzt den Raum betrat, nicht zum Klinikpersonal. Dem Anwalt fiel als erstes auf, dass er eine vollkommen aus der Mode gekommene Strickjacke trug. Zudem machte er einen nervösen Eindruck, wie jemand dem etwas Unvorhergesehenes zugestoßen ist und der nun um Hilfe sucht.

„Oh, Entschuldigung", stieß der Fremde hervor.

„Was machen Sie hier?" Augustine sah ihn fragend an. Es dauerte einen Moment bis sie in Valentin den männlichen Part des Paares erkannte, das die Eingangstreppe hoch geeilt war, als sie dort gemütlich eine Zigarette geraucht hatte.

„Sehen Sie nicht, dass ich hier Visite mache? Was fällt Ihnen denn ein?"

Barbara knurrte etwas Unverständliches und schüttelte den Kopf.

Ja, was machte er hier? Valentins Versuch sich zu beruhigen, war fehlgeschlagen. Auch wenn der Physiker das anders sah. Seiner Meinung nach hatte er sich vollständig beruhigt. Doch dann war ihm der Gedanke gekommen, dass es ja kein Zeichen von Angst oder Nervosität sei, wenn er sich das CTG in dem zweiten Untersuchungszimmer anschauen würde. Eben nur anschauen. Ob er nun neben Heike wartete oder kurz hinüberging, war ziemlich egal. Und einmal nachzusehen bedeutete ja nicht beunruhigt zu sein, sondern nur die Möglichkeiten, die zur Verfügung standen, zu überprüfen. Der Gedanke, dass das Untersuchungszimmer belegt sein könnte, war ihm gar nicht gekommen.

„Äh ...äh. Ich wollte nur schauen, ... dieses Untersuchungszimmer .., wegen des CTGs", erklärte Valentin.

„Wegen des CTGs? Stimmt denn etwas mit dem CTG Ihrer Frau nicht?" Eine leichte Irritation lag in Doktor Morgentaus Stimme.

„Nein, nein, das heißt vielleicht doch. Sehen Sie, es ist ein fernöstliches Gerät, kein Siemens. Der Wehenschreiber schlägt nicht aus. Hier haben Sie ja ein Siemens ..."

Fernöstliches Gerät? Ray verstand kein Wort. Auch Augustine Morgentau schien nicht zu wissen, worum es ging. Einen Augenblick fragte sich der Anwalt, ob dieser Typ vielleicht verrückt war und eine Gefahr von ihm ausging.

„Valentin!" rief von irgendwoher eine verzweifelte Stimme. Sie hatte etwas flehentliches und zugleich gebieterisches, so wie man einen Hund ruft, der davongerannt ist und langsam außer Sichtweise gerät.

Ein verkrampfter Ausdruck zuckte auf dem Gesicht des Mannes auf.

„Bi .., bi .., bin gleich wieder da Schatz!" rief er nach hinten gewandt.

Jetzt stotterte der Typ auch noch.

Gerne hätte Ray ihn mit einer Handbewegung nach draußen komplementiert, um der Ärztin in aller Ruhe sein weiteres Vorgehen darlegen zu können. Doch die Ärztin schien beunruhigt, weil der Mann einen aufgeregten und verwirrten Eindruck machte.

„Warten Sie, ich komme mit Ihnen und schaue nach. Ich bin sicher, wir können das klären", entschied sie zu Valentin gewandt. „Barbara, mach hier bitte den Rest.

Schnapp Dir eine Sybille und bring Fr. Roben im K2 unter., ja? Danke!"

Augustine schaffte sogar noch ein kleines Lächeln, als sie sich an Fabienne wandte.

„Entschuldigen Sie den Vorfall. Bei Ihnen ist alles bestens, Frau Roben. Alles im Plan. Sie sehen, es ist nicht überall so ruhig. Ich muss mich jetzt darum kümmern, sorry. Wir sehen uns dann später wieder."

Damit wandte sie sich der Tür zu.

„Kommen Sie! Wir schauen einmal nach." Die Stimme der Ärztin war als sie mit Valentin sprach vollkommen ruhig und verständnisvoll geworden, fast so als wolle sie ein verängstigtes Kind beschwichtigen.

Sie nahm den Physiker nun auch am Ellbogen und führte ihn hinaus.

Ray wurde schlagartig klar, dass er sein Plädoyer nicht mehr würde halten können. Aber das musste doch geklärt werden!

„Einen Moment ...", rief er deshalb. „Warten Sie bitte!" Aber da hatte sich die Tür schon hinter der Ärztin geschlossen.

Zu spät.

Mit offenem Mund, den Blick auf die Tür gerichtet, sank der Anwalt auf dem Holzschemel zusammen.

„Oh, Mann!" dachte er.

Barbara, die in dem Untersuchungszimmer zurückgeblieben war, blickte ihn ohne Mitleid und ungerührt an.

Es war Ray vollkommen klar, dass es keinen Sinn hatte, dass er sich mit seinem Anliegen an sie richten würde. Im Gegenteil. Irgendwie hatte er das Gefühl sie könne ihn nicht leiden. Ja, er hatte den Eindruck, Barbara schaue ihn jetzt sogar zufrieden an. „Das geschieht dir recht", sagten ihre Augen. Oder bildete er sich das nur ein?

In diesem Augenblick begann auch noch Fabienne laut aufzustöhnen. Sehr laut.

Der Anwalt schloss die Augen. Aber das Geräusch steigerte

sich nur noch.

Barbara warf einen kurzen Blick auf den Papierbogen des CTGs. Dann wandte sie sich an ihn.

„Machen Sie doch nochmal ein Kirschkernkissen warm. Sie wissen ja nun, wie es geht." Sie warf ihm das Säckchen zu.

Ray antwortete mit einem wütenden Blick.

Marcus saß in seinem alten Alfa Romeo Bertone in der Dunkelheit und zündete sich eine Zigarette an.

Einen Augenblick blieb er einfach so sitzen und schaute auf die Lichtreflexe des entgegenkommenden Verkehrs, die auf der Windschutzscheibe auseinanderliefen. Dann zog er die metallene Aschenbecherschublade auf und schnippte die Zigarette ab.

Im Inneren des Wagens war ein modriger Geruch nach Leder und Tabak. Marcus liebte diesen Wagen. Er liebte es, seine Hände auf das Holzlenkrad zu legen, in dessen Mitte groß das Alfa-Zeichen prankte: eine grüne Schlange auf blauem Grund neben einem roten Kreuz. Es war sein erstes Fahrzeug. Eine Woche nach der Führerscheinprüfung hatte er ihn gekauft, nachdem er lange vorher schon die Oldtimer-Zeitschriften durchforstet hatte. Ein Alfa Romeo Bertone, rot, restauriert und für seine Verhältnisse unglaublich teuer. Solche Wagen hatten Alain Delon und Jean Paul Belmondo in ihren Filmen gefahren. Es war ein Wagen, mit dem man einfach losfahren und alles zurücklassen konnte. Ein Fluchtwagen. Er hatte Claudia und ihn klaglos durch halb Europa getragen. Er dachte daran, wie sie nachts über einsame Landstraßen in Tschechien gerollt waren, nur das Geräusch des brummenden Motors im Ohr, vor sich die Lichtkegel, die auf dem Asphalt spielten. Nur Claudia und er. So als wären sie allein auf der Welt.

Dann dachte er an Alain Delon und Jean Paul Belmondo und sah Bilder aus den Filmen „Ein eiskalter Engel" und „Außer Atem" vor sich.

Was würden sie an seiner Stelle tun?

Sein Blick fiel auf das Bürgerhospital, das von der Rückseite her dunkel und drohend aussah. Die wenigen beleuchteten Fenster starrten streng zurück. In diesem Gebäude wartete Claudia auf ihr Baby, das auch sein Kind war.

Sein Kind.

Er versuchte es zu begreifen.

Seit Wochen schien ihr beider Leben nur noch aus zähem Brei zu bestehen.

Warum?

Vorhin als er unaufhörlich aus dem Fenster gestarrt hatte, hatte er sich nicht mehr vorstellen können, mit Claudia zusammen zu bleiben. Mit seiner Claudia.

Diese Erkenntnis war von einer Minute zur anderen in Kraft getreten wie ein Gesetz.

Tat das weh?

Er verspürte keinen Schmerz und schon lange nicht den vernichtenden Schmerz, den er sich vorgestellt hatte. Außer dem angenehmen Gefühl, dass hier draußen in seinem Auto der Stress nachließ, spürte er nichts.

Irgendwie verstand er nicht, warum sich alles so verändert hatte, und irgendwie war er auch enttäuscht von Claudia.

Er wusste nicht mehr, was sie dachte und wie sie sich fühlte. Seit Stunden hatten sie kein Wort mehr miteinander gewechselt. Sie war einfach nicht mehr erreichbar für ihn.

Als er eben gegangen war, hatte er ihr gesagt, er wolle kurz nach draußen. Sie hatte nicht einmal geantwortet. Die Krankenschwester, die er auf dem Flur angetroffen hatte, hatte er gebeten, doch eine Weile bei Claudia zu bleiben, da er kurz weg müsse. Die Blondine hatte ihn vollkommen verständnislos angestarrt. Marcus hatte sich sehr zusammenreißen müssen, um ein Lächeln zustande zu bekommen. Mit diesem Lächeln hatte er seine Bitte nochmals wiederholt. Die Krankenschwester hatte zurückgelächelt.

„Gut", hatte sie gescherzt. „Für Sie mache ich einmal eine Ausnahme. Aber nur kurz. Nicht das sie mir abhauen und nicht wiederkommen."

„Niemals!" Solange hatte Marcus das Lächeln noch aufrecht halten können. Dann hatte er sich umgedreht und war mit steinerner Miene nach draußen gegangen.

Und nun?

Marcus zog den Zündschlüssel aus der Tasche und startete den Wagen. Der Motor gab ein tiefes Gluckern von sich, bevor er kurz hochdrehte. Dann fiel er in dieses sanfte Alfa Romeo Brummen zurück. Vier Scheinwerfer stachen in die Luft und legten einen gelben Kegel auf die Straße. Der Junge legte den Gang ein und ließ den Alfa langsam losrollen. Die unerträgliche Last fiel ein wenig von ihm ab. Einfach so mit dem Wagen durch die Stadt zu rollen, das entspannte ihn. Es schien ihm, als gewinne er seine Freiheit wieder zurück.

Er hatte kein Ziel und ob er zurückkehren würde, wusste er nicht. In der nächsten Stunde würde er einen Anruf machen müssen. Ob er wollte oder nicht, er musste ihn machen.

Fast ein Jahr lang war er nun nicht mehr in Frankfurt gewesen. Als sie gestern zurückgekommen waren, hatten sie eine Nacht in der verlassenen Wohnung seines Vaters verbracht und waren dann direkt ins Bürgerhospital gefahren.

Nun rollte er den Cityring entlang und betrachtete die gut besuchten Cafés und Bars. Es war Donnerstagabend. Ein guter Abend zum Ausgehen. Wenn er jetzt einfach anhielte und in die Kneipe ginge, in der er sich früher mit seiner Clique getroffen hatte, dann würde er dort den einen oder anderen oder auch alle treffen. Sicher Leo, Ede, Fabio und Isa. Wahrscheinlich verabredeten sie sich immer noch da, bevor man dann loszog in die Nacht. Wie er das auch gemacht hatte, bis vor einem Jahr.

„Mensch, Marcus. Gut das Du wieder da bist. Du machst ja verrückte Sachen. Erzähl mal", würde man ihm auf die

Schulter schlagen.

Was würde er tun? Morgen? Wie würde sein Leben aussehen? Claudia und er hatten überhaupt keinen Plan für ein Scheitern gehabt. Es gab keinen Plan B.

Ein Teil des Versprechens, das sie sich gegeben hatten, war, dass sie alle Brücken hinter sich abbrechen würden und keinen Kontakt hielten. Keine Familie, keine Freunde, keine Schule.

Ihre Liebe sollte so groß sein, dass es nichts Beständiges neben ihr gab. Und sie war es.

Sie waren wie die Liebenden Eve und Pierre in Sartres „Das Spiel ist aus!" und sie wollten es besser machen. Sie wollten sich vorbehaltlos ihrer Liebe hingeben. Vorbehaltlos! Das war ihr gegenseitiges Versprechen gewesen. Ein großes Versprechen.

„Das Spiel ist aus!"

Wie oft hatten sie sich daraus vorgelesen. Wie oft sich geschworen, es besser zu machen als Eve und Pierre. Und ebenso waren sie untergegangen.

Sartre hatte Recht behalten. Es war nicht möglich.

Doch konnte er nun einfach wieder in sein altes Leben eintauchen? Die Schule, die er abgebrochen hatte, wieder aufnehmen?

Neugierig bog er in den Sandweg ein. Als er seine alte Stammbar passierte, wurde er langsamer und schaute sehnsüchtig durch die großen Glasfronten ins Innere, während draußen ein paar Gäste standen und rauchten. Wie oft war er dort gewesen! Diese Bar war ein Platz, an dem er sich immer irgendwie zuhause gefühlt hatte. Wann immer er nichts vorhatte und der Abend zu Hause begonnen hatte, langweilig zu werden, hatte er hierhin kommen können. Irgendwer war immer da, den er kannte und sei es nur die Bedienung, die ihn mit einem kurzen Augenzwinkern begrüßte.

Und plötzlich überkam ihn eine Sehnsucht nach seinen Freunden. Sollte er den Wagen parken und einfach hineingehen? Aus dem Wagen heraus konnte er in dem Gewimmel, das im Inneren der Bar herrschte, niemanden erkennen, der ihm bekannt war. Gut möglich, dass heute keiner seiner Freunde hier war.

In diesem Augenblick hupte hinter ihm ein Autofahrer, dem der beinahe zum Stehen gekommene Alfa im Weg war.

Marcus beschleunigte wieder. Unschlüssig fuhr er weiter, schlängelte sich durch Seitenstraßen auf die Berger-Straße und zurück auf den City-Ring, fuhr an der Alten Oper vorbei und die Bockenheimer Landstraße hoch.

Als er den Grüneburgpark erreichte, stellte er den Wagen ab. Dieser Park mit seinen durcheinanderlaufenden Wegen war zu Anfang ihr Treffpunkt gewesen. Claudia war aus dem Diplomatenviertel über die Fußgängerbrücke, die sich über die Miquelallee spannte, in den Park gekommen. Und er hatte hier auf sie gewartet.

Marcus griff in seine Jackentasche und zog Claudias Smartphone hervor.

Er hatte einen schwierigen Anruf zu machen. Seine kurz gewonnene Freiheit war mit einem Mal wieder verflogen und der Beklommenheit und Nervosität gewichen, die ihn seit Tagen plagte.

Ohne ihr etwas zu sagen, hatte er Claudias Smartphone an sich genommen. Claudia hatte ihrer Familie weder von ihm erzählt, noch hatte es jemals ein Treffen gegeben. Offenbar waren die Eltern nicht sehr begeistert davon, dass ihre einzige Tochter einen Freund hatte.

Marcus würde anrufen, ohne eine Ahnung zu haben, was er alles erklären musste und wie das aufgenommen werden würde. Aber er würde anrufen. Er würde anrufen müssen.

Claudia war viel zu stolz, um jetzt nach diesem Jahr ihre Mutter um Hilfe zu bitten. Bis zum bitteren Ende würde sie das durchziehen.

Aber Marcus konnte das nicht mehr aushalten. Er musste weg und konnte sie doch nicht alleine zurücklassen.

Das Spiel war aus.

Es war inzwischen nach einundzwanzig Uhr. Da sollte jemand von der Familie zuhause sein. Er holte kurz Luft, nein erst noch eine rauchen, erst noch einmal nach draußen in die Nacht schauen.

Das Fenster der Fahrerseite quietsche leise, als er es herunterkurbelte. Die Luft draußen hatte sich abgekühlt, aber nicht sehr. Im Park waren trotz der Dunkelheit noch Leute unterwegs. Von hier aus konnte er die Schrittfolge eines Joggers hören, das Knirschen des feinen Schotters.

Marcus zündete sich eine Zigarette an.

Dann wählte er den Kontakt in Claudias Telefonbuch aus. „Zuhause" stand da.

Es tutete zweimal, jemand nahm das Gespräch an.

„Claudia?!" fragte eine männliche Stimme und in dieser Stimme klang ein wenig Hoffnung und unsichere Freude.

„Claudia?!" Offensichtlich war ihr Name im Display des Angerufenen angezeigt worden.

„Nein", begann Marcus. Seine Stimme zitterte ein wenig. „Ich bin, .. ich bin ihr Freund, Marcus, wissen Sie, Marcus."

Marcus war sich nicht darüber im Klaren, ob diese Information bereits ausreichte, damit sein Gegenüber ihn einordnen konnte.

Auf der anderen Seite gab es ein kleines Durcheinander. Dann ertönte plötzlich eine weibliche Stimme.

„Claudia?"

„Nein, ich bin es, Marcus, Claudias Freund, Marcus", wiederholte er.

„Marcus!" Dieses eine *Marcus* reichte aus, um zu verstehen, dass man wusste, um welchen Marcus es sich handelte.

„Ist etwas passiert, Marcus?! Wo ist Claudia?!" Ein Unterton von Panik mischte sich in die Stimme der Frau, die ohne Zweifel Claudias Mutter war.

„Es ist nichts passiert, nein. Das heißt ..." seine Stimme war jetzt nur mehr ein trockenes Flüstern. „Claudia bekommt ein Baby. Ich meine, wir .." Er geriet ins Stocken.

„Hören Sie, wir sind hier in der Stadt, in Frankfurt, im Bürgerhospital. Im Bürgerhospital, im Kreißsaal", fuhr er fort.

„Bürgerhospital?!"

„Alles ist gut", versicherte er schnell, als ihm klar wurde, an was man bei der Nennung des Bürgerhospitals alles denken konnte, wenn man seine Tochter seit gut einem Jahr vermisste.

„Alles ist gut! Claudia geht es gut." wiederholte er hastig. Eigentlich hätte er Zeit gehabt, alles in Ruhe zu erklären, und wahrscheinlich wäre das auch das Beste gewesen. Aber vom ersten Wort an war es, als greife er in heißes Wasser. Marcus wollte dieses Gespräch möglichst schnell beenden. Er wollte alle wichtigen Informationen loswerden, damit Hilfe käme und dann das Gespräch beenden.

„Sie bekommt nur ein Baby!" rief er nun in das Mikrofon des Smartphones. Und gleichzeitig fiel ihm auf wie blödsinnig sich das anhörte. *Sie bekommt nur ein Baby.*

„Hören Sie, Sie müssen kommen und helfen. Ich schaffe das nicht, ich kann das nicht mehr. Verstehen Sie mich?! Sie müssen ihr helfen! Sofort!"

Dann legte er auf. Er hatte ungewöhnlich schnell gesprochen und war schweißgebadet und fast atemlos. Hatte er alle wichtigen Informationen weitergegeben? Nicht das man irgendwie dachte, ein verwirrter Spinner hätte angerufen. Aber nein, er hatte ja Claudias Smartphone benutzt.

Dieses Smartphone klingelte jetzt. „Zuhause" erschien auf dem Display.

Er stellte das Gerät aus.

3

Als Augustine den Untersuchungsraum betrat, hockte Valentin zerknirscht auf dem Hocker neben seiner Frau. Heike hatte sich aufgestützt, so dass sie nun fast auf der Liege saß.

Augustine schloss die Tür hinter sich und schaute die beiden kurz an. Aufgrund jahrelanger Erfahrung kannte sie die gebärenden Paare und ihr Verhalten genau. Manchmal schien es ihr, als gäbe es überhaupt nur vier oder fünf verschiedene Beziehungsmuster zwischen Mann und Frau, ja, als gäbe es überhaupt nur vier oder fünf verschiedene Typen von Menschen. Die Vielfältigkeit der Menschen wie man sie draußen im öffentlichen Leben, auf den Straßen, in den Geschäften oder in den Bars wahrnahm, war nur Schein. Hier im Kreißsaal wurde das deutlich. Hier sprengte der Druck der Geburt die zivilisatorischen Verhaltensweisen und das Theater der Selbstdarstellung hinweg und der wahre Menschentyp zeigte sich. Da blieben dann nur eine Hand voll Kategorien, in die sich alle die Väter und Mütter einordnen ließen.

Deshalb fand Augustine, dass ein Kreißsaal der wahrhaftigste und am wenigsten virtuelle Raum überhaupt war. Lug, Trug, Schein, Reichtum, Armut: Alles wurde hinweggefegt. Alle wurden reduziert auf den Vorgang der Geburt. Und dabei gab es nichts Falsches, nichts Vorgetragenes sondern nur Echtes, auch wenn dieses Echte nicht immer angenehm war.

„Der Mann, intelligent, wahrscheinlich Naturwissenschaftler mit großer Angst vor spontanen und unkontrollierbaren Situationen. Offensichtlich hatte er einen Hang zur Panikstörung. Tüftler, sehr genau und sorgfältig, damit ja nichts schief geht. An Äußerem, Geld und Glamour nicht interessiert. Wenn seine Frau ihm nicht hin und wieder etwas zum Anziehen kaufen würde, käme er mit zwei Hosen und zwei Hemden durchs ganze Leben. Größtmögliche Nervensäge.

Die Frau, nicht hübsch, nicht hässlich. Schon etwas korpulenter. Vermutlich Lehrerin. Ziemliche Bodenhaftung und Realitätssinn. In der Lage viel zu ertragen. Kauft in Bioläden ein, aber keine Tendenzen zur Esoterik. Als Patientin eher angenehm. Gut möglich, dass sie sich über ein Dating-Portal im Internet kennengelernt haben. Beider Ziel: Projekt Kind."

Diese Gedanken kamen Augustine in den Sinn geschossen, ohne dass sie dabei wirklich nachgedacht hätte. Und für ihre Einschätzung benötigte sie weniger als eine Sekunde.

Dann war sie schon an die beiden herangetreten, reichte ihnen die Hand und stellte sich vor.

„Das ist ihr erstes Baby, nicht wahr?" fragte sie während sie unauffällig die Hände des Paares prüfte. Natürlich! Die beiden waren verheiratet. Diesen Schluss legten die gleichen Eheringe nahe. Gold mit einer schlichten Verzierung. Wahrscheinlich hatte die Frau sie ausgesucht. Aber offensichtlich hatte sie ihren Namen behalten. Zumindest meinte die Ärztin sich zu Erinnern, dass auf der Patientenakte, die sie nun hervorzog, zwei Nachnamen gestanden hatten.

Die Frage nach dem ersten Baby war nur als Einleitung gedacht. Denn natürlich wusste Augustine, dass sie hier eine Erstgebärende vor sich hatte, aber Heike verstand sie wohl als Anspielung auf Valentins ungewöhnliches Verhalten.

„Sehen Sie, mein Mann, er ist etwas ängstlich", rechtfertigte sie sich. „Ich bin ja nun an die vierzig und wir hatten schon drei Fehlgeburten ..." Dabei fasste sie Valentins Arm.

„Aahh, vierzig ist heutzutage kein Alter mehr für eine Geburt." Die Stimme von Augustine klang ruhig und war voller Optimismus. „Und Fehlgeburten sind eine ganz normale Sache ...“

„38% Spontanaborte bei 35 bis 40-jährigen Frauen“, fügte Valentin schnell ein.

Augustine schüttelte den Kopf, allerdings nur in Gedanken. Sie konnte sich gut vorstellen, wie dieser Typ schon in der Schule gewesen sein musste. Wie er alles genau gewusst hatte und wenn der Lehrer eine Frage stellte, blitzschnell die Hand nach oben schnellen ließ und die Antwort in den Klassenraum warf.

„Sehen Sie, was Sie nicht alles wissen.“ Der Ärztin gelang ein fröhliches Lächeln während sie sich an Valentin wandte „Schön, dass sie sich so gut auf die Geburt vorbereitet haben“, lobte sie den Physiker. „Das kann man nicht von allen Vätern sagen.“

„Na, dann hören wir einmal wie es dem Baby geht“, fuhr sie fort. „Ich habe zwar noch nie gehört, dass ein CTG einmal nicht richtig gearbeitet hätte, aber man kann ja nie wissen.“

Zu Valentins Freude zog sie ein Stethoskop hervor. Der Blick des Physikers hing an den Gesichtszügen der Ärztin, während sie den Stempel des Stethoskopes auf den Bauch seiner Frau drückte und horchte. Dabei wirkte sie vollkommen konzentriert und nickte kaum wahrnehmbar mit dem Kopf.

„Mit dem Baby ist alles okay. Wirklich vollkommen normaler Herzschlag. Alles wunderbar.“ Die Ärztin zog mit einer Bewegung das Stethoskop ab und ließ es um ihren Hals hängen.

„Und Sie, Sie fühlen sich soweit gut?“ Die Frage war an Heike gerichtet.

„Den Umständen entsprechend. Uuuhh... – ich glaube gerade kommt wieder eine Wehe.“

Unter dem weißen Leinenkittel, der jetzt den Bauch der Schwangeren wieder bedeckte, straffte sich der Körper.

Heike verzog das Gesicht. Ihre Augen verengten sich zu zwei Hautfalten.

„Ruhig, atmen sie die Wehe ganz ruhig aus. Ich helfe ihnen. So, jetzt ausatmen. So ist es gut."

„Uuuh ...-„. Die Frau schnaufte.

„Du musst tiefer in den Bauch atmen, Heike", mischte sich Valentin ein. „So!" Dabei machte er einen Atemzug, von dem er glaubte, damit die richtige Atemtechnik zu zeigen.

„Nervensäge! Ich wusste es!" dachte die Ärztin und für einen kurzen Augenblick erschien eine kritische Falte auf ihrer Stirn. Jemand der sie kannte, wusste dass das ein Zeichen von Missbilligung war.

Aber Valentin hatte davon nichts bemerkt. Ein Auge hatte er auf dem CTG behalten und hatte beobachtet, dass der Wehenschreiber wieder nicht ausgeschlagen hatte.

„Äh, Entschuldigung wenn ich nachfrage, aber warum zeigt denn der Wehenschreiber nun nichts an?"

Augustine strich mit zwei Fingern über die weiße Metallabdeckung, als liebte sie gerade dieses Gerät besonders, nahm dann den Papierstreifen und warf einen Blick darauf.

„Der Wehenschreiber misst die Muskelspannung ihrer Frau. Sehen Sie, ein bisschen hat er schon ausgeschlagen. Aber interessant wird das erst, wenn die Presswehen einsetzen. Dann sieht man auch deutliche Ausschläge. Machen Sie sich bitte kein Sorgen. Unsere Geräte werden ständig überwacht und geprüft. In unseren hausinternen Prüfberichten können sie nachlesen, dass die Geräte erst Anfang August ein neues Prüfsiegel erhalten haben."

Die Hälfte davon hatte Augustine Morgenstern frei erfunden, aber dennoch sehr überzeugend vorgetragen. Was sie wusste war, dass die Geräte irgendwann geprüft wurden. Aber kein Arzt interessierte sich dafür, wann das geschah, noch wie die Prüfung ausfiel.

Viele solcher kleiner Lügengeschichten hatte sie in ihrem Repertoire griffbereit. Kleine Beruhigungspillen waren das, die sie sie im Brustton der Überzeugung erzählte und sie tat das ganz ohne schlechtes Gewissen. Das hatte sie sich antrainiert. Hier im Kreißsaal ging es nicht darum, einen wissenschaftlich einwandfreien Diskurs zu führen oder Freundschaften zu schließen oder ein lang währendes Vertrauensverhältnis zwischen Arzt und Patient aufzubauen. Die Schwangeren waren ja meistens nur wenige Stunden in ihrer Obhut und kamen so schnell kein zweites Mal. Es ging einzig darum, das Baby auf die Welt und die Eltern über die nächsten Stunden zu bringen. Alles was der Geburt nicht zuträglich war, Unsicherheiten und Ängste mussten aus dem Weg geräumt oder abgemildert werden.

„Eine weitere Frage ...", fuhr Valentin fort, dabei hob er den Zeigefinger in die Luft, als befände er sich im Klassenraum.

„Ja?"

„Haben sie sich die Tabelle mit der Entwicklung der Wehenabstände angeschaut? Ich hatte sie der Hebamme gegeben."

„Natürlich", log Augustine. „Das war soweit normal."

„Wir wollten ja auf keinen Fall zu früh kommen. Wissen sie, wir waren schon zweimal hier. Deshalb habe ich alle Wehen erfasst..- "

„Bei dieser Wehenfrequenz wäre ich an ihrer Stelle auch gekommen. Das haben Sie schon richtig gemacht." Sie nickte ihm zu.

Nun nahm sie die Patientenkarte zur Hand und fischte ein Ultraschallbild hervor.

„Hhmm, das Bild ist aus der vergangenen Woche, nicht wahr? Sie bekommen ein großes Baby, ein kräftiges Kerlchen, wahrscheinlich gut 4000 Gramm. Aber das ist kein Problem, sehen Sie, Sie wissen ja sicher, dass die vordere Hinterhauptslage optimal für die Geburt ist. Auf dem Ultraschall sehen Sie, dass ihr Baby sich schon in diese Lage gedreht hat. Es kann also nichts mehr schiefgehen."

Während sie das vortrug, sah sie die beiden an und nickten ihnen zu ganz so, als hätten sie gemeinsam eine großartige Leistung vollbracht.

Valentin beruhigte sich nun ganz und gar. Diese Ärztin schien etwas von ihrem Fach zu verstehen. Vor allen Dingen bekam man eine vernünftige Antwort, wenn man sie fragte. Denn was der Physiker gar nicht mochte, war wenn man ihn mit Halbwahrheiten abspeiste oder nur ungefähres Wissen über Sachverhalte hatte, ohne die genauen Hintergründe zu kennen.

„Wissen Sie denn schon, was es ist?"

„Ein Junge! Zumindest hat der Gynäkologe auf dem Ultraschall das Pimmelchen gesehen", kicherte Valentin. „Antenne hat er dazu gesagt. Haha!"

„Ich möchte noch einmal den Muttermund untersuchen." Die Ärztin erhob sich, ging zu einem der Schränke und holte einen Einweghandschuh hervor.

„Oh, hier hat jemand etwas umgestoßen." Sie bückte sich nach den Kügelchen, die auf dem Boden lagen und die sie erst jetzt bemerkte.

„Äh ..." setzte Valentin zu einer Erklärung an, brach dann aber ab und schwieg.

Er beneidete die Ärztin. Wie souverän sie war. Auf dieser Station ging es jeden Tag um Leben und Tod. Männer und Frauen durchlitten unsägliche körperliche und seelische Qualen, hatten Angst, waren verunsichert und aufgeregt. Schwangerschaft und Geburt, das war eine Reise auf einem kleinen Segelboot, das am Ende unweigerlich in einen starken Sturm geriet. Doch Augustine Morgentau schien über all dem zu stehen. Sie war kein bisschen nervös. Sie war der Lotse in rauer See. Fast schwerelos bewegte sie sich nun über den Linoleumboden. Wie ein guter Geist.

Wie sie sich jetzt wieder neben Heike und ihn setzte, fühlte sich Valentin ihr unendlich unterlegen.

„So ...", murmelte die Ärztin, während sie den Einweghandschuh überstreifte.

„Bitte nicht wieder nur drei Zentimeter", dachte Valentin, während Augustines Finger in Heikes Scheide glitten, um den Muttermund zu ertasten.

„Vier Zentimeter", die Ärztin lächelte Valentins Frau an.

„Na, es geht doch voran. Sieht so aus, als würde sich ihr Baby langsam auf den Weg machen."

Die Schwangere lächelte matt und glücklich. Sie schien zufrieden mit diesem Fortschritt.

Vier Zentimeter waren ihrem Ehemann allerdings etwas zu wenig. Er hatte mehr erwartet. Vier Zentimeter. Das bedeutete, dass Heike nicht einmal in der Übergangsphase sondern nur in der Eröffnungsphase war. Im Stillen hatte er auf sechs oder sieben Zentimeter gehofft. Es konnte - wenn man der Literatur glauben durfte – im schlimmsten Fall noch ein oder zwei Tage dauern, bis das Kind zur Welt kam. Das verstand er gar nicht. Wie hatte er sich so irren können? Er musste noch einmal seine Excel Tabelle mit den Wehenabständen kontrollieren. Sollte ihm da ein Fehler unterlaufen sein?

Die Ärztin erhob sich, streifte den Einweghandschuh und warf ihn in den Müll.

„Ich glaube wir können Sie schon einmal in einen der Kreißsäle legen. Einer ist frei. Da ist es bequemer als hier im Untersuchungszimmer", entschied sie dann.

Das immerhin war eine gute Nachricht. Die Ärztin schien doch damit zu rechnen, dass es bald losgehen könnte. Valentins Stimmung hellte sich wieder etwas auf.

„Ich schicke gleich eine der Schwestern vorbei. Die bringt sie dann rüber. Bis später dann."

Damit verschwand Augustine Morgentau und zog die Tür hinter sich zu.

Augustine Morgentau betrat das Stationszimmer, schnaufte einmal und schüttelte den Kopf. Sie hatte schnell gemerkt, dass man den Physiker nur mit positiven Fakten würde beruhigen können und sich darauf eingestellt. Der Muttermund seiner Frau war noch immer nur drei Zentimeter. Eigentlich hätte sie sie wieder nach Hause schicken sollen. Aber der Typ war ihr zu nervös. Falls eine Schwangere reinkam, die schon weiter war, mussten die beiden eben wieder zurück ins Untersuchungszimmer. Gut möglich, dass sie dieses Kind gar nicht zur Welt bringen würde.

Sie setzte sich erst einmal auf einen der Stühle im Stationszimmer und legte die Patientenakten vor sich ab. Dann warf sie einen Blick auf die große Uhr, die über der Tür des Zimmers hing.

Schon kurz nach halb neun. Die Zeit war im Nu verflogen. Auf den meisten Stationen im Bürgerhospital kehrte jetzt bereits Ruhe ein. Nur die Notfälle, würden behandelt werden. Die Betriebsamkeit des Hauses verlangsamte sich zu einem gemütlichen Trott und würde bald ganz zum Stillstand kommen. Doch auf der Geburtsstation würde die Nacht noch lang werden und sehr wahrscheinlich würden in dieser Nacht zwei Babys zur Welt kommen. Mit Schlaf konnte sie nicht rechnen.

Es war Zeit für einen ersten Kaffee. Sie ging zum Schrank, fischte sich einen Kaffeefilter aus der Papierschachtel und öffnete die Kaffeedose. Mit einer Plastikkanne füllte sie Wasser in den Tank der Maschine und beobachtete wie der Wasserspiegel die Messskala nach oben schlich. Bei acht Tassen stellte sie die Kanne zur Seite. Barbara würde sicher auch einen Kaffee trinken wollen und manchmal kam auch einer der werdenden Väter hereingeschneit und fragte nach einer Tasse.

Sie schaltete die Maschine ein und wartete gedankenverloren.

An die Klappe des oberen Küchenregals hatte irgendwann einmal irgendwer einen DIN A4 Zettel geklebt. Jetzt blieben ihre ziellos dahin wandernden Augen daran hängen.

Im Querformat stand darauf die Frage: „Was ist Liebe?"
Die Schrift war fett, schnörkellos und schwarz, das Papier einfaches Druckerpapier und ohne Glanz. Keine Herzen, keine anderen Symbole, nur der Schriftzug.
„Was ist Liebe?"
Die Frage konnte direkter nicht sein. Sie hing schon ewig hier. Aber bisher hatte Augustine sie höchstens mit einem beiläufigem Lächeln quittiert. Bis heute schien diese Frage nicht an sie gerichtet zu sein und sie hatte nie einen Gedanken an eine Antwort verschwendet.
Ja, was war Liebe?
Die Hände in die Hüften gestützt verharrte Doktor Morgentau einen Augenblick und starrte auf die Schrift.
Das zwischen ihr und Hans?
Nein! Zumindest nicht von ihrer Seite. Das war … - ach, sie wusste es selbst nicht.
Vielleicht war es der Versuch ihr Leben in eine geordnete Bahn zu zwingen.
Sie wusste ja selbst, dass sie in ihrem Privatleben eine Stütze gebrauchen konnte. Eine Art Leitplanke damit die Nächte nicht zu sehr ausuferten. Irgendjemanden der ein Ziel vorgab, sonst würde sie mit 35 noch durch die Clubs fallen. Dafür war Hans gut gewesen.
Aber Liebe?
Augustine hätte sich nicht als ausgesprochen romantisch bezeichnet, aber das stellte sie sich irgendwie anders vor, größer.
Und vor Hans? Was hatte es da gegeben. Ihre Zeit mit Erik war etwas ganz anderes gewesen. Ein Ausschlag in die entgegen gesetzte Richtung. Erik, wow!
Aber nach dem ruhigen Leben, das sie mit Hans oder dem unsteten, das sie mit Erik geführt hatte, wurde hier ja gar nicht gefragt. Es wurde nach dem Gefühl, nach der Person gefragt. Gut Erik war attraktiv und wild, Hans nett und beruhigend.
Aber Liebe? Augustine schüttelte den Kopf.

„Was ist Liebe?"

Der Zettel musste doch schon ewig dort hängen. Wer hatte wohl diese verrückte Frage auf die Küchenverkleidung geklebt?

Sie nahm sich vor, darüber nachzudenken, sobald sie Zeit dafür finden würde.

Jetzt war aber keine Zeit dafür.

Während die Maschine zischte und stampfte, begab sich die Ärztin wieder an den Tisch und lenkte ihre Gedanken zu den Aufgaben, die vor ihr lagen.

Wo waren eigentlich die beiden Sybilles? Seit sie hier war, hatte sie noch keine der beiden Krankenschwestern gesehen. Eine sollte doch den Physiker und seine Frau in den Kreißsaal bringen.

Gerade in diesem Moment huschte draußen ein blonder Schopf vorbei.

„Sybille!" rief sie und reckte den Kopf in Richtung Tür.

Im Rahmen erschien eine schlanke, junge Frau mit kinnlangem blondem Haar. Ihr Gesicht war leicht gebräunt, ihre Haut makellos. Ungewöhnlich war, dass ihre Fingernägel, obwohl kurz geschnitten, rot lackiert waren. Außerdem trug sie nicht die für Krankenhauspersonal und Ärzte typischen weißen Birkenstocksandalen sondern weise Plastikschuhe, mit leicht erhöhtem Absatz. Es war klar, dass diese Frau sehr auf ihr Äußeres achtete. Aus der Tasche ihres weißen Kittels ragte ein silbernes iPhone hervor, bei dessen Anblick Augustine einfiel, dass sie ihre Nachrichten überprüfen könnte.

„Frau Doktor Morgentau?"

„Wo ist denn deine Kollegin?"

„Ich glaube, dass Sybille bei der Wassergeburt ist."

„Bei der Spanierin? Hat Barbara nicht gesagt, dass sie in einen anderen Kreißsaal verlegt werden soll?"

Sybille zuckte die Schultern. „Keine Ahnung. Ich habe nur gesehen, wie Sybille da reingegangen ist."

„Gut, dann", Augustine rieb sich mit zwei Fingern über die Stirn. „ist dein Auftrag, das Pärchen im U2 in den K1 zu verlegen. Okay?"

„Den mit der Strickjacke? Jetzt gleich? Sind die denn schon so weit?" Die Krankenschwester hatte sich in den Türrahmen gelehnt und dabei eine abwehrende Haltung eingenommen. Es kam Augustine vor, als hätte sie gerade etwas anderes vorgehabt und wolle sich nun vor der Aufgabe drücken.

„Sybille, verleg sie einfach in den K1!" bestimmte die Ärztin.

„Den muss ich aber erst noch zurecht machen, Frau Doktor Morgentau."

„Na dann los."

Der Blondschopf verschwand wieder. Ihre Plastikschuhe klapperten über den Boden, dann ging eine Tür.

Gegenüber Krankenschwestern hatte sich Augustine einen durchaus autoritären Ton angewöhnt. Sie hatte die Erfahrung gemacht, dass etwas anderes gar nicht möglich war, wollte man, dass die Station im Fluss blieb und die Abläufe nicht durch Müßiggang ins Stocken gerieten. Gerade die beiden Sybillen waren wenig geneigt, selbstständig zu arbeiten und brauchten klare Anweisungen. Augustine rekapitulierte kurz in Gedanken die Situation.

Der Physiker wurde in den K1 verlegt. Barbara war noch mit der schwäbischen Marathonläuferin beschäftigt und eine der Sybilles zog anscheinend die Spanierin um.

Es war also keine Gefahr im Verzug. Alles im Griff.

Zeit für einen Kaffee und eine Zigarette. Die Kaffeemaschine war bereits durchgelaufen. Augustine goss sich eine Tasse ein. Schwarz und bitter. Kein Zucker, keine Milch. Die Tasse würde sie mit nach unten nehmen, dorthin wo draußen vor einem der Notausgänge ein Aschenbecher stand. Ein einziger für das gesamte Krankenhaus. Nun gut, rauchen war nicht mehr so in Mode wie früher. Trotzdem fand Augustine, dass Raucher in dieser Gesellschaft inzwischen diskriminiert wurden. In Bars und Restaurants durfte man nicht mehr rauchen, ebenso wie auf Bahnsteigen und Flughäfen. Und hier: Ein einziger Aschenbecher, draußen, ohne Überdachung, im Hinterhof! Vollkommen ungeschützt. Bei Wind schaffte man es kaum, sich dort seine Zigarette anzuzünden. Tagsüber drückte sich ständig eine Handvoll Patienten dort herum. Doch jetzt würde dort nichts los sein.

Einen Kaffee und eine Zigarette, das hatte sie jetzt verdient. Sie kramte ihre Zigarettenschachtel aus ihrem Rucksack und war bereits auf dem Weg, als Barbara hereinkam.

Irgendetwas schien sie wütend gemacht zu haben. Sie schäumte geradezu ins Stationszimmer.

„Scheiße", schimpfte Barbara. „Der Junge ist abgehauen. Was für ein Schwein!"

„Der Junge?"

„Ja. Die Spanierin, der Junge. Einfach verschwunden. Vor gut einer dreiviertel Stunde. Der kommt nicht wieder. Ihr einfach ein Kind machen und dann abhauen. Was für ein Schwein!"

„Woher weißt du, dass er weg ist und nicht wiederkommen wird?" wollte Augustine wissen.

„Ich weiß es eben!" fauchte Barbara. „Sie sind da ja immer zu blauäugig mit den Männern, Doktor Morgentau, den Herren der Schöpfung, pah! Im Grunde sind sie alle gleich. Weg ist er, seit einer dreiviertel Stunde!"

Es war offensichtlich, dass die Hebamme die Fassung verloren hatte. Doch Augustine gab nicht viel auf dieses Gewüte. In Barbaras Welt waren die Männer grundsätzlich an allem Schuld. Die Frauen waren die Guten und die Männer waren die Schlechten. In diesem einfachen Weltbild war die Hebamme nicht zu erschüttern.

Gut möglich, dass der Junge abgehauen war. Aber vielleicht auch nicht.

„Ob er weg ist, das wissen wir nicht, Barbara. Der Junge war total gestresst. Vielleicht ist er nur eben mal raus. Die beiden sind noch jung und total überfordert", verteidigte die Ärztin Marcus. Außerdem gefiel ihr Barbaras derbe Ausdrucksweise nicht. „Sicher kommt er wieder zurück."

„Ach, dafür gibt es keine Entschuldigung. Das Mädchen hockt in der Badewanne, hat Wehen, murmelt spanische Gebete und ist überhaupt nicht mehr zugänglich. So kann man nicht mit ihr arbeiten", entgegnete die Hebamme heftig.

Augustine schnaufte durch die Nase und stieß dann ein nachdenkliches „Hmmm!" aus.

Es machte keinen Sinn mit der Hebamme darüber zu diskutieren. Aber es war klar, dass es hier ein Problem gab, um das sie sich kümmern musste. Die Zigarettenpause musste sie wohl aufschieben.

„Ich denke wir sollten ihre Eltern verständigen, oder?" Augustine sah Barbara fragend an. Dann nahm sie die Patientenkarte zur Hand und blätterte darin herum.

„Sie ist in Frankfurt geboren. Hier ist auch eine Adresse angegeben ...- hm" Die Ärztin war sich unsicher, ob sie diesen Schritt unternehmen sollte. Es war doch ein starker Eingriff in die Privatsphäre der Spanierin. Man wusste nicht, welches Verhältnis sie zu ihren Eltern hatte, ja, genau genommen war es nur eine Vermutung, dass diese Adresse die ihrer Eltern war. Auf der anderen Seite, falls der Junge nicht zurückkommen würde, dann würde das eine schwierige Nacht für die Spanierin und auch für Augustine werden. Immerhin war es Augustine gewesen, die versprochen hatte, sich um das Mädchen zu kümmern. Und sie fühlt sich verpflichtet, dieses Versprechen zu halten, so gut es eben heute Nacht gehen würde.

„Ich frage das Mädchen", entschied sie dann und erhob sich. „Hier, ich habe Kaffee gemacht. Trink erst mal einen und komm wieder runter." Die Ärztin deutete auf die Kaffeemaschine, die noch leise röchelte und in deren Glaskanne rabenschwarze Flüssigkeit stand.

„Ich gehe eben zu der Spanierin und bespreche mit ihr das weitere Vorgehen."

Als die Ärztin den Gang überquerte, blieb sie einen Augenblick stehen und schaute aus dem Fenster am Gangende. Draußen war es dunkel. Eine von hunderten Nächten, in denen sie Dienst hatte, war angebrochen. Das war Routine für sie. Aber irgendwie beschlich sie das Gefühl, dass ihr diesmal eine lange und ungemütliche Nacht bevorstand. Hin und wieder hatte sie eine Schicht, da standen nur ein oder zwei Geburten an und die Eltern waren nicht Erstgebärende. Da flutschten die Babys nur so heraus und Augustine konnte alles den Hebammen und Schwestern überlassen. Ja, manche Nacht ergab sich sogar die Gelegenheit ein wenig auf der Liege des Untersuchungsraumes zu schlafen. Doch heute würde das wohl kaum so kommen.

Augustine öffnete die Tür des Kreißsaals.

Das Mädchen saß immer noch in der flachen Fliesenwanne. Sie sah nicht auf, als Augustine eintrat. Ihr Gesicht war verzerrt. Die Augen hielt sie geschlossen.

Auf dem Stuhl in der Ecke hockte seelenruhig eine der Sybilles und tippte auf ihrem Smartphone herum. Sie hatte nur kurz die Augen gehoben, um dann wieder auf ihr Display zu starren. Dieser Anblick machte die Ärztin wütend. Ständig tippten diese Krankenschwestern auf ihren Handys herum. Für die Gebärenden schienen sie sich überhaupt nicht zu interessieren.

„Was machst Du da, Sybille?!" herrschte Augustine die Krankenschwester an.

Erschrocken ließ die Sybille das Gerät in ihrer Kitteltasche verschwinden. „Ich … ich, sollte kurz aufpassen", stammelte sie.

„Und was machst Du? Du bist hier nicht zu Hause und nicht in der U-Bahn! Das ist ein Kreißsaal! Weißt Du, wo der Junge ist?"

„Kurz weg. Er hat mich gebeten, kurz aufzupassen …"

„Mensch, Sybille! Seit wann sitzt Du hier? Eine dreiviertel Stunde? Eine Stunde? Fang an zu denken. Du kannst nicht die ganze Schicht hier hocken und in Dein iPhone glotzen!" Augustine sah, wie ein Funken puren Hasses einer Sternschnuppe gleich in den Pupillen der Krankenschwester aufleuchtete. Es gefiel ihr gar nicht, dass die Ärztin sie so zurechtwies. Noch dazu vor einer Patientin.

Aber Augustine war nun echt sauer. Das lief nicht so, wie sie sich das vorgestellt hatte.

„Jetzt bleibst Du aber noch hier!" befahl sie, als die Krankenschwester sich aus dem Staub machen wollte, um dem Ärger der Ärztin zu entgehen.

Dann wandte sie sich der Spanierin zu.

„So, da bin ich wieder!" Die Ärztin versuchte den Ärger abzuschütteln und einen fröhlichen Optimismus in ihre Stimme zu legen.

„Weißt Du, wo der Vater des Kindes ist? Zigarettenholen gegangen?" Das sollte nun sogar etwas witzig klingen. Aber es misslang. Die Ärztin biss sich auf die Lippen. Den Gag hätte sie sich sparen können.

Claudia schüttelte nur den Kopf ohne zu antworten.

„Nun mal im Ernst: Meinst Du er kommt zurück?"

Claudia sah sie an und Augustine erschrak fast. So warm und weich wie dieses Mädchen wirkte, in ihren Blick lag nun etwas hartes, ja beinahe unerbittliches. Ein stählerner Stolz glänzte in diesem Blick.

Es war klar, sie hatte mit dem Jungen abgeschlossen.

„Verrückt!" dachte die Ärztin. „Sie würde diese Geburt alleine durchziehen."

Und dann? Was kam dann?

Was wollte sie tun, wenn das Baby da war? Hatte sie Freunde hier? Eine Wohnung? Einen Beruf? Wollte sie ihre Familie informieren? Augustine verstand, dass dieses Mädchen sich in einer für sie ausweglosen Situation befand. Aber sie konnte nicht aufgeben. Sie wollte der Welt zeigen, dass sie nicht zerbrach.

Wenn sie nicht eingreifen würde, würde dieses Mädchen voller Trotz ihren Weg alleine gehen. Sie würde niemals um Hilfe bitten, aber sie brauchte Hilfe. Sie konnte nicht mutterseelenallein ein Kind gebären. Mit dem Jungen – wie immer die beiden zueinander standen - war wenigstens ein Mensch permanent bei ihr gewesen. Augustine wusste, wie wichtig es war, dass jemand sie begleitete, der ihr vertraut war. Gebärende brauchten eine vertraute Person als Schutzwall vor der Außenwelt, während sie selbst hilflos und hochverletzlich ein kleines Etwas gebaren. Selbst wenn diese Person nichts weiter tat außer da zu sein.

Augustine hatte noch nie erlebt, dass eine Frau auf der Station alleine ein Kind geboren hatte. Irgendjemand war immer dabei gewesen, Mann, Mutter, Schwester, Bruder, Freund, Freundin ...-

Doch nun ...-

Was hatten die beiden sich gedacht, als sie hierher kamen? Was hatte der Junge sich gedacht, als er einfach gegangen war?

Die Ärztin trat auf das Mädchen zu. Sie überlegte, wie sie das Mädchen dazu bringen konnte, ihre Familie zu verständigen.

„Ich habe etwas Zeit für Dich. Kann ich Dir irgendwie helfen?"

Aber Claudia schüttelte nur den Kopf.

„Lass mich in Ruhe!" sagte dieses Kopfschütteln.

„Willst Du das ganz alleine schaffen?" fragte sie weiter. Doch das Mädchen schwieg.

Augustine legte ihr wieder die Hand auf die Schulter. Ihre Haut war kühl. Die Ärztin prüfte die Wassertemperatur.

Das Wasser in der Wanne begann abzukühlen.

„Deine Eltern wohnen in Frankfurt, ja? Die Adresse, die auf Deinen Unterlagen steht stimmt doch?"

Augustine machte eine kurze Pause.

„Stimmt sie? Antworte mir!" forderte die Ärztin Claudia auf. „Verdammt noch mal, hilf mir ein bisschen. Mach die Augen auf!"

Den letzten Satz hatte die sie fast zornig hervorgestoßen. Was für eine verdammte Sturheit! Wie konnte man denn so unvernünftig sein?! Wie konnte man denn so sehr sich nicht helfen lassen wollen?!

Augustine sah auf die Schwangere, die immer noch die Augen geschlossen hielt, eingeigelt und versteinert. Dass der Junge gegangen war, schien ihr den Rest gegeben zu haben.

„Claudia", wiederholte sie dann ruhig und eindringlich ihre Frage. „Stimmen die Daten auf Deinen Unterlagen? Wohnt Deine Familie in Frankfurt?"

Immerhin nickte Claudia jetzt.

„Gut. Ich werde jetzt Deine Eltern anrufen. Sie werden sicher schnell hier sein", bestimmte die Ärztin. Sie wartete nicht ab, ob das Mädchen eine Antwort gab, sondern ging aus ihrer gebückten Haltung nach oben und wandte sich der wartenden Sybille zu.

„Sie soll hier raus. K3 ist frei. Verleg sie dahin. Und bitte jetzt gleich!"

Der Kreißsaal, in den man sie verlegt hatte, das musste Ray zugeben, war sehr angenehm eingerichtet. Ray hatte befürchtet, er werde aussehen wie ein OP-Saal, mit blaugekachelten Wänden, hellem Licht und allerlei medizinischem Gerät. Doch diese hygienische Nacktheit blieb ihm erspart.

Zu seiner Überraschung fand er ein geräumiges Zimmer vor, das bestimmt wurde von der Nachahmung eines breiten französischen Bettes. Das Licht war gedämpft. Man hatte das Gefühl von Privatsphäre. Es gab sogar eine einfache Stereoanlage, deren mögliche Verwendung Ray nicht klar war. Sollten die Gebärenden damit Musik hören? Und falls ja, warum?

Das medizinische Gerät war so geschickt in den Raum integriert, dass es nicht weiter auffiel. Eine große Waage stand auf einer Art Sideboard. Damit würde man wahrscheinlich das Neugeborene wiegen.

Zwar war der Linoleumboden noch der gleiche wie überall in der Station, aber in dem Dämmerlicht fiel er nicht so unangenehm auf. Um die Wandfarbe genau zu bestimmen, war es zu dunkel. Ray bildete sich ein, dass es ein pastellfarbenes Blau war.

Mit etwas Begeisterung hätte man die Atmosphäre als gemütlich bezeichnet.

Allerdings musste Ray weiterhin auf einem Holzschemel ausharren. Daran, dass die Geburt auch für den Mann eine anstrengende Sache war und man nicht Stunden hockend verbringen konnte, schien niemand gedacht zu haben.

Ihm war jetzt klar, dass er würde hier bleiben müssen, bis zum bitteren Ende. Und er hatte sich damit abgefunden. Die Idee, Fabienne nur bis zum Kreißsaal des Bürgerhospitals zu begleiten und dann wieder nach Hause zu fahren, war eine Schnapsidee gewesen. Das sah er jetzt ganz deutlich. Die ganze Organisation auf der Geburtsstation war darauf abgestellt, dass neben dem offensichtlich dünn besetzten Personal noch ein Angehöriger bei der Geburt unterstützte. Hätte er das vorher gewusst, dann hätte er eine von Fabiennes Freundinnen oder seinetwegen Fabiennes Mutter organisieren können. Aber nun war es zu spät.

Ein bisschen hegte er auch einen Groll gegen seine Partnerin. Hatte sie vorher schon gewusst, dass er am Ende würde bleiben müssen? Hatte sie deshalb so locker der Vereinbarung zugestimmt, dass er, wenn alles auf der Spur war, natürlich nachhause gehen konnte?

Es war sinnlos darüber nachzudenken. Jetzt war er hier und er sah ein, dass er Fabienne nicht alleine lassen konnte.

Leicht fiel ihm das nicht. Gelinde gesagt, war er inzwischen ziemlich gestresst. Daran änderte auch nichts, dass sie das kleine Zimmerchen gegen den Kreißsaal getauscht hatten.

Als die Ärztin ihnen mitgeteilt hatte, Fabienne sei in der Übergangsphase, hatte der Anwalt nicht gewusst, was damit gemeint war. Inzwischen hatte er eine exakte Vorstellung davon, was Übergangsphase bedeutete. Damit war der Übergang vom menschlich-zivilisierten Dasein zur tierischen Existenz gemeint.

Seit einer viertel Stunde kamen die Wehen bei seiner Partnerin in unregelmäßigen Abständen. Manchmal schienen sie überhaupt nicht mehr enden zu wollen. Manchmal kamen sie dicht hintereinander, manchmal lagen vier oder fünf Minuten Pausen zwischen zwei Wehen.

Fabienne lag auf dem Bett, wimmerte, schrie, wimmerte, wie ein hilfloses Bündel, dass vom Teufel besessen war. Gerade schien sie wieder auf eine Art Höhepunkt zuzutreiben.

Ihre Bauchmuskeln spannten sich, ihre Arm- und Beinmuskeln krampften sich zusammen, ihr Gesicht verzerrte sich zu einer grotesken Maske ... - und dann begann wieder dieses unmenschliche Geschrei. Ray hielt sich beide Ohren zu und versenkte seinen Blick in die rauchigen Streifen des Linoleumbodens.

Das war nicht mehr seine Lebensgefährtin. Das war nur noch ein schreiendes Bündel Fleisch.

Es war entwürdigend. Sie tat ihm leid.

Obwohl er sich manchmal fragte, ob es nun unbedingt nötig war, so laut zu schreien.

Zwischen den Wehen piepste sie: „Mir isch hoiß." – „Meine Fiaß kribbeln so, ooh, meine Fiaß kribbeln."

Der Anwalt antwortete nicht, schon weil er nicht wusste, ob sie ihn in diesem Zustand noch wahrnahm.

Und was konnte er schon dagegen tun? Konnte er helfen? Wie konnte er helfen?

Natürlich hatte er an keinem Geburtsvorbereitungskurs teilgenommen. Er hatte ja auch an dieser verdammten Geburt nicht teilnehmen wollen, sonst hätte er sich besser vorbereitet.

Verdammt!

Wie lange sollte das noch so weiter gehen?!

Übergangsphase hatte die Ärztin gesagt. Das klang nicht danach, als käme das Baby gleich zur Welt. Was würde die nächste Phase sein?

Auch wenn er sich mit seiner Situation abgefunden hatte, so war das eine rationale Entscheidung gewesen. Und er wusste nicht wie lange er diesen Horror aushalten konnte. Er selbst wurde beherrscht von einem Gefühlsdurcheinander aus Hilflosigkeit, Angst, Mitleid und Fluchtimpuls. Alles war außer Kontrolle und er war bis zum Platzen angespannt. Er fühlte sich, als bade er seit Stunden in viel zu heißem Wasser. Nicht mehr lange, dann würde auch er anfangen müssen zu schreien.

Es war ihm klar, dass das, was Fabienne durchmachte *normal* war. Aber das war ja das Schlimme daran. Wenn es *normal* war, dann konnte man ja nichts dagegen tun. Wäre es dagegen nicht *normal* gewesen, dann hätte man etwas unternehmen können.

Als vor einiger Zeit eine der blonden Schwestern hereinkam, um nach ihnen zu sehen und dabei ein Gesicht machte, dass ausdrückte, dass alles ganz *okay* sei, obwohl Fabienne gebrüllt hatte wie am Spieß, hatte er sie bösartig angezischt: „Verdammt! Wie lange noch? Wie lange noch? Bleiben Sie verdammt noch mal hier und helfen sie ihr!"

Stoßweise hatte er das hervorgezischt, in einer Art, wie er es gar nicht von sich kannte, so dass die Schwester erschrocken zurückgewichen war und eilig den Raum verlassen hatte. Seitdem war sie auch nicht wieder aufgetaucht.

Eine Zeitlang hatte der Anwalt versucht sich abzulenken. Im Gang waren die Reste einer FAZ herumgeflattert. Er hatte sie aufgesammelt und versucht zu lesen. Wenn er lesen würde, so dachte er, konnte er, wenn schon nicht körperlich so doch im Geiste, dieser Geburt etwas aus dem Weg gehen. Wie einen Paravent hatte er die Zeitungsblätter vor sich aufgespannt und versucht sich in einen Artikel hineinfallen zu lassen: *Verbraucherschützer fordern höhere Garantiezeiten.*

Aber es war unmöglich gewesen. Er hatte jeden Satz fünfmal lesen müssen, bis er ihn verstand. Dann hatte er aufgegeben.

Mein Gott! Wie lange noch?!

In diesem Moment begann Fabienne schon wieder sich zu verkrampfen und zu stöhnen.

Schweißperlen traten auf seine Stirn.

Der Anwalt erhob sich.

„Ich mache Dir nochmal ein Kirschkernkissen warm", presste er leise hervor, ohne eine Antwort zu erhalten.

Er griff sich das Kissen und betrachtete das vergilbte kleine Ding, das nur etwas größer war als seine Hand. Also eher ein Säckchen als ein Kissen. Durch den Stoff konnte man die harten Kirschkerne ertasten. Seiner Meinung nach, war es absolut sinnlos zu glauben, dass man mit ein bisschen Wärme, diese Schmerzen lindern könnte. Aber er wollte einfach für fünf Minuten diesem unmenschlichen Geschrei entkommen. Wahrscheinlich hatte man nur aus einem Grund Kirschkernkissen erfunden: damit die Männer während der Geburt auch etwas zu tun hatten. Eine Art Ritual, dessen einzige Bedeutung darin lag, dass man es durchführte, eine Geste, nichts weiter.

Ray erhob sich und ging hinaus.

Hinaus, hinaus.

Der Gang lag leer da. Er verharrte einen Augenblick. Als die schwere Tür hinter ihm ins Schloss fiel, klangen Fabiennes Schreie nur noch leise an sein Ohr. Es kam ihm vor, als sei sie nun weit entfernt.

Er atmete einmal tief ein und wieder aus, dann steuerte er auf das Stationszimmer zu.

Im Stationszimmer war niemand. Auf dem Tisch standen ein paar verlassene Kaffeetassen herum. In der

Kaffeemaschine köchelte eine rabenschwarze Brühe vor sich hin.

Der Anwalt warf das Kirschkernkissen in die Mikrowelle, stellte den Drehknopf auf zwei Minuten und drückte die Starttaste. Dann wartete er.

In diesem Moment war außer dem gleichmäßigen Brummen der Mikrowelle nichts zu hören. Das hatte etwas durchaus Beruhigendes. So musste es im Auge eines Hurricans sein, dort wo alles still ist und man dennoch sehen kann, in welchem wahnsinnigen Strudel sich die Welt um einen dreht.

Ruhe und Entspannung. Er war jemand, der einfach Ruhe und Entspannung benötigte.

Ruhig atmen, bisher hatte er nicht gewusst wie wichtig ihm das war.

Ping! Die Mikrowelle verstummte.

Schon vorbei?!

Ray stellte nochmals drei Minuten ein und drückte auf Start. So ein Säckchen konnte sicher nicht warm genug sein.

Sein Blick fiel auf eine Schautafel, die an der Wand des Stationszimmers hing und eine Vagina in verschiedenen Querschnitten darstellte.

Ray wandte den Kopf ab.

Nein, er hatte überhaupt nichts gegen das weibliche Geschlecht. Im Gegenteil. Er liebte es sogar, aber so wie es Modigliani gemalt oder Anäis Nin beschrieben hatte. Erotisch und nicht nackt und sachlich.

Die Darstellung im Stationszimmer, die alles zerlegte und alphabetisch sortierte, erinnerte ihn an die Schautafeln einer Metzgerei, die die verschiedenen Fleischsorten des Rindes zeigten.

Ping!

Der Anwalt gab dem Kirschkernsäckchen nochmals drei Minuten.

Sex!

Das war ein Thema, das ihn die ganze Schwangerschaft über beschäftigt hatte.

Am Anfang hatte sich zwischen ihm und Fabienne nichts geändert, außer dass er ständig daran denken musste, dass sie schwanger war. Doch das hatte ihn kaum gestört.

Aber so um den siebten Monat herum war an Sex in den üblichen Stellungen nicht mehr zu denken.

Mit einer Frau ins Bett zu gehen, die im siebten Monat schwanger ist ... - na ja - ... der Kürbisbauch ist ja immer im Weg.

In einem der Bücher, die ihm seine Partnerin neben die Toilette gelegt hatte, wurde neben vielen weiteren Aspekten der Schwangerschaft und Geburt auch dieses Thema behandelt.

Das Buch war von einem Mann geschrieben. Nur aus diesem Grund hatte Ray überhaupt in Erwägung gezogen, es zu lesen.

Aber es war eine Enttäuschung. Der Autor war ein Weichei. Ein Frauenversteher.

Schon dass er mit Vornamen Kester hieß und seine Frau Gesine, machte ihn verdächtig. Im friedensstiftenden Stil der Aufklärungsbücher der Siebziger Jahre wurde da geschildert wie unglaublich reizvoll der Sex mit einer Schwangeren sein sollte - oder was Kester und Gesine so unter Sex verstanden. Es war dieser verständnisvolle, harmonische, eheliche Sex, wie ihn nur Weicheier hatten.

Das klang mehr nach „ *Wir kochen etwas Schönes zusammen* ". Ohne Gier und ohne Lust und vollkommen aggressionslos. Das war nicht seine Sache.

Noch toller fanden Kester und Gesine es, als sie im Geburtsvorbereitungskurs gehört hatten, dass erfüllter Sex positive Auswirkungen auf die Psyche des Kindes haben sollte.

Dieser Mann hatte noch nie richtig gefickt. Wahrscheinlich trank er Tee statt Kaffee und trug Sandalen.

Nein, auf diesen Räucherstäbchen-Sex hatte Ray keine Lust. Das war kein Ausweg für ihn. Dieses verständnisvolle, zärtliche Herumgeschiebe …

Oh, Mann! Erzürnt hatte Ray das Buch weggeworfen.

Außerdem! Wenn er ehrlich war, hatte ihn die Vorstellung, sich irgendwie vorsichtig auf diesen zum Ballon aufgeblasenen Körper zu legen und seinen ...- nein! Diese Vorstellung hatte ihn erschreckt und jede Lust erstickt.

Fabienne hingegen schien der fehlende Sex nicht besonders viel auszumachen. Sie war ja auch glücklich schwanger.

Aber bei Ray war der sexuelle Trieb weiter vorhanden. Er schlich sich langsam durch seine Gehirnwindungen und durch seinen Körper. Wenn ihn Ray an einer Stelle niederdrückte, dann tauchte er unweigerlich an einer anderen wieder auf.

Es gab Tage, da stand er ganz schön unter Strom, Tage, da hatte er sich gefragt, wie er das noch monatelang aushalten sollte. Denn es war ihm schon klar, dass es auch nach der Geburt seine Zeit dauern würde, bis Fabienne wieder in Stimmung war.

Seine Partnerin zu betrügen, auf Abwegen zu wandeln oder ein Bordell zu besuchen, das kam für ihn nicht in Frage. Treue gehörte zu den Vereinbarungen, die er mit dieser Beziehung eingegangen war. Und er hielt sich daran.

Kurzum, es gab nur einen Ausweg.

Einen blasen!

Einen blasen, das war sogar der perfekte Ausweg.

Aus Rays Sicht hatte diese Lösung nur Vorteile.

Es gab nur ein Problem. So sehr seine Partnerin zu allen Spielarten zu gebrauchen war, sie hatte es immer abgelehnt, ihm einen zu blasen. Die meisten Versuche, sie zu überreden waren gescheitert. Da konnte Fabienne wirklich stur sein. Und die wenigen Male, wo sie sich hatte breitschlagen lassen, waren ein einziges Desaster gewesen. Im entscheidenden Augenblick hatte sie gescheut wie ein

Turnierpferd vor einem zu breiten Wassergraben. Und jeder Mann weiß wie schmerzlich das ist.

Woher diese Scheu kam, konnte Ray sich nicht erklären.

Als sie sich kennenlernten, hatte sie behauptet, es würde ihr keinen Spaß machen. Später erklärte sie, es aus Prinzip niemals zu tun. Bis sie sich endgültig auf den Standpunkt stellte, sie ekle sich davor.

Ekel?!

Da konnte man natürlich nicht mehr argumentieren.

Irgendwann im Laufe ihrer Beziehung hatte Ray sich damit abgefunden. Dann eben nicht. Doch mit der Schwangerschaft war eine Situation eingetreten, in der dieses Thema wieder aktuell wurde. Hätte es doch der perfekte Ausweg sein können. Der wirklich perfekte Ausweg! Das musste Fabienne einsehen!

Wie sollte er sonst die nächsten Monate überstehen?

Plötzlich drang ein scharfer Geruch in seine Nase. Er fuhr aus seinen Gedanken auf und schaute sich irritiert um. Woher kam das? Was war das?

Verdammt!

Im Inneren der Mikrowelle flackerte es. Aus den seitlichen Abluftschlitzen stieg ein beißender Rauch auf.

Im ersten Moment war der Anwalt zu perplex, um sich das zu erklären. Aber dann verstand er: Das Kirschkernkissen brannte!

Ray hieb auf den Knopf, der die Tür öffnete und das Gerät abschaltete. Das Säckchen brannte lichterloh und ein seltsamer Gestank breitete sich aus.

Wie hatte das denn passieren können?!

Geistesgegenwärtig griff der Anwalt nach einem Glas, füllte es mit Wasser und schüttete es in das Innere der Mikrowelle.

Es zischte nur kurz, dann war das Feuer auch schon gelöscht.

Ray schaute in die Mikrowelle. Der weiße Innenraum war mit einer Rußschicht überzogen. Vorsichtig zog er das verkohlte Säckchen heraus und blickte es ungläubig an.

In diesem Augenblick betrat Barbara das Stationszimmer. Ray hatte sie nicht kommen hören. Mit einem Mal stand sie da.

„Wieso stinkt es hier so?" Sie sah Ray fragend an. „Was haben sie da gemacht?!"

Ray, immer noch das tropfende, verkohlte Säckchen in der Hand, wurde rot im Gesicht.

„Äh,… es hat plötzlich angefangen zu brennen", stammelte er, ärgerte sich aber gleich im nächsten Moment über sich selbst. Wie konnte es sein, dass er vor einer Hebamme herumstotterte wie ein Schuljunge?

Mit einer resoluten, ja, herrischen Geste nahm die Hebamme ihm die Reste des Kirschkernkissens aus der Hand, besah sich den Schaden und schüttelte nun den Kopf, als hätte sie einen kompletten Idioten vor sich. Dann warf sie das Kissen in einen Klappmülleimer, der neben der Schrankwand stand.

„Machen Sie bitte mal das Fenster auf und reinigen Sie die Mikrowelle!" befahl Barbara.

„Hier!" Sie warf Ray einen der Spüllappen zu, die über den Rand des Ausgusses hingen.

Der Anwalt zuckte vor Ärger zusammen.

Von einer Hebamme Anweisungen zu erhalten, wie man sie einer Putzfrau gab, war nun doch etwas zu viel für ihn. Das konnte er so nicht stehen lassen. Er ging zum Gegenangriff über. Erst einmal eine Nebelkerze werfen, dachte er.

Sein Körper spannte sich, so dass er eine gerade Haltung einnahm. Wenn auch nicht außergewöhnlich groß, so war er doch einen Kopf größer als Barbara.

„Das ist Ihre Schuld! Sie haben mich falsch eingewiesen!" warf er der Hebamme vor.

„Was?! Was meinen Sie?"

„Nun, das mit dem Kirschkernkissen, Sie haben es mir vorhin nicht richtig erklärt", wiederholte er. „Nur deshalb hat es zu brennen angefangen!"

„Was?!" rief Barbara nochmals aus. Der Vorwurf kam ihr vollkommen absurd vor. Einen Augenblick glaubte sie nicht richtig verstanden zu haben. „So einen Unsinn habe ich ja noch nie gehört!"

„Dann wird es höchste Zeit, dass es Ihnen einmal jemand sagt!"

Der Kopf der Hebamme lief rot an. Sie sammelte sich in einer beinahe gedrungenen Haltung, die durchaus etwas Angriffslustiges hatte. Ihr Blick nahm eine konzentrierte Härte an. Sie taxierte jede Bewegung von Ray genau.

Aber der war jetzt nicht mehr zu bremsen. Dabei entsprach das gar nicht seiner Art. Im Gegenteil. Grundsätzlich hasste er Gefühlsausbrüche. Genaugenommen behandelte er Personen, die ihm gegenüber aus der Fassung gerieten, mit verachtender Herablassung. Überhaupt war das Rays stärkste Waffe. Im Konfliktfall konnte er eine geradezu tödliche Verachtung ausstrahlen. Und sich selbst erlaubte er niemals, die Kontrolle zu verlieren. Im Streit blieb er ruhig und ließ den anderen auflaufen. Es galt ihm als Sieg, wenn sein Gegner vor Wut zerplatzte. Und gewöhnlicherweise war genau das sein Ziel

Aber nun lernte der Anwalt sich von einer neuen Seite kennen. Er ließ sich gehen und er war noch nicht fertig.

„Vielleicht sollten Sie sich einmal darüber klar werden, dass meine Partnerin und ich Sie im Grunde genommen mit unseren Beiträgen finanzieren. Und wahrhaft gut finanzieren, denn wir sind privatversichert. Ein bisschen Kundenorientierung würde Ihnen also sicherlich gut zu Gesicht stehen!" fauchte er. Und weiter: „Betrachten Sie sich als das, was Sie sind. Nämlich eine Hebamme! Und nicht der Chefarzt!"

Ein blonder Kopf tauchte kurz im Türrahmen auf, verschwand dann aber wieder.

Für einen Augenblick registrierte Ray, dass er den letzten Satz laut geschrien hatte. Er hatte gebrüllt. Richtig gebrüllt! Und es hatte gut getan. Es hatte ihn erleichtert, wirklich erleichtert.

„Erstaunlich", dachte er. Dieser Gefühlsausbruch war ihm kein bisschen peinlich. Im Gegenteil. Gerade überlegte er, welche weitere Gemeinheit er noch herausschreien könnte. Aber dann bremste ihn etwas.

Das Gesicht der Hebamme war nämlich hassverzerrt. Sie brummte und brodelte wie eine Handgranate, von der man den Sicherungsring abgezogen hatte. Mit einem Mal kam Ray der Gedanke, sie könne ihn beißen wollen und er wich unwillkürlich einen Schritt zurück. Natürlich war er der Hebamme verbal weit überlegen und es lagen ihm auch noch ein oder zwei gut formulierte Vorstöße auf den Lippen. Doch als er nun in Barbaras flackernde Augen blickte, verstummte er.

„Äh ..", grummelte er nur.

Gott sei Dank kam in diesem Moment Doktor Morgentau ins Stationszimmer geeilt. Eine der Sybillen hatte sie darüber informiert, dass sich da etwas zusammenbraute. Und sie hatte gut daran getan.

Die Ärztin kannte Barbara. Bereits zweimal hatte sie in der Vergangenheit eingreifen müssen, um zu verhindern, dass es zu Handgreiflichkeiten kam.

Als sie das Stationszimmer betrat, überschaute sie die Situation sofort.

Sie legte der Hebamme die Hand auf die Schulter, wie einem alten Freund, den man lange nicht gesehen hat.

„Barbara!" Ihre Stimme klang sanft aber fest. „Die Spanierin muss aus dem kalten Wasser raus. Du musst der Sybille helfen, die schafft das nicht alleine, ja? Ich kümmere mich hier um den Rest."

Ohne eine Antwort abzuwarten, drängte sie sich zwischen den Anwalt und die Hebamme und schob Barbara dabei durch die Türöffnung hinaus.

„Sooo, was ist denn hier passiert?" wandte sie sich an den Anwalt. „Oh, Kirschkernkissen verbrannt. Wie haben Sie denn das geschafft?"

Sie lachte. „Geben Sie mal her!"

Augustine nahm Ray den Lappen aus der Hand. Dann zog sie den Drehteller aus der Mikrowelle, hielt in unter den Wasserhahn und spülte ihn ab.

Der Anwalt stand noch einen Moment kampfeslustig im Stationszimmer, während Barbara langsam hinausging. Ihre Schultern waren gesenkt und sie brummelte vor sich hin, doch sie Situation war gerettet.

„Setzen Sie sich doch", fuhr die Ärztin fort, während sie weiter mit der Reinigung der Mikrowelle beschäftigt war. „Nehmen Sie sich den Stuhl dort. Brauchen Sie ein neues Kirschkernkissen?"

Ray wandte nun endlich den Blick von der Hebamme ab und ließ sich auf den angebotenen Stuhl sinken. Er seufzte. Auf einmal fühlte er sich leer und traurig. Gleich würde er wieder zu Fabienne in den Kreißsaal gehen müssen …

„Können Sie denn nicht etwas gegen die Schmerzen meiner Partnerin unternehmen?" fragte er.

Augustine unterbrach die Reinigung der Mikrowelle und schaute ihn an.

„Die Schmerzen sind normal. So ist das bei einer Geburt", erklärte sie vollkommen ruhig.

Der Anwalt zog die Augenbrauen hoch. Das war ja eine wunderbare Antwort.

„Wir können eine PDA setzen, wenn es zu schlimm wird und ihre Frau das möchte. Medizinisch spricht nichts dagegen", fuhr Augustine fort.

Eine PDA! Dass das eine Art Wunderwaffe gegen Schmerzen war, hatte er bereits gehört. Angeblich führte sie zur völligen Schmerzfreiheit, ohne dass man dabei benommen oder betäubt wurde.

„Ja! Sie möchte eine PDA haben!" versicherte er deshalb sofort. Wieso war er bisher noch nicht darauf gekommen.

Er fragte sich, warum man nicht bei jeder Geburt von Beginn an zu diesem Mittel griff. Was für einen Sinn machte es, Schmerzen zu haben, wenn das nicht notwendig war?

Aber wahrscheinlich wollten die Ärzte, dass die Frauen litten, damit das Geburtserlebnis *natürlich* und *einmalig* blieb.

„Gut", antwortete Augustine. „Dann verständige ich den Anästhesisten. Es kann aber eine Weile dauern bis er kommt."

Jetzt war sie mit dem Säubern der Mikrowelle fertig und goss sich einen Kaffee in eine der herumstehenden Tassen.

„Bis dahin ...", fuhr sie fort, öffnete eine der Schubladen und zog ein neues Kirschkernkissen hervor. „...müssen sie hiermit auskommen."

Sie warf das Säckchen in die Mikrowelle, drehte die Zeitschaltuhr und drückte den Startknopf. Die Mikrowelle begann zu summen.

„600 Watt, zwei Minuten, nicht länger, ja? Kopf hoch! Morgen ist alles vorüber."

Damit ließ die Ärztin Ray alleine im Stationszimmer zurück. Ihren Kaffee hatte sie nicht angerührt.

Die Mikrowelle summte wieder.

PDA, das Zauberwort.

Ray atmete durch. Offensichtlich gab es die Möglichkeit die Geburt in halbwegs zivilisierter Form durchzuführen. Warum nicht gleich so?

Der Anwalt schöpfte wieder Mut.

Ping! Die Mikrowelle war durch. Ray nahm das Kissen heraus.

Er verließ das Stationszimmer und machte sich auf den Weg zum Kreißsaal.

Als er die Tür öffnete, musste er die Zähne zusammenbeißen. Fabienne stieß gerade ein langgezogenes „Uuuuuuhh uuuuhh uuuuh" aus. Dass er ins Zimmer trat, schien sie nicht zu bemerken.

Die Mischung aus Mitleid und Grauen, der er für eine Viertelstunde entkommen war, stieg wieder in seiner Brust auf. Als er in ihr verzerrtes Gesicht sah, erschrak er.

Das sollte normal sein?!

Unmenschlich!

Er zog den Schemel heran und setze sich neben sie an das Bett. Nachdenklich schaute er auf das Kirschkernkissen in seiner Hand.

Nun blickte ihn Fabienne mit glasigen Augen an.

„Raimund", stöhnte sie. „Wo bischt gwäsa?"

„Das Kirschkernkissen. Ich habe das Kirschkernkissen für dich warm gemacht." Ray versuchte sachlich und ruhig zu klingen.

Er streckte ihr das Säckchen entgegen.

„Wohin möchtest Du es haben?"

Fabienne rollte sich umständlich ein Stück auf ihre linke Seite.

„Do, dodrondr." Sie zeigte auf ihr Becken.

„Fabienne", fuhr er dann fort. „Wir bekommen eine PDA."

Und wie er es sagte, klang es fast so verheißungsvoll wie *Wir bekommen ein Baby.*

Seine Partnerin drehte sich zurück und schaute ihn einen Augenblick fragend an.

„Wir bekommen eine PDA", wiederholte Ray in der Annahme, Fabienne habe ihn nicht verstanden. „Der Anästhesist, er kommt gleich …"

„Raimund", erwiderte sie endlich. „I will koi PDA."

Ray ließ zischend die Luft zwischen seinen eng zusammengepressten Lippen entweichen.

4

Während er noch über seinen Anruf bei Claudias Eltern nachdachte, die Sätze noch einmal wiederholte, wartete Marcus in seinem Wagen auf das Grünzeichen der Ampel. *Sie bekommt nur ein Baby.* Nur ein Baby. Was für ein blöder Satz!

Vor ihm ging eine junge, hübsche Frau über die Kreuzung. Sie mochte so alt sein wie er, vielleicht etwas älter. Für einen Moment erfassten die Scheinwerfer des Alfa Romeos ihre Beine. Ein paar Nylons glitzerten kurz auf. Der Junge sah ihr einen Augenblick lang nach. Im Gehen warf sie ihr langes Haar zurück, verharrte dann, zog eine Haarspange aus ihrer Handtasche und band sich mit einer geschickten Handbewegung einen Pferdeschwanz.

Als hätte sie bemerkt, dass jemand sie beobachtete, drehte sie sich um und lächelte in Marcus Richtung. War es möglich, dass sie ihn gegen die blendenden Scheinwerfer sah? Oder lächelte sie ins Nirgendwo?

Die Ampel sprang um, und Marcus fuhr los.

Während er den Alfa die Bockenheimer Landstraße wieder Richtung Alter Oper steuerte, dachte er an seine erste Zeit mit Claudia. An die Zeit, als sie ihm noch so fremd war, wie dieses Mädchen, das gerade vor ihm die Straße passiert hatte. Eine Zeit, in der noch alles möglich gewesen war, in der sie noch nicht festgelegt waren auf einen Lebenslauf.

Er kannte Claudia aus der Schule. Sie war eines der Mädchen, die jeder Junge in der Schule vom Sehen kannte. Der Grund war einfach: sie sah verdammt gut aus. Eine Mischung aus Claudia Cardinale und Brigitte Bardot. Allerdings ohne jeglichen Anflug von Koketterie oder Laszivität. Ihre Kleidung war nie offenherzig, ausgeflippt oder provokant. Für Marcus Geschmack eher ein wenig zu klassisch. Weil sie auch noch nett war, war sie auf beinahe jede Party eingeladen, die irgendwo lief. Aber sie kam nur selten und ging meistens früh. Man wusste nicht viel über sie. Es gab verschiedene Gerüchte über große Brüder, ein strenges katholisches Elternhaus und dass der Vater ein Immobilienhai wäre. Aber Marcus hatte damals nicht gewusst, ob an diesen Schilderungen etwas dran war. Sicher war, dass sie jeden Morgen von ihrer Mutter in einem Porsche bis vor die Tür der Schule gefahren und gewöhnlich nach Schulschluss auch wieder abgeholt wurde. Obwohl es viele seiner Freunde versucht hatte, war es nur wenigen gelungen, mit ihr auch nur ein einziges Mal auszugehen. Es war nicht bekannt, dass irgendwer einen Treffer bei ihr gelandet hätte.

Ein Mädchen aus gutem Haus. Fast schon ein bisschen seltsam.

Eigentlich war Marcus an solchen Mädchen nicht interessiert. Er wollte etwas erleben. Und es gab genügend andere, mit denen man mühelos etwas erleben konnte. Langandauernde Eroberungen, die dann in einer Beziehung endeten, wo man Sonntagnachmittag von den Eltern zum Kaffee ins Eigenheim geladen wurde, das war nicht sein Ding. Es war eine wilde Zeit und Marcus wollte auf keinen Fall etwas verpassen. Er war hungrig danach zu leben, das zu erleben und zu erfahren, was er aus Büchern und Filmen kannte.

In der Schule hatten sie keinen einzigen Kurs zusammen. Wenn die Spanierin einen Freundeskreis hatte, dann überschnitt er sich nicht mit dem von Marcus. Doch natürlich kannte man sich. Wie auch nicht? Aber nur so im Vorübergehen, vom Sehen. Irgendwann einmal hatten sie ein paar belanglose Worte gewechselt, als sie hintereinander in der Schlange der Schulcafeteria warteten. Und so hatte es drei oder vier Begegnungen gegeben, die aber über den üblichen Smalltalk nie hinauskamen. Eine Bemerkung, ein Lächeln. Alles ohne Bedeutung.

Ein Zufall hatte sie zusammengeführt.

Jetzt war es über ein Jahr her. Genau vierzehn Monate. Marcus war zu einem Geburtstag eingeladen gewesen. Der Typ, der eingeladen hatte, war einer aus der zweiten oder dritten Reihe. Also keiner von den coolen Jungs. Marcus kannte ihn vom Leichtathletiktraining und kam, weil er es versprochen hatte. Ein Event, um die Zeit zu überbrücken bevor er noch ins White Cave zu gehen plante. Der Club öffnete erst um elf.

Auf der Party, die trotz des Hochsommers in einer kleinen Wohnung stattfand, war erwartungsgemäß nichts los gewesen. Die Eltern des Gastgebers – wie hieß der nochmal? Leo, oder so? - waren nicht da. Aber wild würde es trotzdem nicht werden. Das war mehr ein Geburtstagsfest als eine Party. Außer ihm waren noch zehn weitere Leute da, die Marcus fast alle von der Schule kannte. Es waren nur Langweiler darunter. Man saß herum und trank Bier. Die Gespräche drehten sich um Fußball, Schule und Computerspiele. Marcus hatte als Geschenk eine Flasche Wodka mitgebracht. Aber sie blieb den Abend über verschlossen.

Aber natürlich: Claudia. Sie war da. Marcus hatte sie mit einem coolen Nicken und einem kleinen Lächeln begrüßt. Während der Gastgeber ihm von seinen Vorbereitungen auf die Abiturprüfung erzählte, beobachtete der Junge die Spanierin.

Sie war schön. Es war das erste Mal, dass er sie so in Ruhe und ziemlich nahe betrachten konnte. Während die Gesprächstropfen seines Gastgebers an ihm abperlten, tat er nichts anderes als sie ganz unauffällig zu beobachten.

Im Gegensatz zu ihm schien sie sich nicht zu langweilen. Sie unterhielt sich und trank eines von diesen alkoholarmen Biermixgetränken.

Durch ihre Anwesenheit hatte die Party für ihn plötzlich einen Sinn bekommen, der darüber hinausging, hier nur zu warten bis das White Cave aufmachte. Jetzt hatte er ein Ziel.

Eine Frau oder ein Mädchen zu entdecken, wie ein Abenteurer ein fremdes Land, ihr ihre Geheimnisse zu entlocken, zu entreißen, das war es, was Marcus in dieser Zeit gereizt hatte. Anhand seiner Beobachtung versuchte er eine Idee zu entwickeln, wie das Wesen der Spanierin war, wie sie küssen würde, ob sie leidenschaftlich war, wie sie im Bett war. Den ganzen Abend über beschäftigte er sich damit, wie dieses Mädchens wohl sein könnte. Sich ihr Leben und ihren Charakter vorzustellen, war eine Art Spiel, ein schönes Spiel.

Und irgendwann wollte er seine Idee von ihr überprüfen. Das war das eigentlich spannende.

War sie alleine hier?

Zwei Jungs klebten geradezu an ihr. Marcus glaubte nicht, dass sie mit einem von diesen Losern gekommen war oder gehen würde. Trotzdem war es natürlich Blödsinn, sich dabei als Dritter ins Spiel zu bringen. Also beschränkte er sich darauf, mit ihr zwei oder dreimal in der Küche beim Bierholen oder auf dem Gang ein klitzekleines Gespräch zu führen. Gar nicht so lange. Eben gerade so, um Tuchfühlung aufzunehmen.

Erst als er sah, dass sie Vorbereitungen zum Aufbruch traf, sich vom Gastgeber verabschiedete, den einen Loser, der sie offenbar hinausbegleiten wollte abwimmelte, machte auch Marcus sich bereit. Im gleichen Moment wie sie stand auch er plötzlich an der Garderobe vor der Wohnungstür.

„Du gehst schon?" sprach er sie an.

„Ja", antwortete sie.

„Wie kommst Du nach Hause?"

„Ich nehme mir ein Taxi." Sie deutete auf ihr Smartphone, um zu signalisieren, dass sie gerade dabei war eins zu rufen.

„Ein Taxi? Ich kann Dich nach Hause fahren, wenn Du möchtest", bot er ihr an.

„Weißt Du denn wo ich wohne?"

„Nein." Marcus lächelte.

„Im Diplomatenviertel."

„Kein Problem. Das schaffe ich locker", antwortete er, obwohl er dazu einmal durch ganz Frankfurt würde fahren müssen.

Das Mädchen zog ihre leichte Sommerjacke über.

„Gut", sie nickte ihm zu. „Bring mich nach Hause."

Die Art und Weise, wie sie das sagte, machte klar, dass sie diese Gunst nicht jedem zugestand. Dabei klang es fast ein bisschen spöttisch und verspielt.

Sie hätte auch sagen können: „Gut, Du darfst mich nach Hause bringen."

Zusammen verließen sie die Party. Noch während sie die Treppe hinunter gingen überlegte Marcus, wie er den Abend mit ihr verlängern könnte. Vielleicht konnte er sie noch auf einen Drink in eine Bar einladen. Doch das schien ihm zu gewöhnlich. Er suchte nach einer besonderen Idee, etwas das Claudia faszinieren oder reizen würde.

„Dort steht mein Wagen." Als sie das Haus verlassen hatten, deutete der Junge auf die andere Straßenseite. Er war gespannt, was sie von dem Alfa hielt. Ein bisschen erwartete er, dass sie bemerkte, was für ein tolles Auto er hatte.

„Das ist ein alter Bertone" erklärte er.

„Schöner Wagen."

„Baujahr 73. Älter als wir."

Marcus wartete einen Augenblick bevor er die Tür öffnete, um dem Mädchen Gelegenheit zu geben, das ein oder andere Wort über den Alfa zu verlieren. Doch offensichtlich konnte man ihr damit nicht imponieren.

Er zündete sich eine Zigarette an und kurbelte das Seitenfenster herunter. Dann fuhren sie los.

Der Vorbesitzer des Alfas hatte einen CD-Player eingebaut. Marcus fischte eine CD aus dem Handschuhfach.

„Hier, leg mal ein", grinste er.

Claudia nahm die CD und las den Interpreten ab.

„Simon and Garfunkel?"

„Die Reifeprüfung, Dustin Hoffman, ein roter Alfa. Du wirst es kennen, sobald du es hörst. "

Der Junge erinnerte sich genau an diesen ersten Abend mit ihr. Es war eine ebenso angenehme Sommernacht gewesen wie heute.

Sie steuerten direkt durch die Hochhäuser der City. Aus den Lautsprechern klang leise aber klar „The Boxer".

Um ins Diplomatenviertel zu kommen, lenkte er den Wagen in die Bockenheimer Landstraße, die sich wegen ihrer dicht stehenden Bäume neben dem Lichtermeer auftat wie ein dunkler Tunnel.

Das Mädchen schaute aus dem Fenster. Ihre Haare drehten sich im Wind. Einmal sah sie ihn kurz an.

„Wollen wir noch ein bisschen im Grüneburgpark spazieren gehen?"

Dieses Angebot war natürlich ein recht plumpes Manöver. Damit hatte er seine Karten aufgedeckt. Aber ihm war nichts Besseres eingefallen. Und die Musik und diese Nacht …- hatte sie nicht auch Lust, das einfach noch ein bisschen zu verlängern?

Er hatte diese einmalige Gelegenheit aber nicht ungenutzt verstreichen lassen wollen. Er hatte nicht beim Abschied sagen wollen: „War nett, wir können ja mal zusammen ausgehen. Gibst Du mir Deine Nummer?"

Claudia sah ihn lange an, so als prüfe sie, ob sie ihm vertrauen könne.

„Okay", hatte sie dann geantwortet.

Dieses *Okay* war der Anfang gewesen. Es war ihre Einverständniserklärung, einen Schritt weiter mit ihm zu gehen.

Eine Weile waren Sie durch den Grüneburgpark spaziert. Trotz der Dunkelheit war einiges los im Park. Jugendliche lagerten noch auf den Wiesen. Jogger und Spaziergänger begegneten ihnen.

Sie hatten sich unterhalten über die Schule und Mitschüler. Marcus war bei dieser Unterhaltung sehr aufmerksam. Er versuchte herauszufinden, wie weit er bei der Spanierin kommen konnte.

Hatte sie einen Freund? War sie für ein Abenteuer zu haben? Jetzt gleich? Konnte er es wagen, ihre Hand zu nehmen? Sie zu küssen?

Doch in Claudia steckte ein Spott und gleichzeitig eine Ernsthaftigkeit, mit der er nicht umzugehen wusste. Marcus spürte, dass sie nicht nur aus Abenteuerlust mitgekommen war, nicht nur, um heute mit ihm herumzuknutschen und sich befummeln zu lassen.

Später hatte sie ihm erzählt, dass sie schon lange in ihn verliebt gewesen sei. Das hatte Marcus ziemlich erstaunt. Natürlich verliebten sich auf Grund seines Aussehens viele Mädchen in ihn. Doch das waren Girlies, die das gleiche wollten wie er, und die jeden Monat für einen anderen schwärmten.

Dass so ein Klassemädchen sich ernsthaft für ihn interessierte, darauf war er nicht eingestellt.

Sie hatten lange auf einer Bank gesessen und gesprochen. Über alles Mögliche hatten sie gesprochen. Und irgendwann war dieses Lauernde, sein Jagdinstinkt verschwunden. Er hatte sich in das Gespräch hineinfallen lassen, ohne seine gewohnte Coolness zu bewahren.

Einmal fuhr Claudia kurz mit ihren langen Fingern über seinen Nacken und durch sein Haar. Doch darin hatte keine Aufforderung gelegen. Es schien ihr einfach so eingefallen zu sein. Und es war irgendwie ehrlich. Dennoch war es ein deutliches Signal. Jede andere hätte er auf dieses Zeichen hin geküsst, ihr dann langsam die Hand in die Bluse geschoben und man hätte zusammen eine Menge Spaß gehabt. Dieses Programm war schon viele Male gelaufen. Er konnte die Mädchen lesen und da wo es wichtig war, setzte er den richtigen Punkt.

Aber bei Claudia war es anders. Ihre Ernsthaftigkeit war Marcus von Mädchen nicht gewohnt.

Sie war so offen und ohne Hintergedanken.

Als sie so durch sein Haar strich, war Marcus traurig geworden, ohne sagen zu können warum eigentlich.

Deshalb hatte er gar nicht erst versucht, sie zu küssen. Ihm war mehr danach, von ihr im Arm gehalten zu werden. Ein Mensch, der ihm das Gefühl gab, er könne sich in sie hineinfallen lassen, ohne Angst.

Vielleicht hatte er sich gerade in diesem Moment wirklich in sie verliebt.

Und – er erinnerte sich an dieses Gefühl genau – er fühlte sich ihr unterlegen. Noch nie hatte er sich gefragt, was ein Mädchen eigentlich von ihm wollte. Es war ihm immer klar gewesen. Nie hatte er an sich gezweifelt. Aber bei ihr stellte er sich die Frage, was Claudia eigentlich an ihm fand.

Hinter ihm hupte es. Der Junge schrak aus seinen Erinnerungen. Scheinwerfer flammten und dann überholte ihn ein Wagen. In Gedanken versunken war er mit seinem Alfa so langsam geworden, dass er wie ein einsamer Wassertropfen die Bockenheimer Landstraße entlang rann.

Automatisch beschleunigte er den Wagen wieder etwas, immer noch ohne zu wissen, wohin er jetzt eigentlich wollte.

Was sollte er nun tun?

Einige Kilometer von hier lag Claudia im Kreißsaal und gebar ihr beider Kind.

Claudia.

Plötzlich war ihm wieder vollkommen klar, was er zu tun hatte. Er musste zurück. Man musste es nur versuchen, ernsthaft versuchen. Die letzten Wochen waren nur ein Missverständnis. Sie musste doch noch da sein, dieses Mädchen von damals, mit der er auf der Bank gesessen hatte, als hätte ein Engel sie beide unter seine schützenden Flügel genommen. Es gab eine Zukunft. Ja, sie würden wieder so zueinander finden, wie damals im Grüneburgpark Wie hatte er nur auf die Idee kommen können, sie alleine zu lassen?

Endlich!

Augustine war nun gut vier Stunden im Dienst. Und das war ihre erste Zigarette.

Das tat gut!

Natürlich hatte Augustine schon mehrmals in ihrem Leben mit dem Rauchen aufgehört. Meist waren Erkältungen der Anlass gewesen. Nur ein- oder zweimal hatte sie aus Überzeugung die Zigaretten beiseite gelegt. Wobei die Überzeugung darin lag, dass sie leider wusste, dass Rauchen ein echter Killer war.

Wie jeder Raucher hatte sie also Erfahrung mit dem Aufhören. Deshalb wusste sie, dass sie nie wieder zu einem echten Nichtraucher werden würde. Sie war sich sogar sicher, dass kein Raucher je wieder zu einem echten Nichtraucher werden könnte. Zu einem Nichtraucher ja, aber nicht zu dem, was sie als echten Nichtraucher bezeichnete.

Einmal angenommen sie hätte seit dreißig Jahren aufgehört zu rauchen und säße nun in der Todeszelle eines lateinamerikanischen Gefängnisses, um dort ihr unwiderruflich letztes Stündlein zu verbringen. Gefragt nach ihrem letzten Wunsch – daran glaubte sie fest – würde sie ohne zu zögern eine Schachtel Zigaretten und ein Feuerzeug verlangen. Einfach weil es dann egal war, ob sie sich in dieser Situation schnell noch zu Tode rauchen würde.

Das würde sie und jeden anderen ehemaligen Raucher von einem echten Nichtraucher unterscheiden. Ein echter Nichtraucher würde in dieser Situation überhaupt nicht an Zigaretten denken. Aber in ihr wie in jedem Raucher war die Lust auf Rauchen auf ewig verankert, bekämpft nur durch Vernunft und die Hoffnung auf eine möglichst lange Lebenszeit.

Dennoch wusste die Ärztin, dass sie eines Tages würde aufhören müssen und sei es, weil sie schwanger sein würde.

Allein der Gedanke daran ließ sie nun zu einer zweiten Zigarette greifen.

Durch diese Bewegung wurde das Hoflicht des kleinen Karrees, das vor einigen Minuten erloschen war, wieder eingeschaltet. Es war nur eine dürftige Energiesparlampe, die mühsam aufglomm und einen gelben Schimmer auf den Beton warf. Augustine wusste, wie die Szenerie von oben, von den Fenstern der Chirurgischen Ambulanz aus aussah. Oft genug hatte sie selbst von dort auf andere Raucher heruntergeschaut. Eine einsame Ärztin stand in einem funzeligen Lichtkegel in einem kleinen betongrauen Hof und qualmte. Eigentlich ein trauriges Bild. Sie blickte die Fassaden entlang nach oben, ob sie jemand beobachtete. Aber an den Fensterreihen, die nur teilweise noch beleuchtet waren, zeigte sich niemand.

Ihr Blick fing ein Flugzeug ein, das den Nachthimmel kreuzte und langsam und zielstrebig in Richtung des Frankfurter Flughafens verschwand.

Die Ärztin zog ihr Smartphone aus der Tasche und entsperrte es. Mit einem Fingertipp ließ sie ihre Nachrichten über das Display huschen.

Die ersten drei Nachrichten las sie schnell durch. Urlaubsfotos von einer Freundin und deren Kindern, ein Freund hatte einen Fahrradunfall gehabt und hatte ein Bild der verbogenen Felge seines Vorderrades ins Netz gestellt. Ihre Mitbewohnerin fragte, wann Augustine denn glaubte morgen nach Hause zu kommen und ob sie nach der Schicht Frühstücksbrötchen mitbringen werde.

Belanglosigkeiten.

Draußen drehte sich die Welt weiter um Backwaren und beschädigte Fahrradfelgen. Und dieses draußen war nur hundert Meter entfernt. Währenddessen wurde hier auf der Geburtsstation gerungen und gekämpft. Hier fand das Leben auf dem Grund statt, tief unten, auf eine klare und natürliche Art, ohne jede Oberfläche. Nackt. Reduziert auf das Einzige, das für die Menschheit unabdingbar war: Reproduktion, Geburt. Alles andere war „Nice to have".

Für diesen Moment erschien es Augustine als nicht auflösbarer Widerspruch, dass ihre Mitbewohnerin Julia sich um ihre Frühstücksbrötchen sorgte, während zur gleichen Zeit hier eine Frau unter Einsatz eines ihres eigenen Lebens, zusammengepresst auf ihre Natur, neues Leben gebar. Einen Augenblick fühlte sichg Augustine bedeutungsvoll, sie, die sie hier im Auftrag aller ihren Job verrichtete.

Dann schüttelte sie den Gedanken ab, zog an ihrer Zigarette und blickte wieder auf das Display ihres Smartphones.

Es folgte eine Nachricht von Hans. Ihrem Ex-Hans. Sie löschte sie ungelesen.

Er spielte schon keine große Rolle mehr im Leben. Sie trug ihm nichts nach. Hans war lieb, nett, treu, ehrlich. All das würde sie in zehn Jahren zu schätzen wissen. Aber nicht jetzt.

Das Bild von Marcus kam ihr unwillkürlich in den Sinn.

Welche gemeinsame Geschichte er und die Spanierin wohl hatten?

Als sie an den Jungen dachte, musste sie plötzlich lächeln, ohne genau zu wissen warum. Das war nicht ihr aufmerksames, hilfsbereites Doktor Morgentau Lächeln. Es war ein aufrührerisches, listiges Lächeln, so als sei ihr die Idee für einen guten Streich gekommen.

Glücklich rauchte sie zu Ende. Dann warf sie die Kippe in den großen Metallascher und stieß die schwere Tür auf. Das Treppenhauslicht flackerte auf und die Ärztin ging langsam die in den Jahren stark abgenutzten Steinstufen nach oben, zurück in die Geburtsklinik.

Barbara saß an dem Tisch, rührte in ihrer Kaffeetasse und schaute sie an, als sie das Stationszimmer betrat. Vorwurfsvoll zog die Hebamme eine Augenbraue nach oben, wie sie es immer tat, wenn Augustine nach Zigaretten roch. Die Ärztin ignorierte das, wünschte sich aber für einen Moment, sie könne eine einzelne ihrer Augenbrauen in eine solche Missbilligung verwandeln, wie Barbara es konnte.

„Und? Wieder beruhigt?" spielte sie auf Barbaras Konfrontation mit Ray an.

„Dieser Typ ist ein arroganter Arsch!" grummelte die Hebamme. „So ein Arsch!"

„Mensch Barbara, lass es stecken. Du weißt doch wie das ist. Bei der Geburt liegen bei allen die Nerven blank. Nachher, wenn die Babys auf der Welt sind, sind alle wieder glücklich und fromm und beschenken uns mit Blumen und Pralinen."

Die Ärztin schenkte sich noch einen Kaffee ein.

„Aber heute scheinen wir in der Tat schwierige Fälle zu haben", fuhr sie fort und zuckte die Schultern. „Da müssen wir trotzdem durch. Immerhin sind keine medizinisch Komplikationen zu erwarten. Ist die Spanierin aus der Wassergeburt raus?"

„Ja, sie liegt in K3. Ich habe eine Sybille dazugesetzt."

„Ich werde dann mal die Eltern der Spanierin anrufen."

Augustine begab sich zu dem PC, der seitlich auf einer Art Schreibpult stand und wischte mit der Maus ein paar Mal hin und her, bis der Bilderschirm trüb zu flimmern begann.

„Sag mir doch bitte einmal den genauen Namen und die Adresse", forderte sie Barbara auf.

Die Hebamme zog die Patientenakte heran und blätterte darin herum.

„Hier, Claudia Nigro, Frauenlobstraße 132. Hhmm, Frauenlobstraße. Da würde ich auch gerne wohnen."

Augustine tippte die Adresse in das Internetportal ein und ließ dann nach der Telefonnummer suchen. Nach zwei Sekunden hatte sie einen Treffer: Mateo Nigro / Julia Zapatero y Nigro, Frauenlobstraße 132. Das sollte doch wohl die richtige Telefonnummer sein. Sie fischte sich ein kleines gelbes Zettelchen hervor und notierte die Nummer.

Dann legte sich ihren Einleitungssatz für das Gespräch zurecht.

„Guten Abend. Entschuldigen Sie die späte Störung. Mein Name ist Doktor Morgentau. Ich bin Ärztin auf der Geburtsklinik des Bürgerhospitals Frankfurt. Sie wundern sich sicher, …"

Es war ja mitten in der Nacht. Die Leute sollten sich nicht unnötig beunruhigen.

Sie wählte die Nummer.

Es tutete.

Einmal. Zweimal. Dreimal.

Niemand nahm ab.

Sie schaute auf die Uhr. 23:30. Gut möglich, dass die Leute bereits im Bett lagen.

Ein Anrufbeantworter schaltete sich ein.

„Guten Tag! Sie haben den Anschluss von Familie Nigro gewählt."

Die Ärztin brach den Anruf ab. Der Anrufbeantworter würde ihr nicht viel Zeit zu Erklärungen lassen und sie wollte keinen abgebrochenen Satz darauf zurücklassen, der nur besagte, dass Claudia Nigro im Bürgerhospital lag.

Aber vielleicht war man ja nur nicht schnell genug ans Telefon gekommen. Sie wartete noch ein paar Sekunden und drückte die Wahlwiederholung.

Wieder nahm der Automat das Gespräch an und spulte den Begrüßungstext herunter.

„So ein Mist", schimpfte Augustine. „Nur der Anrufbeantworter. Es nimmt niemand ab."

Ratlos schaute sie Barbara an. „Ich versuche es später nochmal."

Kaum hatte sie den Hörer aufgelegt, als das Telefon zu klingeln begann. Irritiert schaute die Ärztin auf das Telefon, das sie noch immer in der Hand hielt. Dann nahm sie ab.

„Ja?" Einen Moment erwartete sie, die Familie Nigro am anderen Ende der Leitung in der Hoffnung, dass dort jemand einfach den verpassten Anruf zurückgerufen hätte

„Morgentau, Geburtsstation", fügte sie schnell hinzu.

„Hi, hier ist der Pförtner. Einer eurer angehenden Väter, so ein dünner, langer Kerl, hat immer noch seinen Wagen auf dem Sperrstreifen stehen. Schon seit Stunden. Wenn der nicht bald weg ist, muss ich ihn abschleppen lassen. Die NAWs haben kaum Platz zum Halten."

„Äh,.. wie?" Augustine war so verwirrt, dass sie keinen anderen Laut zustande brachte. Sie war so vertieft in die Vorgänge der Kreißsäle, dass sie den Anruf im ersten Moment gar nicht einordnen konnte.

„Der Pförtner, Mensch! Hier ist der Empfang", wiederholte der Anrufer nun, unwirsch über so viel Begriffstutzigkeit.

„So ein Typ mit Strickjacke. Der ist doch bei Euch, oder? Sein Wagen steht schon seit Stunden hier und behindert die Notärzte, Mensch!"

„Ah! Die Strickjacke", stieß sie nun aus. „Klar, ich sage Bescheid. Danke!"

„Und …", ergänzte der Pförtner, als sie schon auflegen wollte. „Ihr bekommt gleich noch Besuch!"

Dabei lachte er auf eine seltsame Art, irgendwie schadensfroh, als gönne er Augustine und ihrem Team etwas zusätzliche Arbeit mitten in der Nacht.

Als die Ärztin den Hörer aufgelegt hatte wandte sie sich zu Barbara um.

„Nur der Pförtner!" erklärte sie der Hebamme, die sie fragend ansah. „Es kommt noch jemand rein! Hhmm, das hat uns gerade noch gefehlt."

„Vielleicht sind die noch gar nicht so weit und wir können sie wieder wegschicken", erwiderte Barbara.

„Wenn sie kommen, dann schnapp dir die andere Sybille und bring sie erstmal in U1 unter."

In diesem Moment klingelte es an der Kreißsaaltür.

„Das ging aber schnell. Warte ich mache das", sagte Doktor Morgentau, als Barbara sich erheben wollte.

Die Ärztin trat auf den Flur und ging auf die schwere Stationstür zu. Hinter der Milchglasscheibe zeichnete sich dunkel die Silhouette mehrerer beieinander stehender Personen ab. Man konnte nicht genau erkennen, um wie viele es sich handelte.

Sie drückte auf den automatischen Türöffner.

Als sich die Tür öffnete, standen vor ihr eine Frau und zwei Männer.

Die Frau war schon älter, Augustine schätzte sie auf gut 50 Jahre. Sie war sehr gut gekleidet und perfekt geschminkt und sicherlich nicht schwanger. Auch wenn sie schon etwas rundlicher war, konnte man die südländische Schönheit noch erahnen, die sie einmal gewesen sein musste. Die beiden kräftigen Männer waren um die zwanzig. Auch sie waren sehr gepflegt, groß, so dass sie die Frau um eine Kopf überragten und ganz in schwarz gekleidet.

Das Trio erinnert Augustine an eine unter voller Takelage segelnde Brigg, die von zwei Korvetten eskortiert wird.

„Comtessa Nigro ", stellte sich die Frau vor. „Das sind meine Söhne. Wir haben Nachricht bekommen, dass meine Tochter Claudia Zapatero i Nigro sich hier aufhält."

Sie sprach ein perfektes und beinahe akzentfreies Deutsch. Nur die scharfen „rrrs" und die hohe Silbengeschwindigkeit verrieten ihre spanische Herkunft. Die Bezeichnung Comtessa kam ihr so selbstverständlich über die Lippen, als sei es ihr Vorname.

Augustine grub in ihren Spanisch- und Lateinkenntnissen nach: Comtessa – was bedeutete das nochmal? Gräfin? Fürstin? Und das hier im Bürgerhospital? Mitten in der Nacht?

Jetzt fiel ihr auf, wie sehr ihr Gesicht dem des Mädchens ähnelte. Das schwarze Haar war zu einem strengen Zopf geflochten, der eingerollt auf ihrem Haupt lag. Allein in diesem dicken Haar schien eine Energie verborgen, die, einmal entfesselt, ausreichen würde, ein ganzes Regiment zu befehlen.

Drei dunkle Augenpaare lagen nun hoffnungsfroh auf der perplexen Ärztin und erwarteten eine Antwort. Doch

Augustine war noch damit beschäftigt, die Schuhe der beiden Männer zu betrachten, deren Spitzen mattschwarz schimmernd unter den perfekt gebügelten Hosenfalten hervorlugten, wie Rabenschnäbel.

Es dauerte einen Augenblick, bis sie sich gefasst hatte.

Sie schüttelte sich, als müsse sie den Eindruck von Parfum und Reichtum loswerden, der sich wie ein seidenes Tuch über sie gelegt hatte.

„Äh, ja. Das ist richtig", antwortete Augustine dann und schaute auf. „Kommen Sie doch herein, bitte."

Sie spürte sofort, dass eine unglaubliche Spannung über dem Trio lag. Auf der einen Seite war sie froh, dass die Mutter von Claudia da war – wer auch immer sie verständigt hatte.

Auf der anderen Seite, nahm sie eine nur mühsam verborgene Aufregung bei Mutter und Söhnen wahr.

Während die drei den Flur der Geburtsstation betraten, versuchte sie die Situation einzuschätzen.

Verschiedene Gedanken schossen ihr durch den Kopf. Wenn es um sehr junge schwangere Mädchen und ihre Familien ging, war etwas Vorsicht immer angebracht. Gerade wenn es sich um Menschen mit Migrationshintergrund handelte.

Sie hatte keine Ahnung, was zwischen dem Mädchen und ihrer Familie geschehen war.

Konnte die Situation irgendwie außer Kontrolle geraten?

Denkbar war alles.

Die knisternde elektrische Ladung war nicht zu übersehen.

Welche Rolle spielte der Junge?

Und was, wenn er nun zurückkäme?

Würde er denn zurückkommen?

„Erst einmal das Gespräch suchen und die Sache ausloten", dachte sie. „Denk daran! Du hast das Hausrecht! Wenn das Mädchen mit ihnen nicht klar kommt, kannst Du sie wieder hinauswerfen!"

Augustine reckte sich, um präsenter zu sein.

„Wenn ich mich kurz vorstellen darf, ich bin Doktor Morgentau. Ich bin heute Nacht die diensthabende Ärztin auf der Geburtsstation", fuhr sie dann fort. „Sie sind die Mutter von Claudia, nicht wahr?"

„Ja", bestätigte die Frau nochmals. „Wo ist Claudia? Ich möchte sie sehen!"

Es war klar, dass diese Frau es sehr eilig hatte, zu ihrer Tochter zu kommen.

„Nun, die Geburt verläuft ohne Komplikationen. Ihrer Tochter geht es gut. Sie liegt hier im K2", dabei deutete Augustine auf die Tür des rechts von ihr liegenden Kreißsaals.

Die drei folgenden dem Fingerzeig und hefteten ihre Blicke auf die metallenen Ziffern K2, die in der Mitte aufgeklebt waren, als verberge sich dahinter die Lösung eines lange verborgen gebliebenen Geheimnisses.

„Es ist nur so, dass ihr Freund ...äh". Die Ärztin brach ab. Sicher war es besser den Jungen erst einmal nicht zu erwähnen.

„Kommen Sie Frau Nigro, ich werde sie hinein begleiten. Sie beide bleiben bitte draußen und warten hier", wandte sie sich an Claudias Brüder und deutete auf die Holzstühle, die um ein kleines Tischchen gruppiert waren.

In diesem Moment öffnete sich die Tür des Kreißsaals von innen. Ray trat heraus, ein Kirschkernkissen in der Hand. Irgendwie sah er komisch aus. Die Haare standen ihm zu Berge. Das verlieh ihm etwas ungewohnt Jugendliches und Wildes. Doch die Ärztin bemerkte das nur am Rande. Sie schaute ihn fragend an.

K2? Da sollte doch die Spanierin drin sein?!

War es möglich, dass Barbara ihr die falsche Nummer gesagt hatte? Sie wollte gerade die Hebamme rufen, um den Irrtum aufklären zu können, als hinter ihrem Rücken etwas in Bewegung geriet.

Plötzlich fühlte sich Valentin furchtbar müde. Er stützte den Kopf in die Hände und rieb sich die Augen. Diese Geburt war ein nicht endend wollender Schlauch.

Seit zwei Tagen saß er nun in Untersuchungszimmern, beobachtete Wehenabstände, fuhr wieder nach Hause und hatte kein Auge zu getan. Sein Rücken schmerzte, und seine Beine kribbelten vor Müdigkeit. Valentin befürchtete, einen Bandscheibenvorfall zu bekommen, falls er noch weitere Tage auf diesen Holzschemeln kauern musste. Obwohl er zugeben musste, dass sich ihre Situation wesentlich verbessert hatte. Der Kreißsaal, in den man sie umgezogen hatte, war ja wirklich angenehm eingerichtet. Kein Vergleich mit dem jämmerlichen Untersuchungszimmerchen.

Das Licht war gedämpft. Die Möbel, auch die Schränke für das medizinische Werkzeug waren aus heller Buche. Die Schwangere lag auf einem komfortablen Bett, das Valentin in diesem Augenblick neidisch musterte. Es hatte elektrisch verstellbare Fuß- und Kopfteile. Wie gerne würde er darin liegen, nur für einen kurzen Moment.

Neben dem kargen Holzhocker war auch einer der großen Gymnastikbälle vorhanden, die Valentin in der Schwangerschaft kennengelernt hatte. Um seinen schmerzenden Rücken etwas zu entlasten, hatte er sich darauf gesetzt. Aber der Ball war nicht gut aufgepumpt. Der Physiker saß darauf so tief, dass ihm die Knie an den Ohren klebten.

Aber das Wichtigste war natürlich das CTG von Siemens, dem er sich hier gegenübersah. Das CTG stand da, vertrauenerweckend und sicher. Die Sensoren ruhten unverrückbar auf Heikes Ballonbauch. Unaufhörlich zeichnete es summend und leise krispelnd die Herztöne und Wehenimpulse seines Babys auf einen nicht endend wollenden Streifen Papier.

Valentin war beruhigt und ohne Zweifel. Alles war unter Kontrolle, konnte gemessen und überwacht werden. Dem Baby ging es gut.

Es sollte nur endlich auf die Welt kommen.

Er gähnte.

Mit Heike beziehungsweise mit der Geburt ging es nicht so recht voran. Die Wehenabstände, die er immer wieder maß, waren nicht dichter geworden.

Wie lange das wohl noch dauern würde?

Zum Hundertsten Male schaute er auf seine Armbanduhr.

Um sich die Zeit zu vertreiben, hatte er begonnen alle möglichen Dinge zu zählen. Etwas, das er bereits als Kind gegen Langeweile gemacht hatte. Er wusste, dass es neun Lampen in diesem Raum gab. Der Fliesenspiegel über dem Waschbecken bestand aus neun mal zwölf kleinen Quadraten. Mit jeweils 36 Lamellen schützten die Jalousien, die beiden Fenster...

Jetzt lag Heike fast entspannt da. Schlief sie am Ende sogar? Vor einiger Zeit hatte er ihr angeboten, ein Kirschkernkissen zu erwärmen. Aber sie hatte geantwortet, dass sie es jetzt nicht brauche.

Einen Moment lang wünschte Valentin sich, jetzt gleich in einen ohnmachtgleichen Schlaf zu fallen und wenn er wieder erwachte, wäre das Baby da.

Wieder blickte er auf die Uhr. Schon 23:00 Uhr.

Wie lange waren sie nun schon hier? Fünf Stunden?

Hoffentlich würden sie nicht noch einmal nach Hause geschickt.

Endlich öffnete sich die Tür des Kreißsaals.

Dankbar um jede Ablenkung schaute Valentin auf. Ein breiter Lichtschimmer floss aus dem helleren Flur herein und breitete sich über dem Linoleum des Kreißsaals aus. Die Hebamme trat in den Türrahmen. Einen Augenblick verharrte sie und sprach mit jemandem auf dem Gang, den Valentin nicht sehen konnte. Dann kam sie herein.

Valentin erinnerte sich daran, dass er etwas hatte fragen wollen, wusste aber nun nicht mehr was.

Barbara trat auf der gegenüberliegenden Seite an Heikes Bett heran und nickte der Schwangeren kurz zu. Dann kontrollierte sie den Muttermund. Das kannte Valentin ja alles bereits zur Genüge, aber nun ging die Hebamme an einen der Schränke und nahm eine Braunüle heraus.

Was bedeutete das? Ging es voran?

„Was meinen Sie? Wie sieht es aus? Wie lange wird es denn noch dauern?" wollte er wissen.

„Kann man nicht genau sagen", knurrte die Hebamme unfreundlich.

Diese Information fand Valentin nicht ausreichend.

Aber die Hebamme, die ihm gegenüber vorher schon nicht besonders freundlich gewesen war, schüchterte den Physiker ein. Er verzichtete darauf, weiter zu fragen und beobachte stattdessen, wie sie begann seiner Frau die Braunüle zu legen.

Valentin wusste, dass man damit einen dauerhaften Einspritzkanal schaffte, um im Notfall schnell Medikamente in die Blutbahn der Schwangeren spritzen zu können. Immerhin deutete er das als Zeichen, dass man glaubte, die Geburt würde nicht mehr allzu lange auf sich warten lassen

Und Valentin wusste sogar noch mehr!

„Wissen Sie woher die Braunüle ihren Namen hat?" nahm er das Gespräch mit der Hebamme wieder auf.

Barbara blickte kurz hoch. Durch seine müden Augen glaubte der Physiker eine nicht unbeträchtliche Verachtung im Blick der Hebamme zu erkennen. Sie schien ihn bloß für ein mehr oder weniger nützliches oder sogar hinderliches Anhängsel seiner Frau zu halten. Eine Art Insekt, das hier auf dem Schemel sitzen durfte und nun gesummt hatte.

„Wissen Sie woher die Braunüle ihren Namen hat?" wiederholte er trotzdem.

125

„Keine Ahnung." Barbara schien an dieser Frage nicht interessiert zu sein. Sie konzentrierte sich weiter auf ihre Arbeit. Nun zog sie einen Klebestreifen von einer Rolle, schnitt ihn zu und heftete ihn auf den Arm von Heike. Doch einmal begonnen, gab der Physiker nicht auf.

„Weil sie von Braun erfunden wurde. Verstehen Sie? Von Braun!" fügte er hinzu, als er merkte, dass Barbara gar nicht zuhörte.

„Von Bernhard Braun. Einem deutschen Chemiker. Braun, B-r-a-u-n-üle. Verstehen Sie? Aber nicht von dem gleichen Unternehmen, das die Kaffeemaschinen, Elektrorasierer und Haartrockner herstellt. Das wurde hier in Frankfurt von einem Ingenieur gegründet."

Sinnlos. Barbara beachtete ihn einfach nicht.

Die Hebamme wollte sich offensichtlich nicht weiterbilden.

„Das ist doch interessant. Finden Sie nicht?" Den letzten Teil des Satzes hatte Valentin in sich hineingemurmelt.

Er war zu müde.

„Was für eine Ignorantin", dachte er noch, bevor sein Kopf nach unten sank. Einen Augenblick lang schloss er die Augen, und vor seinen Lidern erschien ein buntes Bild, so als blicke er in ein Kaleidoskop. Schön war es dort unten, am Boden seines Blickes. Wenn er nun einen Augenblick in diese schillernde Welt hinabtauchte?

Nur für einen Moment …

Als er wieder erwachte, war die Hebamme weg.

Valentin schrak hoch. Wie lange hatte er geschlafen?!

Er schaute er auf seine Uhr.

Enttäuscht stellte er fest, dass maximal fünf oder zehn Minuten vorübergegangen waren. Vielleicht sogar nur zwei.

„Schade", dachte er. „Dann ist bestimmt nicht viel passiert."

Mechanisch warf er einen Blick auf Heike. Er betrachtete ihren Bauch, der im Dämmerlicht des Kreißsaales aussah, als hätte sie eine Suppenschildkröte verschluckt. Zwei feine Streifen zeichneten sich an den Hüften seiner Frau ab.

Schwangerschaftsstreifen.

Früher hatte Valentin sich nicht vorstellen können, was für ein Drama die Entdeckung von Schwangerschaftsstreifen auslösen konnte.

Seit fünf Jahren war er mit Heike zusammen, vier davon verheiratet, und bisher hatte sie sich nicht als besonders eitel gezeigt. Doch mit der Schwangerschaft und den damit zwangsläufig einhergehenden Veränderungen an Heikes Körperbau hatte sich das geändert. Valentin waren diese Veränderungen egal, ja, es war ja doch natürlich, dass seine Frau aufging wie ein Hefekloß. So war das eben, wenn man ein Kind austrug.

Hauptsache, das Baby war gesund.

Doch Heike schien darüber so erschrocken, als würde etwas vollkommen Ungewöhnliches mit ihr geschehen.

Bereits eine Woche nach dem sie mit einem Babytest die Schwangerschaft festgestellt und drei Tage nachdem ihre Frauenärztin es bestätigt hatte, begann Valentins Frau sich zu fragen, ob sie dick geworden sei. Und bald richtete sie diese Frage nicht nur an sich, sondern einige Male pro Tag auch an Valentin.

Dabei war es nicht so, dass sie vor der Schwangerschaft gertenschlank gewesen war. Valentins Meinung nach war sie „so normal". Zumindest hatte er sie nicht wegen ihrer guten Figur geheiratet.

"Bin ich dick?"

"Findest Du etwa, ich sei zu dick?"

"Was meinst Du, werde ich wieder dünn werden?"

"Habe ich schon Schwangerschaftsstreifen?"

Ein bisschen verstand Valentin das. Es musste ein komisches Gefühl sein, wenn sich der eigene Körper so sehr veränderte, wenn die Kleider und Hosen plötzlich nicht mehr passten. Schließlich hat man eine Vorstellung von seinem Körper. Über Jahre hinweg hat man ihn durch etwas Sport und ausgewogene Ernährung in einem bestimmten Zustand gehalten. Ein Zustand, mit dem man auch zufrieden war. Und plötzlich verselbstständigte er sich.

Aber was sollte er auf diese sich ständig wiederholenden Fragen antworten?

Sicherlich nicht "Ja".

Auch nicht: „Ein wenig zugenommen hast Du ja schon."

Sicherlich niemals die Wahrheit.

Niemals!

Die Wahrheit war hier ganz und gar nicht angebracht!

Für Valentin als Physiker, war das schwer zu akzeptieren. Er liebte die Wahrheit und war immer auf der Suche nach ihr.

Aber die Wahrheit war falsch, wenn es um Aussehen, Kleider oder Figur der Frauen ging. Das hatte Valentin gelernt. Vielmehr führte sie sofort und unbedingt zu einem Streit, bei dem ihm Heike absurde Vorwürfe machte. Oder sie führte zu einem hysterischen Anfall, der in einem Heulkrampf endete.

Und einmal abgesehen davon, dass Valentin nun wirklich nicht gerne stritt und hysterischen Gefühlsausbrüchen recht ratlos gegenüber stand, solche negativen emotionalen Eruptionen konnten nach seinem Dafürhalten dem ungeborenen Kind schaden.

Deshalb beschloss er zu lügen. Es wäre ihm sonst nie in den Sinn gekommen zu lügen. Im Gegenteil. Auf Fragen, wer immer sie stellte, bemühte er sich in der Regel objektiv und mit größtmöglicher Sachkenntnis zu antworten. Nein, bisher hatte er nie gelogen. Weder um sich einen Vorteil im Leben zu verschaffen, noch um unbequemen Situationen aus dem Weg zu gehen. Doch nun sah er sich gezwungen, sich eine Palette von Antworten zurecht zu legen, die konfliktfrei waren und so harmonisierend wirken sollten wie ein Kräuterbad mit ätherischen Ölen.

Auf Heikes Fragen bezüglich ihrer Figur antwortete er etwa:

„Nein, im Grunde genommen bist Du nicht dicker geworden. Du hast nur um das Gewicht des Kindes zugenommen."

Oder:

„Schau Dir andere Schwangere an. Die sind dick!"

Doch dann waren die Schwangerschaftsstreifen gekommen. Obwohl seine Frau sich seit Monaten täglich mit Calendula-Mandelöl eingerieben hatte und - wie es in dem Buch *Die Hebammen Sprechstunde* empfohlen wurde - einmal die Woche Borretschsamen- und Nachtkerzenöl aufgetragen hatte – auch so eine Seltsamkeit, über die der Physiker schweigend den Kopf schüttelte -, waren an ihren Hüften eine Woche vor der Geburt zwei feine Streifen erschienen, so als hätte sie eine Nacht lang auf einer Falte im Bettlaken gelegen.

Valentin war wirklich erschrocken, als er die Jammergeräusche aus dem Badezimmer gehört hatte. Es war ein furchtbares Heulen gewesen, dass ihn in Alarmstimmung versetzt hatte. Sofort war er ins Bad gestürzt, das Schlimmste befürchtend. Was war mit dem Baby? Da kauerte Heike, tränenüberströmt und sah so elend aus, dass sich Valentin gar nicht getraut hatte, zu fragen was sei, weil er die Antwort fürchtete.

„Da!" hatte sie ausgestoßen und auf ihre Hüften gezeigt.

„Wo?"

„Na da!"

„Falten?" Er war erleichtert.

„Schwangerschaftsstreifen!" hatte sie geheult. „Dabei habe ich mir eine solche Mühe gegeben!"

Sprachlos hatte er im Bad gestanden und auf die zwei, seiner Meinung nach winzigen Streifen geschaut. Die waren wirklich nicht der Rede wert.

Was für eine Aufregung!

Während Heike den wirklich wichtigen Fragen der Schwangerschaft, nämlich ob das Kind gesund zur Welt kommen würde, relativ sachlich und gefasst gegenüberstand, bekam sie wegen einer solchen Nichtigkeit einen hysterischen Anfall?!

Früher, vor der Schwangerschaft hatte es solche Anfälle nicht gegeben. Im Gegenteil. Heike war jemand, der mit beiden Beinen im Leben stand und eine gute Bodenhaftung hatte.

Diese Hysterien ließen sich nur durch ihre veränderte hormonelle Situation erklären.

Gott sei Dank würde diese seltsame Phase nun bald vorüber sein.

Auch für ihn würde das eine große Erleichterung bedeuten.

Bald war das Baby ja da. Wenn es nur schon so weit wäre.

Plötzlich fiel ihm etwas auf. Irgendetwas hatte sich geändert.

Er sah auf.

Seine Frau atmete ruhig. Außer ihrem Atem war nichts zu hören. Durch das Fenster drang das Geräusch eines einzelnen Fahrzeuges herein, das die Straße entlang schoss. Es klang wie das Reißen von dünnem Papier.

Sonst war es still.

Was hatte sich geändert?

Es fehlte etwas?!

Das CTG war nicht mehr zu hören!

Verdammt! Valentin schoss von seinem Hocker hoch.

Mit einem Blick sah er, dass ein Sensor neben dem Bett herab hing, statt auf der Haut seiner Frau zu kleben. Wie hatte das passieren können?!

Wahrscheinlich hatte er sich gelöst, als sich die Schwangere unter den Wehen bewegt hatte. Auf alle Fälle wurde die Herzfrequenz des Kindes nicht mehr angezeigt.

„Kein Grund zur Beunruhigung", dachte er.

Sein erster Impuls war, die Ärztin oder die Hebamme zu rufen. Doch er schämte sich, sie zum wiederholten Mal wegen des CTG's zu belästigen. Also beschloss er den Sensor selbst anzubringen.

„Dazu solltest Du in der Lage sein, Valentin. Schließlich bist Du Physiker", murmelte er vor sich hin.

Dann rückte er den Holzschemel näher an seine Frau heran.

„Was willst Du, Valentin?" Heike drehte den Kopf und sah ihn misstrauisch an.

„Äh...- der Sensor des CTG's hat sich gelöst. Ich befestige ihn schnell wieder. Nur einen Moment, Schatz."

In ihren Augen glomm Widerspruch auf.

„Dann ruf doch bitte..." Doch in diesem Moment kam - Gott sei Dank - die nächste Wehe und Heike brachte den Satz nicht mehr zu Ende.

Schnell presste Valentin den Sensor nun auf die sich heftig bewegende Bauchdecke seiner Frau.

Valentin wusste, dass das Gerät mit einem Dopplerultraschallverfahren zur Ableitung der fetalen Herzfrequenz arbeitete. Hätte er etwas Zeit gehabt, dann hätte er sich aus diesen Informationen nun schnell ableiten können, wie der Sensor sitzen musste. So musste er aus der Erinnerung heraus den Punkt treffen, auf dem der Gummiknopf vorher gesessen hatte.

Hier etwa?!

Doch das CTG blieb still!

Irgendwie geriet Valentin gerade in Hektik. Er spürte es, ohne etwas dagegen tun zu können.

Von seiner Hand gesteuert hüpfte der Sensor jetzt über den Bauch der Schwangeren, verweilte einige Sekunden, in denen Valentin lauschte und an den Reglern des CTG's drehte und hüpfte dann weiter.

„Valentin! Hör auf!" zischte Heike, während die Wehe dem Höhepunkt zustrebte. „Hol doch .. uuuh. ...Verdammt! Hör auf! Ich habe Schmerzen! Uaah! Lass mich in Ruhe!"

„Einen Moment noch, Schatz. Ich kriege das schon hin."

Unglücklicherweise hatte er durch seine übereilten Bewegungen das Kabel aus dem Gerät heraus gezogen. Er hielt den Sensor hoch und blickte erstaunt auf den Stecker, der lose baumelnd gegen seinen Ellenbogen schlug.

"Valentin …!" drohte die Schwangere.

Leider hatte er sich nicht gemerkt, in welcher der Anschlussbuchsen der Sensor gesteckt hatte. Valentins Blick raste über die Schriftzeichen der Buchsen. Doch sie gaben keinen Aufschluss darüber, wohin der Sensor gehörte.

Er beschloss von rechts nach links vorzugehen. Er steckte den Stecker in die am weitesten rechts liegende Buchse, drehte an den Reglern und hüpfte mit dem Saugnapf über den Bauch seiner Frau wie ein nervöser Frosch, der sich nach jedem Sprung neu orientieren muss.

„Valentin!!" brüllte Heike nun unter Schmerzen. „Du verdammte Nervensäge! Das macht mich verrückt!"

Ihm schoss der Schweiß auf die Stirn.

„Psst", zischte er. „Psst! Ich bin gleich so weit."

Schon zeichnete der Stift des CTG's etwas auf das Papier. Aber der Physiker konnte sofort erkennen, dass das eine gewöhnliche Sinuskurve und sicher nicht die Herztöne seines Kindes war.

In Panik wechselte er die Buchse.

Seine Frau fing an aus Leibeskräften zu schreien.

Gleichzeitig ertönte auf dem Gang ein solcher Lärm und ein Stimmengewirr, dass er es trotz Heikes Schreien und Stöhnen und der geschlossenen Kreißsaaltür noch hören konnte.

5

Etwa zur gleichen Zeit nur einen Kreißsaal weiter stellte Ray fest, dass alle Folter, die ihm das Schicksal in seinem bisherigen Leben auferlegt hatte, nichts war, verglichen mit dem, was er gerade durchmachte. Und er befürchtete, dass der Höhepunkt seines Leidens noch nicht erreicht sei.

Noch ärgerte er sich über seine Auseinandersetzung mit der Hebamme wegen der Mikrowelle und dem verbrannten Säckchen. Doch dieser Ärger verschaffte ihm keine Erleichterung, er löste nichts ab, von dem was sich vorher bereits aufgestaut hatte, sondern erhöhte einfach den Stresspegel um ein weiteres Quantum.

Inzwischen fragte der Anwalt sich, ob nicht alles ein riesengroßer Fehler war.

Und mit allem meinte er die ganze Schwangerschaft, das ganze „Unternehmen Kind".

Was machte er hier im Kreißsaal? Das war ganz klar gegen die Vereinbarung! Ray hatte mit Fabienne ausgemacht, dass er an der Geburt selbst nicht teilnehmen würde. Er hatte nicht das geringste Interesse diesem *einmaligen* Erlebnis beizuwohnen!

Obwohl alles gut geplant und mit Fabienne besprochen war, obwohl er wirklich gar nicht hier sein wollte, befand er sich noch immer hier, festgehalten von dieser mysteriösen Baby-Schwerkraft.

Und die Tatsache, dass er jetzt hier saß, wo er niemals hatte sitzen wollen, führte ihm vor Augen, dass seine Vorstellung, wie sein Leben mit dem Baby verlaufen würde, wahrscheinlich vollkommen falsch war. Er war einem Irrtum aufgesessen. Und was für einem!

Selbst aus dem Mutterleib heraus schien das kleine Ding eine Art Gravitation auszustrahlen, die es Ray unmöglich machte, loszukommen. Die ganze Schwangerschaft über war es ihm gelungen, einen vernünftigen Abstand zu der Geburt zu halten. Familie, schön und gut. Das konnte er sich ja vorstellen. Aber man musste sich ja nicht darin auflösen!

Bei Frauen war das etwas anderes. Die waren genetisch darauf abgestimmt. Aber nicht die Männer. Und vor allen Dingen nicht er!

Und während das Baby mit jedem Pressen von Fabienne ein Stück mehr Wirklichkeit wurde, stieg auch seine bedrohliche Anziehungskraft. Wenn es erst auf der Welt war, würde das noch viel schlimmer werden. Es würde Ray aufsaugen, wie eine gleißende Sonne einen Kometen, der in ihren Orbit geraten war. Die Idee des Anwalts bei einem Leben zu dritt nur eine Nebenrolle zu spielen, die Rolle des netten Papas, der sich auf die netten Momente beschränkte, war vollkommen illusorisch gewesen. Jetzt sah er es. Er sah es und mit jedem Schrei von Fabienne, sah er es deutlicher! Er war einem riesigen Irrtum aufgesessen!

Wahrscheinlich würde auch er nachts aufstehen müssen, wenn das Kind schrie. Wahrscheinlich würde auch er es wickeln müssen, wenn es seinen Kot in die Papierwindel gepresst hatte und Stunden würde er in überfüllten Kinderarztpraxen zubringen, wenn das Kind krank war.

Das Kind. Das war sein neues Leben! Wie Schuppen fiel es ihm von den Augen.

Der Anwalt hatte sich noch nie so gefangen gefühlt wie im Angesicht dieser Erkenntnis. Er war in der Situation eines Schachspielers, der schon einige Züge lang einen genial geglaubten Plan verfolgt und sich mit einem Mal einer doppelten Mattdrohung gegenüber sieht.

Während er geglaubt hatte, alles im Griff zu haben, durch kluge Absprachen alles lenken zu können, bestimmte Fabienne einfach durch die Macht des Faktischen das Spiel. Und offensichtlich gelang ihr das, ohne dass man ihr Boshaftigkeit oder Hinterlist hätte vorwerfen können.

Angefangen hatte es im Grunde bereits mit der „ungewollten" Schwangerschaft.

Fabienne hatte das letzten Endes entschieden.

Nein, sie bat ihn nicht darum, bei der Geburt bei ihr zu bleiben. Im Gegenteil. Sie bot ihm an, nicht dabeibleiben zu müssen. Wohl wissend, dass er gar nicht würde gehen können!

In diesem Augenblick sah Fabienne schlecht aus, zermürbt von den Wehen und dem übrigen Stress, den eine Geburt mit sich bringt. Das war echt, ohne Zweifel. Bemitleidenswert.

Wie hätte er da gehen können?

Mit ihm dagegen hatte keiner Mitleid. Obwohl es klare Absprachen gegeben hatte, wäre er im Unrecht, wenn er sie einlösen würde. Die Welt würde ihn dafür verurteilen, wenn er sie jetzt hier alleine lassen würde. Und wenn er sein Leben führen würde, wie er das geplant hatte, dann würde ihn dieses Kind, die Existenz dieses Kindes, die nächsten 20 Jahre ins Unrecht setzen. Ein Rabenvater aus ihm machen.

Und das würde er nicht durchhalten können.

All das war ihm klar geworden, als Fabienne die PDA abgelehnt hatte. Welcher vernünftige Mensch lehnt bei starken Schmerzen helfende Maßnahmen ab, wenn sie keine Nebenwirkungen haben?

Nein, diese Geburt, diese Wehen, das konnte nicht nur Schmerz sein. Da musste auch ein Stück Lust dahinterstecken. Fabienne war Marathonläuferin. Sie liebte diesen Kampf gegen sich selbst, diese totale Erschöpfung, dieses nicht mehr weiterkönnen und dennoch weiterlaufen. Das gab ihr einen Kick, eine Art Rausch.

Und Ray mutmaßte, dass es ihr bei der Geburt genauso erging. Im Grunde war sie nun bei Kilometer 38. Die letzten vier Kilometer waren die härtesten und doch die schönsten, denn man hatte es schon fast geschafft, man würde gleich am Ziel sein und sich für seine Leistung feiern lassen. Jede Faser seines Körpers spürte man. Der Schmerz war unglaublich. Doch umso schlimmer es jetzt war, umso schöner würde es in den nächsten Tagen sein, wenn der Schmerz nachließ, wenn man darauf zurückblicken konnte, dass man sich selbst überwunden hatte.

Und genau das war ihre Belohnung, die sie den Schmerz mit Lust ertragen ließ.

So weit so gut. Aber er, Ray, musste das nun alles miterleben. Das Geschrei jetzt und ...- er wollte gar nicht daran denken, was da noch alles kommen würde.

Während Fabienne ihren Schmerzensrausch auslebte, dachte an ihn keiner.

Was für eine Gemeinheit!

Und er konnte nicht einfach gehen. Die Welt und sein Gewissen ließen es einfach nicht zu. Würde er nun gehen ...– was ja rein physisch die einfachste Sache der Welt war. Er musst nur aufstehen und hinausgehen, sich ein Taxi nehmen und nach Hause fahren - ... würde er nun gehen, dann wäre das in den Augen der Welt etwas absolut verurteilenswertes.

Und leider auch in seinen eigenen Augen.

Das war die bittere Wahrheit.

Die Frauen bestimmten hier das Spiel und ließen die Männer im Glauben, es zu tun.

Ray schlug die Hände ins Gesicht, fuhr mit seinen mageren Fingern nach oben und zerzauste sich die sonst so gepflegten Haare.

„Matt", zischte er müde. „Schachmatt!"

„Was hosch sagt?" Fabienne gab sich ja nun gar keine Mühe mehr, ihre schwäbische Herkunft zu verschleiern.

„Nichts", knirschte der Anwalt.

Er war an einem Punkt angekommen, den er nie hatte erreichen wollen.

Die von ihm erdachte Zukunft hatte sich in Luft aufgelöst. Er hatte jegliche Haltung verloren, jeglichen Stil und jegliche Eleganz. Er hatte sich dazu herabgelassen, eine

Hebamme anzuschreien. Fabienne, seine Fabienne, auf die er immer so stolz gewesen war, hatte sich in ein brabbelndes Vieh verwandelt, das schrie wie ein angestochenes Schwein.

Und wie würde sein neues Leben aussehen?

Das war die Frage, die er beantworten musste.

Alles musste noch einmal grundsätzlich neu zwischen ihm und Fabienne verhandelt werden. Schließlich hatte sich ihm eine neue Faktenlage eröffnet. Er spürte den dringenden Impuls, die Diskussion sofort zu führen. Aber es war klar, dass Fabienne jetzt nicht in der Stimmung war, das zu besprechen.

„Uuaahh.....!" tönte Fabienne in seine Gedanken hinein.

Warum hatte die blöde Kuh auch keine PDA gewollt?!

„Machsch mir nomml a Kirschkernkissa?" stöhnte sie.

Als ob das etwas helfen würde! Aber Ray war dankbar für jeden Moment, den er nicht so dicht an der Quelle des Irrsinns verbringen musste.

„Ja", antwortete er knapp, nahm das schlappe Säckchen und erhob sich.

Ohne die geringste Vorahnung was ihn erwartete öffnete er nun die Tür von K2. Ihm fiel noch auf, dass sie nach außen aufging und einen Moment dachte er darüber nach, ob das so beabsichtigt sei und was sich hinter dieser Absicht verberge. Dann bemerkte er, dass im Flur eine Menge Leute standen, die nun alle in seine Richtung starrten.

Aber das Ensemble, das sich im Flur eingefunden hatte, war in seiner Wahrnehmung nur eine Randerscheinung. Irgendwo knurrte etwas und kam auf ihn zu. Ray drehte den Kopf um zu sehen, ob sich in seinem Rücken etwas befand, das diese Reaktion hervorrief.

Er konnte aber nichts entdecken.

„Duu!" grollte es hinter Augustine Morgentau wie heranrollender Donner und irgendetwas geriet in

Bewegung. Unwillkürlich stellten sich ihre Nackenhaare auf und sie schaute sich um.

Drohend schob sich einer von Claudias Brüdern an der Ärztin vorbei auf Ray zu.

Was wollte er von Ray?

„Weißt Du, was Du unserer Familie angetan hast? Weißt Du, was Du unserer Familie angetan hast?!" fuhr er ihn an und baute sich mit seinem von Testosteron gespannten Körper auf.

Ray wusste es nicht.

Erst als der Kerl ihn jetzt am Arm fasste, realisierte Ray überhaupt, dass tatsächlich er gemeint war. Einen Moment war er erstaunt. Ungläubig hob er den Kopf. Das Kirschkernkissen in seiner Hand war vergessen. Er schaute die Bedrohung an und taxierte sie. Eine Schlechtwetterwolke formte sich in seinem Kopf.

Was wollte der Typ?

Woher kam der plötzlich? Was machte der hier auf der Geburtsstation?

„Hast Du meine Frage verstanden?!" grollte der Spanier tief aus der Brust heraus und packte den verblüfften aber keineswegs verängstigten Ray fester am Arm.

Hätte ihn jemand auf der Straße so angesprochen, was in manchen Vierteln Frankfurts durchaus möglich war, und wären die Umstände „normal" gewesen, dann hätte Ray nun die Augenbrauen nach oben gezogen und eine kalte, sprachlich ausgereifte Antwort gegeben, die seine ganze Abneigung gegen den Angreifer ausdrückt haben würde.

Aber Rays sprachliche Stilmittel wie sein Bemühen, in allen Situationen die Haltung zu bewahren, hatten in den letzten Stunden stark nachgelassen. Und hinter ihm durch den Spalt der sich langsam schließenden Tür, jammerte Fabienne unter den Geburtswehen. Er spürte eine ungewohnte Aggressivität in sich, die sich nicht mehr in sprachlich vernünftige Bahnen leiten ließ.

Er stand unter Druck.

„Lassen Sie mich sofort los, Sie Spacko!" fauchte er den Spanier an und mit einer wütenden Bewegung schüttelte er die Hand von seinem Oberarm. Dann versuchte er den Jungen aus dem Weg zu drücken, um sich in das Stationszimmer zu begeben.

„Spacko?!" brüllte der nun noch weiter aufgestachelt von dieser Beleidigung. Und nochmals: „Spacko?!"

Sein Körper spannte sich. Wie eine gut geölte Maschine fuhr sein Arm nach hinten und schoss dann seine Faust nach vorne in Richtung Ray ab. Der duckte sich weg, konnte aber dem Schlag nicht ganz ausweichen. In Höhe seines Ohrläppchens zog ein schmerzhafter Streifen über seine Kopfhaut und der Anwalt ging zu Boden.

Von der Wucht des eigenen Schlages mitgerissen und wegen der glatten Ledersohlen seiner eleganten Schuhe, die auf dem Linoleum keinen Halt fanden, stolperte Claudias Bruder nach vorne. Noch im Fallen riss er ein längliches Regal um, auf dem neben einer Anzahl von Büchern auch zwei leere Blumenvasen standen. Scheppernd zerschellten die Vasen.

Aber es dauerte keine Sekunde, da war der Spanier wieder auf den Beinen. Es war nicht klar, ob er sich nun gleich wieder auf Ray stürzen würde, der immer noch benommen auf dem Boden saß, sein Ohr mit einer Hand abtastete und versucht zu verstehen, was hier eigentlich vorging.

Eine Schlägerei!

Augustine hingegen war versteinert vor Entsetzen. Was hier passierte, war ja vollkommen irre!

Ihr Gesicht war hochrot vor Schrecken und vor Empörung.

„Ba-ba-..." blubberte sie bevor es ihr gelang einen Schrei auszustoßen.

„Barbara!!!" schrie sie endlich in höchster Not und in einem schrillen Tonfall, den sie selbst gar nicht an sich kannte.

„Barbara!!!"

Auch Claudias Mutter rief jetzt irgendetwas, das wie „Mein Gott!" klang, während die Hebamme aus dem Stationszimmer herausgeschossen kam.

„Da!" rief die Ärztin und deutete auf den Spanier. Die Hebamme verlor keine Sekunde. Mit zwei Schritten war sie bei dem Spanier und hatte ihre Hände auf dessen Schultern gelegt. Der schaute sie erstaunt an. Fast automatisch griff auch er nach Barbaras Armen und drückte nach vorne, um die Hebamme von sich wegzuschieben.

Einen Moment verharrten sie so. Der Spanier in Schwarz und Barbara in ihrem weißen Krankenhauskittel – Augustine fühlte sich bei dem Anblick der beiden sich gegenüberstehenden an die zwei kleinen Terrier der Whiskymarke Black & White erinnert und gab nun, da ihr die Absurdität dieses Vergleichs bewusst wurde, einen hysterischen Kikslaut von sich.

Im nächsten Moment machte die Hebamme eine elegante, durch häufiges Üben perfektionierte Bewegung. Dem Außenstehenden schien es, als handele es sich dabei um einen ganz natürlichen und mühelos auszuführenden Ablauf, eine alltägliche Sache, die aber dazu führte das der kräftige Körper des Spanier einen Augenblick lang in der Luft lag und dann, eng geführt von der Hebamme, zu Boden krachte. Ein weiterer Schritt, der Junge lag mit dem Gesicht nach unten, Barbara hatte einen Fuß auf seinem Rücken platziert und hielt seinen seltsam nach oben gestreckten Arm fest.

Es waren nur Sekundenbruchteile vergangen.

Und doch hatte die Ärztin alles in einer seltsamen, ewig andauernden Zeitlupe erlebt.

Der Spanier, der von Barbara in einem schmerzhaften Haltegriff fixiert wurde, schrie auf.

Gerade wollte der andere Kerl seinem Bruder zu Hilfe eilen …-

„Stop! Hört doch auf!" dachte Augustine.

Gerne hätte sie zur Waffe gegriffen, um die Situation zu beruhigen.

Sie stellte sich eine Szene vor, wie sie sie aus zahllosen amerikanischen Filmen kannte. Der Held zieht die Waffe schießt einmal in die Decke und schwenkt die Mündung des 45er Coltes einmal langsam über das Chaos.

Alle werfen sich zu Boden und Ruhe kehrt ein.

Allein, sie war unbewaffnet und deshalb schrie Augustine mit ausgebreiteten Armen und voller Lunge jetzt: „Stop!!!"

Und tatsächlich, es wirkte!

Einen Augenblick verharrten alle und schienen wieder zur Besinnung zu kommen. Alle Augen richteten sich auf die Ärztin.

Augustine nutzte die Gelegenheit.

Trotz des Durcheinanders hatte sie einiges begriffen. Eine Verwechslung hatte das Unheil ausgelöst hatte. Weil Ray aus dem Kreißsaal gekommen war, von dem sie behauptet hatte, dass Claudia darin liege, hatten Claudias Brüder ihn für den Liebhaber ihrer Schwester gehalten. Und offensichtlich war Claudias Freund und Vater ihres Kindes mit ihrer Familie weder bekannt noch war man gewillt ihn mit offenen Armen zu empfangen.

„Eine Verwechslung! Das ist der Falsche!" Sie deutete auf Ray. „Der Falsche! Verstanden?"

Noch immer ein wenig zitternd vor Aufregung stützte sie die Hände in die Hüften und reckte sich, um mehr Autorität zu zeigen.

„Er hat überhaupt nichts mit Claudia zu tun. Ihre Tochter liegt in K3", wandte sie sich an Claudias Mutter. „Die Tür dort drüben."

Sie deutete mit dem Finger auf die Eingangstür zu Kreißsaal 3.

„Bitte, gehen Sie jetzt dort hinein. Danke!" Und plötzlich war ihre Stimme gar nicht mehr hysterisch sondern klar und bestimmt. Nur ein leises Zittern verriet ihre innere Anspannung.

„Dort, K3", wiederholte Augustine als Claudias Mutter sich nicht in Bewegung setzte.

Langsam löste sich die Spanierin aus der eingetretenen Erstarrung und machte sich auf den Weg, nicht ohne jedoch bei Ray stehen zu bleiben.

Sie war ganz ruhig und ein bedauerndes Lächeln erschien auf ihrem Gesicht.

„Entschuldigung", bot sie dem Anwalt die Hand an. „Das tut mir wirklich leid. Eine bedauerliche Verwechslung. Meine Söhne sind manchmal etwas impulsiv. Sind sie verletzt? Natürlich kommen wir für alle Schäden auf. Wenn Sie ihre Adresse hier lassen, wird mein Mann das regeln."

Ray stand inzwischen wieder und betastet noch immer sein Ohrläppchen. Er grunzte etwas zur Antwort und sah die Spanierin feindselig an. Die Hand nahm er nicht. Ihm fehlten die Worte. Ein Zustand, in dem er sich noch nicht allzu oft befunden hatte.

„Barbara, lass den Typ los!" befahl Augustine weiter.

Unwillig, einem Terrier gleich, dem man sein Spielzeug abnimmt, entließ die Hebamme den jungen Mann aus dem Haltegriff. Der rappelte sich auf und klopfte sich erst einmal die Scherben der Blumenvase von Hemd und Hose. Die Hebamme bedachte er mit einem erstaunten Blick, sagte jedoch nichts. Augustine bemerkte, dass er aus einer kleinen Wunde am Arm blutete. Offenbar hatte er sich geschnitten. Auch er wandte sich Ray zu.

„Ein Missverständnis. Es tut mir wirklich unendlich leid", entschuldigte er sich. „Ich hoffe, sie haben sich nicht verletzt."

Ohne Rays Antwort abzuwarten, wandte er sich Augustine zu.

„Sorry", sagte er. „Das war etwas unbedacht!"

Wie er das aussprach wirkte er wie ein wohlerzogener, schuldbewusster Junge. Aber nur einen Moment lang. Dann grinste er Augustine selbstbewusst an.

„Ich hoffe Sie können mir das verzeihen?" brachte er hervor, als hätte er eben einen großen Spaß erlebt.

Augustine ging nicht mit einem Zucken ihres Gesichts auf den jungen Spanier ein. Sie war hier die Ärztin, eine Autoritätsperson.

„Ihr zwei, raus mit Euch! Euch kann ich hier nicht brauchen", befahl sie trocken. „Ich will auch nicht, dass ihr draußen vor der Tür rumlungert. Eure Schwester ist allein dort drin - falls ihr glaubt es treibe sich hier noch jemand herum, mit dem ihr euch prügeln könnt - und eure Mutter reicht als Geburtshilfe vollkommen aus. Am besten ihr geht nach Hause. Los, raus jetzt, sonst lass ich Euch vom Pförtner vor die Tür setzen!" scheuchte sie die beiden zur Eingangstür der Station.

Die Ärztin fühlte, dass sie die Situation in den Griff bekam. Ihr Ziel war es, bevor es noch zu irgendwelchen Diskussionen über die Vorgänge kam oder sich gar jemand revanchieren wollte, die Beteiligten erst einmal auseinander zu bringen. Schließlich würden hier in den nächsten Stunden drei Babys auf die Welt kommen. Die würden keine Pause einlegen. Es musste also wieder eine vernünftige Arbeitsatmosphäre hergestellt werden.

Sie bückte sich und hob das Kirschkernkissen auf, das Ray im Eifer des Gefechtes entfallen war.

„Hier, bitte", wandte sie sich an Ray. „Ich denke Ihre Frau kann das jetzt sehr gut brauchen. Wenn Sie also kurz an die Mikrowelle gingen, um es aufzuwärmen? Danke."

Vollkommen zerknirscht verschwand Ray im Stationszimmer.

„Ich werde es verbrennen!" dachte er. „Absichtlich!"

Inzwischen war die Comtessa in K3 bei ihrer Tochter.

Dafür verließ nun eine Sybille den Kreißsaal.

„Sybille, komm bitte! Schnapp dir Besen und Schaufel und mach hier sauber. Sofort!"

Doktor Morgentau duldete keine Widerrede.

„Barbara, schau bitte nach wie weit K2 ist! Danke!"

In diesem Augenblick öffnete sich die Tür von K1. Valentin trat heraus.

Auch der noch!

Augustine registrierte, dass er etwas in der Hand hielt. Sie musste die Augen zusammenkneifen, um zu erkennen, um was es sich handelte. Es kam ihr vertraut vor. Dennoch brauchte sie einen Augenblick, bis sie glauben konnte, dass es das Kabel mitsamt dem Sensor eines CTGs war, das er bei sich trug.

Valentin betrachtete kurz die Situation, die Scherben auf dem Boden, das umgestürzte Regal, dazwischen Augustine mit den in die Hüften gestützten Händen, die nun allein wie ein General über den Flur herrschte.

Er überflog die Szenerie und entschied dann, dass all das ihn wohl nichts anging. Stattdessen hielt er nun den Sensor in die Höhe und wollte allen Ernstes eine Frage an die Ärztin richten.

„Und Sie …" bellte ihn Augustine an, bevor er noch zu Wort kommen konnte. „Gehen nach unten und bewegen endlich ihren Wagen vom Sperrstreifen weg!" Ihre Augen funkelten gefährlich.

Sperrstreifen? Auto?

Das Auto! Natürlich, das hatte er ja ganz vergessen. Seit Stunden stand es direkt vor dem Hospital und er hatte doch versprochen, es gleich wegzufahren.

„Äh ..ja", stieß Valentin nur aus und wie eine Billardkugel, die durch einen plötzlichen Stoß von ihrer eigentlichen Bahn abgelenkt wird, bog er ab und machte sich dann auf den Weg nach unten.

Endlich war der Flur leer bis auf die Sybille, die linkisch im Gebrauch mit Besen und Schaufel, das Schlachtfeld säuberte! Alles an ihrer Gestalt drückte aus, dass sie es unter ihrer Würde fand, auf dem Boden herumrutschen und Scherben aufkehren zu müssen.

Doktor Morgentau ging auf diesen stillen Vorwurf nicht weiter ein.

„Du bist eine Krankenschwester!" dachte sie nur. „Auch wenn Du im Stillen glaubst, auf den Laufsteg zu gehören, angeleuchtet von Scheinwerfern und bestaunt von der Welt, bist du nur eine Krankenschwester!"

Dann atmete sie durch.

Das was vorgefallen war, musste sie erst einmal verarbeiten.

Sie hatte das dringende Bedürfnis eine zu rauchen.

Inzwischen war Marcus mit neuem Mut zum Bürgerhospital zurückgekehrt, hatte den Wagen geparkt und hatte dann noch ein paar Meter entlang der Nibelungenallee zu Fuß zurücklegen müssen. Doch als er nun das Krankenhaus betrat, war er sich plötzlich unsicher. In seiner Loge saß der Pförtner halb schlafend über eine Zeitung gebeugt, den schweren Kopf in die Hände gestützt. Er warf nur einen kurzen, uninteressierten Blick auf Marcus. Kalt lag die leere Eingangshalle vor dem Jungen. Außer ihm und dem Pförtner war jetzt in der Nacht keine Menschenseele zu sehen. Das graue, langweilige Linoleum auf dem Boden und die abgegriffenen Wände des Bürgerhospitals wirkten ernüchternd. Ohne wirklich hell zu sein, tauchte das Neonlicht alles in eine nackte Wirklichkeit. Trotzdem ging eine träge Lebendigkeit von dem Gebäude aus, wie ein langsamer Herzschlag. Hunderte von Menschen schliefen hier. Irgendwo huschten Nachtschwestern leise durch die Gänge, in einem der Kreißsäle wurde vielleicht in diesem Moment ein Kind geboren und dafür starb jemand auf der Intensivstation.

Heutzutage ist das Krankenhaus der Ort, an dem für den Menschen alles beginnt und an dem für ihn alles endet. Wer wird nicht in einem Krankenhaus geboren und wer wird nicht in einem sterben?

Aber diese Bedeutung sah man dem Ort nicht an. Die Ausstrahlung war neutral, belanglos. Er war zu praktisch um hässlich zu sein.

Marcus hielt inne, gebremst durch diese Realität.

Sollte er wirklich wieder hoch gehen?

Er fühlte sich wie jemand, der aus einer heroischen Stimmung heraus beschlossen hat, den Ärmelkanal Richtung Dover schwimmend zu überqueren und nun allein an einem schmutzigen französischen Strand vor dem braunen, kalten Wasser steht.

Die optimistische Stimmung, in die er am Ende seines Ausfluges geraten war, war wie weggeblasen. Stattdessen senkte sich ein bleierner Druck auf seinen Brustkorb.

Oben war Claudia. Gut möglich, dass ihre Familie inzwischen angekommen war. Den Weg vom Diplomatenviertel zum Bürgerhospital konnte man in zehn Minuten zurücklegen.

Und dann?! Wie würde das werden? Sollte er sagen „Hallo, ich bin Marcus."

Plötzlich summte etwas, gefolgt von dem hell klingenden „Ding!" eines ankommenden Fahrstuhlkorbes. Der Junge sah auf. Zehn Meter von ihm entfernt rollte eine Aufzugstür metallen auseinander und ein dünner Mann in Strickjacke trat aus dem Lift.

Obwohl Marcus in der leeren Eingangshalle nicht zu übersehen war, schien ihn der Mann überhaupt nicht wahrzunehmen. Sein Gesicht war grau und angespannt. Sein Gang verriet seine innere Unruhe. Während er auf Marcus zukam, sprach er leise aber eindringlich vor sich hin, so als wolle er einer zweiten, unsichtbaren Person etwas erklären. Marcus konnte nur ein paar Satzfetzen hören: „Du musst ruhig bleiben! Verstehst Du, Valentin?! Ruhig bleiben!"

Dabei hielt er in der einen Hand eine Art Kabel, während er mit der anderen in seiner Hosentasche kramte, um endlich einen Autoschlüssel hervorzuziehen.

Irgendwie kam der Mann dem Jungen bekannt vor.

Dann war er vorüber und bewegte sich nun fast zuckend auf den Ausgang zu.

„Wurde aber auch Zeit!" erwachte der Pförtner hinter seiner Glasscheibe. Offensichtlich kannte der Pförtner den Mann und hatte noch ein offenes Anliegen mit ihm.

Er richtete sich auf, beugte sich etwas nach vorne und verfolgte die Schritte des Mannes mit den Augen, so als wolle er sicher gehen, dass der andere nicht plötzlich abbiege und in den Tiefen des Gebäudes verschwinde. „Ihr Wagen behindert schon seit Stunden die NAWs!" rief er dem Mann hinterher.

„Der Wagen", krähte der andere nur bevor er durch die Glastür nach draußen trat.

Marcus sah nur noch wie sein langer, schattenwerfender Körper mit jedem Schritt, den der andere die Treppe hinunter ging, ein Stück kleiner wurde.

Nach dieser Szene war es in der Eingangshalle wieder still. Der Pförtner hatte seinen Blick wieder gesenkt und war mit irgendetwas beschäftigt, das vor ihm auf dem Tisch lag. Zwischen dem Spalt der gläsernen Türflügel hindurch drang hin und wieder ein zischendes Plätschern in die Eingangshalle, das von vorüberfahrenden Autos herrührte.

Und irgendwo im Bauch des großen Hospitalgebäudes klopfte etwas und verstummte dann wieder.

Und Marcus wusste nicht, was er tun sollte, was er tun würde.

Claudia.

Er setzte seinen Weg fort, folgte jedoch nicht den Schildern, die den Weg zum Kreißsaal wiesen, sondern stieg aufs Geratewohl die nächste Treppe hinauf. Er ging langsam und ohne Eile. Seine Hände hielt er in den Hosentaschen verborgen, in denen sich nur ein Päckchen französischer Zigaretten, ein Feuerzeug und der Schlüssel für den Alfa Romeo befanden. Bei dem Gedanken, dass das alles war, was er an Gegenständen besaß, lächelte er. Mehr hatte er nicht. Ein Koffer mit Kleidung, der in dem Alfa lag, eine Uhr – das war's.

Seine Mutter war vor langer Zeit bereits gestorben. Da war er zwölf gewesen.

Sein Vater war ein Irrlicht, ein netter Kerl zwar, aber mehr ein unzuverlässiger Kumpel als ein Vater, der nach der Trennung seiner Eltern genug damit zu tun hatte, sein eigenes Leben in den Griff zu bekommen.

Die Trennung seiner Eltern – da war er sieben Jahre alt gewesen. Zwölf und sieben. Das waren die Meilensteine in seinem Leben.

Irgendwo hinter Hamburg lebte noch eine Oma, die Marcus ein paar Mal gesehen hatte, als er noch ein Kind war. Aber mit dem Tod der Mutter war das alles auseinandergebrochen, in Einzelteile, die sich nicht mehr zu einem Leben zusammensetzen ließen.

Er hatte keine Familie mehr.

Nichts hielt ihn irgendwo. Vielleicht war Frankfurt so etwas wie eine Heimat, weil er hier aufgewachsen war, weil das seine Stadt war und seine Freunde hier lebten.

Aber hatte er hier wirklich Freunde?

Wenn er nun einfach verschwände, nach Paris, nach Montevideo, wer würde noch nach ihm fragen, wer ihn vermissen?

Selbst Claudia hatte sich so sehr von ihm entfernt, sich so sehr in ihren Stolz eingegraben, dass er sich nicht vorstellen konnte, dass sie beide noch irgendetwas verband.

In diesem Sinne war er frei,

„Zur Freiheit verurteilt". Marcus liebte diesen Aphorismus von Jean Paul Sartre.

Einen Moment ließ er sich von diesem Gefühl treiben. Er konnte irgendwohin gehen.

Wohin er wollte.

Oder war doch alles ganz anders?

Irgendwo hier in vielleicht nur 20 bis 30 Metern Entfernung lag Claudia und gebar ihr Kind, sein Kind. Beinahe ein Jahr lang war es seine Claudia gewesen.

Was wollte er?

Ziellos schlich er durch die leeren Flure des Krankenhauses.

Manche der Flure blieben dunkel. Aber bei manchen schalteten Bewegungsmelder die Lichter an. Dann blieb er stehen, bis sie wieder erloschen.

Überall um ihn herum, hinter all den zahllosen Zimmertüren, die er passierte, lagen Menschen und schliefen. Kranke, Verletzte …

Und dennoch war es seltsam still in diesem endlosen Darm. Manchmal drangen durch ein gekipptes Fenster die Geräusche der Stadt herein. Einmal hörte er durch eine Tür hindurch ein Stöhnen, einmal huschte eine kleine, ausländisch aussehende Krankenschwester fast lautlos an ihm vorüber, wie eine Botin, die eine dringende Nachricht zu überbringen hatte. Im Gehen sah sie ihn fragend an, richtete aber nicht das Wort an ihn.

So trieb er durch die Gänge. Längst hatte er die Orientierung verloren. Im Halbdunkeln las er Schilder, die zu den verschiedenen Stationen wiesen. Darunter auch immer wieder der Wegweiser zum Ausgang. Aber er hätte unmöglich sagen können in welchem Flügel des Gebäudes er sich befand und ob er diesen Teil nicht bereits zum zweiten Mal durchquerte.

Er musste zur Toilette und fand eine auf dem Flur, den er gerade entlangging. Als er den kleinen gekachelten Raum betrat, schaltete sich das Licht ein. Marcus verschloss die Tür hinter sich. Das Toilettenfenster war einen Spaltbreit offen. Die Nachtluft vermischte sich mit dem scharfen Geruch von Desinfektionsmitteln. Während der Junge im Stehen in das Wasserklosett pinkelte, verharrte er und schloss die Augen. Danach drehte er sich um und verließ den kleinen Raum wieder.

Als er in ein Treppenhaus abzweigte, wurde das Licht eingeschaltet und er hörte das klatschende Geräusch von Sandalen auf den Stufen unterhalb von ihm. Er schaute durch den Geländerspalt nach unten, sah aber nur eine Hand und den Ärmel eines weißen Kittels wie ihn die Ärzte oder Schwestern trugen, die auf dem Geländer nach unten glitt.

Marcus blieb stehen und lauschte.

Dann ging eine Tür auf und noch bevor die Tür sich mit einem langgezogenen, aber leisen Quietschlaut schloss, hörte der Junge das ihm wohl vertraute Geräusch eines Feuerzeuges. Es war dieses *Ksch*, dass das kleine metallene Rädchen der Plastikfeuerzeuge erzeugte, wenn es über den Feuerstein rieb. Jemand zündete sich eine Zigarette an. Offensichtlich war da unten eine Art Raucherecke.

Automatisch tastete er nach seinem Zigarettenpäckchen, das seine Hosentasche ausbeulte.

In dem kleinen Raucherhof angekommen, nahm Augustine einen ersten tiefen Zug. Das Nikotin tat ihr gut und ein kleines Tröpfchen Glück fiel in den See von Aufregung und Ärger, der sich in ihr ausgebreitet hatte. Ihre Hände zitterten noch leicht.

Einen solchen Vorfall wie den vorangegangenen hatte sie auf Station noch nicht erlebt. Wahrscheinlich würde sie heute Nacht ihre Babys 144, 145 und 146 bei ihrem Eintritt in die Welt begleiten. In diesem Jahr wohlgemerkt. Die gesamte Anzahl ihrer Geburten hatte sie längst aus den Augen verloren, so viele waren es.

Und bei all diesen Geburten, hatte sich einiges Erzählenswertes ereignet, medizinisch und menschlich. Aber dass ihr die Kontrolle über die Station entglitten war – auch wenn nur für Sekunden –, das war ihr noch nie passiert.

Langsam, Zug um Zug, kam sie wieder herunter. Dabei ging sie in Gedanken die Szene nochmals durch.

Das alles erinnerte sie an einen Slapstick, eine Verwechslung wie in einem der alten Buster Keaton Filme, wo ein aufgebrachter Held statt seinen Gegner einen unbeteiligt Daherkommenden niederschlägt.

Eigentlich zum Lachen, betrachtete man es als Zuschauer.

Aber Augustine war nicht zum Lachen zu Mute.

Die Paare in dieser Nacht waren aber auch seltsam. Das war keine normale Zusammensetzung.

Nie zuvor hatte sie gehört, dass ein Vater während der Geburt abhanden gekommen war, nie zuvor war jemand mit dem Sensor des CTGs in der Hand über die Station geirrt, selten hatte mal jemand ein Kirschkernkissen in der Mikrowelle zu lange erhitzt und noch nie, nie war jemand niedergeschlagen worden.

Und in dieser Nacht: alles auf einmal.

Einen Augenblick hatte sie Angst gehabt, dass alles in einem Chaos enden würde.

In Gedanken sah sie die drei Paare vor sich: die kleine zähe Sportlerin mit ihrem leicht überheblichen „Partner", Claudia mit dem Jungen, der irgendwohin verschwunden war und die Lehrerin mit der neurotischen Strickjacke.

Dann schüttelte sie den Kopf.

Natürlich bedeutete die Geburt Stress für alle Beteiligten. Es war ein emotionaler Ausnahmezustand. Für die Frauen sowieso. Aber bei den Frauen lief ein uraltes Programm ab, eine Automatik, die durch Äußerlichkeiten nur wenig beeinflusst werden konnte. Für sie fand die Geburt einfach statt, es war ein Prozess ihres Körpers, ihres Selbst. Ein Vorgang zu dem es keine Distanz gab. Die Beteiligung der Frauen war absolut.

Alles andere verblasste zu nichts.

Für die meisten Frauen, fand Augustine, war Gebären eine Art Erfüllung, ein schöpferischer Akt. So zumindest nahm sie es als Ärztin wahr. Gut möglich, dass viele von ihnen während der Geburt gar nicht mehr dachten, sondern das einfach nur durchlebten, mit jeder Faser ihres Seins.

151

Es passierte ja mit ihnen, durch sie. Und nach neun Monaten schenkten sie einem winzig kleinen Menschen das Leben.

Diesen Akt konnte man nur ganz erfühlen, aber nicht ganz verstehen. Trotz aller Wissenschaft und Aufklärung blieb ihm etwas Wunderbares anhaften, etwas wo die Wissenschaft nicht hinreichte.

„Wunderbar", dachte die Ärztin nun. „Wunderbar im Sinne von nicht erklärbar, aber nicht im Sinne von schön. Schön ist etwas anderes."

Und für die Männer ...- wenn Augustine ehrlich war, hatte sie in all den Jahren nicht herausfinden können, was Geburt für Männer bedeutete. Sie konnte nur raten.

Die durchschnittlichen Väter kamen mit ihren Frauen in den Kreißsaal, sahen aufgeregt dem „schönsten Erlebnis ihres Lebens" entgegen und schwirrten um ihre dickbäuchigen Frauen herum, glücklich wenn sie sich durch das Erwärmen eines Kirschkernkissens aktiv beteiligen konnten. Sie fieberten und bibberten oder verschanzten sich hinter absolut cool gemauerten Fassaden.

Gerne sagten sie: „Wir sind schwanger!" oder „Wir bekommen ein Kind!" oder irgendeinen anderen Schwachsinn, der ihre scheinbare Beteiligung an der ganzen Sache klarmachen sollte. Aber vor der Macht des Ereignisses schrumpften sie dann zu Schatten zusammen.

Wahrscheinlich war es einfach ein Einschnitt in ihrem Leben, der letztendlich zu einer Beschränkung ihrer Freiheit führte. Nicht die Geburt war wichtig, sondern die Tatsache, dass sie sich mit der Geburt banden, in etwas begaben, das sich so leicht nicht wieder auflösen ließ, das aber auch den Vorteil hatte, dass man nun wusste, wohin man gehörte.

Man hatte dann eine Familie. Und das galt in der Gesellschaft ja etwas.

War es das, was die Männer mit dem Geburtsvorgang verbanden? Eine Art Wendepunkt im Leben?

152

Geburt war Frauensache. Männer waren dabei nur Statisten. Im Kreißsaal waren sie nicht nur unwichtig sondern eher ein lästiges Hindernis, eine Arbeitserschwernis für das Personal. Die Vorfälle von heute bestätigten die Ärztin darin, dass Männer bei der Geburt nicht dabei sein sollten. Zu dem Vorgang fehlte ihnen der Instinkt, das Ur-Programm, und so fielen sie einem nur zwischen den Füßen herum, stellten Fragen, die auf Halbwahrheiten des Internets basierten, bekamen Angst oder wollten sich wichtig machen.

Zog man all das in Betracht, war es durchaus okay, dass im Kreißsaal immer ein wenig Irrsinn mit im Spiel war. Mit „ein wenig" konnte das Personal auch ganz gut umgehen. „Ein wenig" war man gewohnt. Doch was heute passiert war, schlug dem Fass den Boden aus.

Deshalb war Augustine immer noch wütend. Und je länger sie über den Vorfall nachdachte, umso verärgerter wurde sie.

Das hatte ihr noch gefehlt, dass diese Hohlköpfe auf ihrer Station, in ihrem Verantwortungsbereich eine Rauferei anfingen. Sie hatten sich einfach über ihre Autorität hinweggesetzt, diese Idioten!

Während sich ihr Blick ohne Halt in der Dunkelheit verlor, nahm sie einen weiteren tiefen Zug.

Gott sei Dank hatte Barbara eingegriffen. Leicht hätte die Situation in ein noch schlimmeres Chaos schlittern können.

Bis sie den Pförtner alarmiert hätte und der dann oben gewesen wäre, hätten die womöglich den ganzen Kreißsaal aufgemischt.

Augustine schnaubte.

Gut! Schluss jetzt! Sie musste wieder runterkommen. Oben fingen die Geburten gerade erst an, in die entscheidende Phase zu gehen. Und sie war ein wichtiger Teil in dieser Phase. Morgen, wenn die Babys glücklich auf der Welt waren und sie ihren freien Tag hatte, konnte sie sich immer noch darüber aufregen. Jetzt war aber noch einiges zu tun.

Wie spät war es eigentlich? Sie schaute auf ihre Uhr. Schon beinahe Mitternacht. Sie fummelte in den Taschen des Arztkittels herum, musste aber feststellen, dass sie ihr Smartphone offenbar oben auf der Station hatte liegen lassen. Dafür bemerkte sie, dass die Außentasche etwas eingerissen war. War das schon immer so gewesen oder war das bei dem ganzen Tumult passiert.

Ach, egal …

Während sie an ihrer Zigarette zog, schnappte hinter ihr plötzlich das Türschloss und langsam öffnete sich die Tür. Augustine warf einen Blick über ihre Schulter. Dass mitten in der Nacht noch ein zweiter Raucher hier eintraf, war ungewöhnlich.

Und sie war überrascht als nun Marcus auf den Hof hinaus trat. Der Bewegungsmelder schaltete das Außenlicht ein und ihr beider Schatten wurde übergroß an die gegenüberliegende Wand geworfen.

„Du?!" entfuhr es der Ärztin unwillkürlich, während sie ihn ungläubig anstarrte. „Du hast hier gerade noch gefehlt! Wo bist Du gewesen? Was glaubst Du, was Deine kleine Freundin dort oben alleine durchstehen muss?!"

Im nächsten Moment schon war ihr diese persönliche Ansprache peinlich. Das war impulsiv und unkontrolliert gewesen. Sie hatte mit dem Jungen, dessen Namen sie nicht einmal kannte, geredet, als wären sie alte Bekannte und nicht wie eine Ärztin, die mit einem Patienten spricht. Eine peinliche Röte schoss ihr ins Gesicht, als sie diese Ungeschicklichkeit bemerkte. Trotzdem die Beleuchtung nur schwach war, dachte sie, dass er diese Röte jetzt sehen müsste. So etwas passierte ihr sonst nie und war sicher auf den Ärger zurückzuführen, den sie gehabt hatte.

„Entschuldigung", legte sie nach. „Es ist nur ..-„

Sie beendete den Satz nicht.

Marcus trat näher, stellte sich neben sie und zog ein Zigarettenpäckchen einer französischen Marke aus der Hosentasche.

Augustines Vorwurf und Entschuldigung blieben in der Luft hängen und zerfielen dort.

Dann lächelte er, ein wenig verlegen, ein wenig gewinnend. All das tat er mit einer Selbstverständlichkeit, als träfen sie beide sich zufällig zu einer Zigarettenpause auf der Terrasse während einer Wohnungsparty. Dass sie ihn so angefahren hatte, schien er nicht bemerkt zu haben. Zumindest ging er einfach darüber hinweg. Und von der inneren Spannung, die Augustine bei ihrer ersten Begegnung bei ihm zu bemerken glaubte, nahm sie nun nichts mehr wahr.

Er zündete sich eine Zigarette an und warf ihr dabei einen Blick zu. In diesen Blick konnte man alles oder gar nichts hineindenken.

„Cool." dachte Augustine fassungslos. Und fasst hätte sie lachen müssen. „Taucht hier einfach wieder auf, als wäre nichts gewesen. Cool!"

Neugierig blickte sie ihn an, so als wolle sie ein Rätsel lösen und hoffte die Antwort in seinen Augen zu finden. Was dachte dieser Junge bei all dem, was hier um ihn herum geschah?

Sein Blick …-. Ein jugendlicher Blick, der das Wissen um Unwiderstehlichkeit in sich trug. Aber was verbarg sich dahinter?

Unbewusst, während sie noch versuchte sich zu sortieren, richtete Augustine ihre schlanke Gestalt auf und strich ihr Haar zurück.

Sie hatte ihm schon einen Moment zu lange in die Augen gesehen.

Es war … -

Sie war fast froh als nun die Zeitschaltuhr des Außenlichts abgelaufen war und es - begleitet von einem elektrischen Klick – mit einem Schlag dunkel wurde. Es dauerte ein paar Sekunden bis sich Augustines Augen auf die schattenhafte Stadtdämmerung eingestellt hatten und sie wieder etwas sah.

„Ich bin Marcus", stellte sich der Junge, der bisher geschwiegen hatte, vor und streckte ihr seine Hand entgegen. Seine Stimme klang vollkommen ruhig. Dennoch war in dem Ton eine kleine Spur von Ironie, gemischt mit einem Rest Überheblichkeit, als wolle er ihr sagen: „Kein Grund zur Aufregung."

Ohne nachzudenken, ganz automatisch legte Augustine ihre Hand in seine.

„Augustine", erwiderte sie und ärgerte sich im nächsten Moment. Sie ärgerte sich, dass sie leise, ja fast mädchenhaft geantwortet hatte. Sie ärgerte sich darüber, dass sie ihre Hand bloß hingegeben und nicht zupackend die seine ergriffen hatte, wie das sonst ihre Art war. Diese ironische Distanz, die in seinem „Ich bin Marcus" lag und mit der er sich eine scheinbare Überlegenheit über die Welt und damit auch über sie verschaffte, provozierte sie.

„Was machst Du hier?" schalt sie sich in Gedanken. „Um Gottes Willen, Augustine! Was machst Du hier?! Was ist los mit Dir? Du wirst dich doch in dieser Situation nicht wie ein kleines Mädchen verhalten!"

Aber irgendwie war ihr Doktor Morgentau abhanden gekommen. In diesem Augenblick schien sie überhaupt keinen Zugriff auf ihr Verhaltensmuster als Ärztin mehr zu haben.

Aus Verwirrung schwieg sie nun. Fast betreten schaute sie auf ihre Füße, als gäbe es nichts Wichtigeres. Dann zog sie nochmals an ihrer Zigarette und schnippte die Kippe in den schweren Edelstahlaschenbecher, der rechts neben der Tür stand.

Sollte sie hochgehen?

Klug wäre es.

Schon wollte sie mit einem „Ich muss nach oben!" die Situation auflösen, aber stattdessen beschloss sie noch eine weitere Zigarette zu rauchen.

Nachdem sie das feine, weiße Papierröhrchen aus der Packung gezogen hatte, ließ sie es zu, dass er ihr Feuer gab und sah ihn dabei an. Normalerweise vermied sie Situationen, die dazu geeignet waren, dass sich die Ärzte mit ihren Patienten verbrüderten. Und gemeinsam zu rauchen, war eine solche Situation. Aber Marcus hatte etwas, dem sie sich nicht entziehen konnte. Sie hatte es schon bemerkt, als sie ihn das erste Mal gesehen hatte. Ohne dass er ein Wort sagte, verstand er es, ihr das Gefühl zu geben, die Welt drehe sich nur um sie beide. An seiner Seite war man etwas Besonderes und auch er war etwas Besonderes, etwas besonders Schönes. An seiner Seite glitt man als Abenteurer durch die Welt. Die Welt, das waren in diesem Moment er und sie.

Wie machte er das?

Konnte er lügen?

Augustine glaubte es nicht.

Aber er war gefährlich.

Da standen sie in der Dunkelheit und rauchten schweigend.

Augustine kam es so vor, als verginge überhaupt keine Zeit. Eine kleine Maus huschte über das Pflaster des Hofes und verschwand raschelnd in einem Laubrest, der noch vom letzten Herbst geblieben war. Sonst war es still.

„Claudias Mutter ist gekommen", sagte sie endlich. „Und zwei ihrer Brüder."

Sie sah auf, um zu sehen, ob der Junge eine Reaktion zeigen würde und bemerkte so etwas wie eine Unsicherheit an ihm.

Claudia, dieses Wort war eine Wunde in ihm. Es tat ihm weh, wenn man es berührte.

„Er mag ein cooler Typ sein", dachte Augustine. „Aber das ist nur ein Schutzwall. Wenn es um Claudia geht, wenn es um Geburt geht, befindet er sich auf dem Glatteis."

Und dieser Gedanke war Wind in ihren Segeln. Sie nahm wieder Fahrt und schüttelte entschlossen den Kopf. Mit einem Mal war die eigenartige Atmosphäre, die die Ärztin geradezu gefangen gehalten hatte, aufgelöst.

Sie warf einen Blick auf ihre Uhr. Verdammt, wie lange war sie denn schon hier unten? Höchste Zeit, dass sie wieder zurück auf Station kam.

„Ich muss wieder hoch. Kommst Du mit?" fragte sie den Jungen und die gewohnte Entschlossenheit kam zurück.

„Ich weiß nicht", zögerte Marcus. „Irgendwie ...-„

Das kam nun überhaupt nicht mehr cool rüber. Der einige Minuten andauernde Zauber war verflogen.

Die Ärztin verstand, dass es eine heikle Situation war, in der sich der Junge befand. Zum einen war nun die Familie des Mädchens da. Aber er war der Vater des Babys, das da unterwegs war.

„Pass auf", schlug Augustine vor. „Du kannst Dich einfach ins Stationszimmer setzen. Ich gebe Dir einen Arztkittel, den wirfst Du Dir über, damit Du nicht auffällst. Dann kannst Du in Ruhe abwarten, was mit Deiner Claudia und Deinem Baby passiert."

Ihre Stimme war wieder fest und sicher. Jetzt war sie wieder Doktor Morgentau, die Ärztin, die die Geburtsstation steuerte.

„Los", befahl sie. „Ich drücke mich schon viel zu lange hier unten herum."

„Und ...", fuhr sie fort. „Hör mal, Du kannst mich da oben nicht Augustine nennen. Nenn mich bitte Doktor Morgentau, klar?"

„Klar, kein Problem", antwortete er und folgte ihr die Treppe nach oben.

„Spackos!" zischte der Anwalt vor sich hin. Es war niemand im Stationszimmer, der ihn hätte hören können.

„Solche Spackos!"

Er formulierte in Gedanken gerade einen Beschwerdetext an die Krankenhausleitung, als er zum wiederholten Male dieses sinnlose Kirschkernkissen erwärmte. Sein Ohr schmerzte noch, und er versuchte in dem matten Spiegelbild, das sich auf der getönten Scheibe der

Mikrowellentür abzeichnete, sein Gesicht zu erkennen. Dem Ohr war nichts passiert. Eine kleine Schramme. Die hatte er vorhin im Toilettenspiegel schon gesehen. Wahrscheinlich hatte dieser spanische Idiot einen Ring getragen und damit seine Haut aufgerissen, als er ihn gestreift hatte. Eine der blondierten Krankenschwestern hatte ihm ein Pflaster darauf geklebt.

Noch war er wütend und aufgebracht.

Begriffe wie „Tätlicher Angriff", „Schmerzensgeld", „Chefarztbehandlung" und „unfreundliches Personal" purzelten ihm durchs Bewusstsein, während die Mikrowelle dienstbeflissen summte. Aber seine Wut wurde langsam von einer grauen Niedergeschlagenheit abgelöst und er begann damit, den Vorfall sozusagen zu den Akten zu legen.

Natürlich würde er Recht bekommen. Der Spanier hatte ihn vor Zeugen angegriffen. Natürlich konnte er sich bei der Krankenhausleitung beschweren. Aber wenn er ehrlich war, was brachte ihm das außer einer Menge Schreibarbeit, die er haben würde. Ein Schmerzensgeld, das nicht einmal groß genug war, um seine Portokasse aufzufüllen und einen reumütigen Brief der Krankenhausleitung.

Als Anwalt wusste er, wie die Dinge ausgingen. Man sollte klagen, um sein Recht zu bekommen, aber niemals um seine Rachsucht zu befriedigen oder einer erlittenen Kränkung wegen. Das lohnte sich nicht.

Und wenn er ehrlich war, gemessen an dem was er hier während seines ungewollten Aufenthaltes auf der Geburtsstation durchlebte, war ein Schlag aufs Ohr nicht das, was ihn am meisten beeindruckt hatte.

Pling!

Das Kirschkernkissen war fertig. Die Pause, die ihm vergönnt war, war nun beendet. Jetzt hieß es wieder zurückzukehren in die Geburtshölle.

Nun, gut. Das musste wohl so sein.

Beim Öffnen der Mikrowelle fiel sein Blick nach oben auf einen Zettel, einen Ausdruck, der schräg links über der Mikrowelle hing und den er vorhin offenbar nicht bemerkt hatte.

„Was ist Liebe?" stand da.

Der Anwalt runzelte die Stirn so als wolle er dem Fragesteller klarmachen, dass er eine Diskussion über seine Frage wegen Geringfügigkeit einstellen würde. Was für ein romantischer Blödsinn. Er, Ray, konnte die Frage ja mühelos beantworten.

Liebe, das war eine Mischung aus Schönheit, Sex, gleichen Interessen und gut miteinander auskommen bis ins hohe Alter. Das war Liebe. Und wenn ihn jemand fragte, ob er Fabienne liebe, dann konnte er das ohne Zweifel bejahen.

„Was ist Liebe …pfff", murmelte er.

Beim Blick auf die Uhr, stellte er erstaunt fest, dass es bereits nach Mitternacht war.

Er war vielleicht müde.

Wie lange ging dieser Geburtsmarathon nun schon?

Und wie lange würde er noch dauern?

Keine Ahnung.

Missgelaunt zog er das Kirschkernkissen aus der Mikrowelle.

Hinter ihm betrat Doktor Morgentau das Stationszimmer. Sie war in Begleitung eines jungen, gutaussehenden Mannes, dessen weißer Kittel darauf hinwies, dass er ebenfalls zum Personal gehörte. Ein Arzt konnte das aber nicht sein, dazu war er viel zu jung. Ray registrierte, dass beide stark nach Zigaretten rochen. Wahrscheinlich eine Art FSJler. Doch dass der mitten in der Nacht hier arbeitete?

„Und, alles wieder okay bei Ihnen?" erklang die feste Stimme der Ärztin.

„Na ja, immerhin ist das Kirschkernkissen diesmal nicht angebrannt." Es klang lahm, obwohl Ray versucht hatte, etwas Witz in seine Stimme zu legen.

„Setz Dich dorthin", wies die Ärztin den Jungen an. „Hier gibt es Kaffee und hier Wasser. Du findest Dich zurecht, oder?"

Der Anwalt nickte den beiden zu und verließ dann das Stationszimmer.

Der Flur lag leer und aufgeräumt da. Die spanischen Buben hatten die Station offensichtlich wieder verlassen. Als trage er eine schwere Last, bewegte sich Ray auf die Kreißsaaltür zu.

Als er den Kreißsaal betrat, fand er die Hebamme bei seiner Partnerin. Sie war über Fabienne gebeugt, hantierte zwischen deren gespreizten Beinen herum und redete beruhigend auf sie ein.

Sein erster Gedanke war, dass sich immerhin nun mal jemand eingehend um Fabienne kümmerte. Der zweite, dass es hoffentlich nicht irgendwelche Komplikationen gab. Das hätte ihm den Rest verpasst. Doch dann realisierte er, dass sich etwas geändert hatte. Die Atmosphäre war anders. Man konnte es greifen. Fabienne schien aufgeregt. Nein, aufgeregt war nicht der richtige Begriff.

Was war das?

Ihr Körper schien sich in einer Art Krampf gespannt zu haben. Ray konnte ihre zuckenden Bauchmuskel sehen. In ihrem hochroten Gesicht waren die Augen zu zwei Schlitzen verengt. Der Mund war leicht geöffnet und nun, gerade als die Kreißsaaltür hinter dem Anwalt langsam ins Schloss glitt, setzte aus diesem Mund ein Stöhnen ein, dass es Ray die Nackenhaare vor Entsetzen aufstellte. Er wusste, dass er das Kirschkernkissen umsonst gemacht hatte. Hier half kein Kirschkernkissen mehr. Um das zu sehen, brauchte er keinen medizinischen Sachverstand.

Das Baby kam!

Der Anwalt zuckte zusammen.

Unentschlossen stand er da, das warme Säckchen in der Hand

Das Stöhnen schwoll immer mehr an. Ein langgezogener Ton, der an Lautstärke beständig zunahm.

War das noch Fabienne?

Undenkbar sie jetzt mit ihrem Namen anzusprechen. Sie würde ihn wahrscheinlich gar nicht mehr wahrnehmen. Ray schaffte es nicht in ihr verzerrtes Gesicht zu schauen, das von einem flachen Scheinwerferlicht erhellt wurde. Unwillkürlich duckte er sich weg.

„Wohin?" war sein erster Gedanke. Konnte er jetzt einfach rausgehen? So tun, als müsse er dringend nochmals das Kirschkernkissen aufwärmen und dann in dem Stationszimmer bleiben bis alles vorbei war?

Das würde doch jetzt schnell gehen, oder?!

Aber er schaffte es nicht einmal, sich aufzurichten. Fabiennes Stöhnen wurde noch stärker und schneller. Es klang, als sei sie selbst entsetzt darüber, was mit ihr geschah.

Gebeugt schlich Ray zu dem Holzschemel an der Bettseite und kauerte nieder, wie ein Sünder, der seine Strafe akzeptiert hat und nun den Vollzug erwartet.

Da begann Fabienne einen Schrei auszustoßen. Hätte Ray einen solchen Schrei irgendwo in der Stadt gehört, hätte er sofort den Notarztwagen und die Polizei verständigt und wäre anschließend vor Entsetzen davongelaufen. Aber hier drinnen in diesem Kessel gab es keine Polizei. Es gab niemanden, dem man diesen Horror überantworten konnte.

Alles wurde immer unmenschlicher, immer tierischer. Fabienne kam ihm vor wie von Sinnen.

Entmenschlicht.

Bilder aus den Horrorstreifen „Der Exorzist" und „Rosemaries Baby", die er als Jugendlicher einmal mit dem größten Schrecken gesehen hatte, blitzen vor seinem inneren Auge auf. Eine unsichtbare Faust hielt ihn auf dem Hocker gepresst.

Ray wusste, dass er das was sich da anbahnte, was sich da seinen Weg ins Leben bahnte, nur schwer würde durchstehen können. Darauf war er nicht vorbereitet. Er musste entkommen. Wenn nicht körperlich, so doch seelich. Er musste eine Art innerer Normalität herstellen, sich einkapseln.

Wenn es während einer Geschäftsreise im Flugzeug Turbulenzen gab und er Angst bekam, begann er als Ausweg zu lesen. Das fiel ihm nun ein. Dadurch gelang es ihm ganz gut, sich dem was um ihn herum vorging zu entziehen. Sozusagen in etwas anderes hineinzutauchen. Vielleicht war das hier ja auch möglich. Vielleicht wirkte dieser Schutzschirm auch hier.

Ray griff sich ein Exemplar einer Zeitschrift, die er vorhin aus dem Flur mitgenommen hatte. Nur mit Mühe konnte er sich darauf konzentrieren, die Schrift auf der Titelseite zu lesen. Aber er schaffte es.

Brigitte, entzifferte er.

Er las eine *Brigitte*.

Wahllos schlug er eine Seite auf und versuchte sich auf den Text zu konzentrieren.

Macht chemiefrei die Haare schöner?

Ray musste den Satz dreimal lesen, bevor er verstand worum es ging. Aha, Shampoos. Ja, es ging um Shampoos. Shampoos. Gott sei Dank! Es gab noch Menschen, die sich während Kriege herrschten, im Schlachthaus im Sekundentakt Säugetiere vernichtet wurden und Frauen unter unmenschlichem Geschrei wassermelonengroße Kinder durch ihre schmale Scheide pressten, Gedanken um Shampoos machten.

Wie schön …

Gott sei Dank!

Leider schrie Fabienne jetzt so los, dass er sich gar nicht richtig auf den Text konzentrieren konnte.

Aloe-vera-Ursaft? Was sollte das sein?

Aloe-vera-Ursaft. Wenn Fabienne nicht gleich etwas leiser war, würde er nicht verstehen, was damit gemeint war.

Konnte sie nicht aufhören? Konnte sie nicht einfach aufhören?

Er konnte das einfach nicht mehr aushalten, nicht mehr länger ertragen.

Ein hohes Pfeifen klang in seinem rechten Ohr auf. Manchmal hatte er diesen Stresstinitus. Auch das noch!

Mit seiner Hand rieb er sich über die Ohrmuschel. Dann versuchte er sich wieder auf die Zeitschrift zu konzentrieren.

Aloe-vera-Ursaft?

„Können sie mir helfen?" Irgendwie waren die Worte durch den Sturm an sein Gehör gedrungen. Aber er verstand sie nicht. Woher kamen sie? Wer sprach sie?

„He! Können sie mir kurz helfen?"

Ray tauchte hinter der Zeitschrift auf, leichenblass, mit schweißnassem Gesicht.

„Können Sie mir helfen?"

Die Hebamme wollte etwas von ihm. Sie schaute ihn an. Sie sprach auf ihn ein. Er verstand aber nicht, was sie wollte. Der Stresstinitus pfiff in seinem Ohr wie ein heißer Wüstenwind.

Wie konnte überhaupt jemand in dieser Situation etwas von ihm wollen können?

Langsam schüttelte er den Kopf hin und her wie ein betrunkenes Kalb. Nein, er konnte jetzt niemanden helfen. Er selbst brauchte ja Hilfe.

Dann zog er sich die Zeitschrift wieder vor das schweißnasse Gesicht.

Doch dieses Schutzschild hielt nur einige Sekunden. Buchstaben und Bilder verschwammen vor seinen Augen zu einem Brei.

Ein seltsames Geräusch, wie er es noch nie gehört hatte, erschreckte ihn. Es war zerreißendes Fleisch. Es klang nicht wie zerreißendes Papier auch nicht wie das Reißen eines Hanfseiles unter großer Belastung, nein, es klang wie zereissendes Fleisch, begleitet von Gewimmer. Als hätte man eine Schweinhälfte zwischen zwei Bulldozer gespannt, die nun Faser für Faser den Körper auseinander rissen.

Ray petzte die Augenlider fest zusammen, musste dann aber doch hochschauen. Er wollte nicht, aber sein Blick wurde von irgendeiner Macht auf Fabiennes ... - urgh, Scheide gelenkt. Oder das was einmal wie eine Scheide aussah. Sie war aufgerissen und zwar bis zum Anus. Blut strömte überall aus Fabienne heraus. Blut, Blut, Blut!

Ray bemühte sich nun gar nicht mehr zu lesen, nein, er presste sich die Zeitschrift direkt auf sein Gesicht und hielt sich mit den Fäusten die Ohren zu. Das Papier klebte auf seiner Haut klebte und er war sich nicht sicher, ob es Schweiß oder Tränen waren, die von der Zeitschrift aufgesogen wurden. Er fühlte sich als sei er bei schlechtem Wetter und in der Nacht in einer Höhe von 10 000 Metern aus einem Verkehrsflugzeug geschleudert worden, als stürze er in eine atemlose Tiefe und sein einziger Schutz war? Eine *Brigitte*!

Wenn er nur ohnmächtig werden könnte! Wenn er doch nur ohnmächtig werden könnte!

Allerdings fiel ihm in den winzigen Augenblicken, in denen er es schaffte, einen klaren Gedanken zu fassen, auf, dass es eine Sache gab, die ihn davor bewahrte, verrückt zu werden. Und es war schwer, das zuzugeben, denn es waren nicht etwas seine Selbstachtung, seine Nervenstärke, seine Disziplin, seine Erziehung ...- all die Eigenschaften, auf die er in schwierigen Lebenssituationen immer hatte zählen können, waren längst hinweggefegt worden.

Es war die Hebamme!

In diesem Sturm erschien sie Ray unerschütterlich, beinahe stoisch, wie John Maynard der Steuermann. Ihre Hände waren hier und da. Wie kleine Tiere wanderten sie langsam über den Bauch der Schwangeren, streichelten hier und drückten da. Sanft und beruhigend sprach sie auf Fabienne ein oder feuerte sie leise an, wenn es sein musste. Ihre Stimme hatte einen vibrierenden Unterton bekommen, den

Ray vorher nicht an ihr bemerkt hatte. Und wie er sie nun durch seine tränenverschleierten Augen sah, hatte sie nichts mehr mit der Kampflesbe gemein, für die er sie zu Anfang gehalten hatte. Sie war ebenso konzentriert wie die Schwangere selbst und Ray gewann den Eindruck, die Geburt sei nun für sie genauso wichtig wie für Fabienne. Sie leitete die Geburt im wahrsten Sinne des Wortes. Fast wie eine Art Dirigent schien sie dieses Orchester des Schmerzes und des Blutes zu einem harmonischem Ziel zu führen. Eine Zauberin. Die Hebamme schien zu wissen, was passierte, was richtig und was falsch war. Ein Fels in der Brandung.

Es war zum verrückt werden!

6

Der Verkehr auf der Nibelungenallee tröpfelte vor sich hin. Nur noch wenige Nachtgeister kamen in die Stadt oder fuhren hinaus, aber immer noch genug, dass die Straße nie ganz leer war. Ganz zur Ruhe kam sie wohl nie.

Den Wagen, einen in die Jahre gekommenen Opel Corsa, hatte Valentin erfolgreich umgeparkt. Aber selbst mitten in der Nacht war es schwierig gewesen, im Frankfurter Nordend einen Parkplatz zu finden. Obwohl er von der Geburt auf keinen Fall etwas verpassen wollte, war er doch froh, für einen Moment aus dem Krankenhaus herausgekommen zu sein.

Als er nun über die leeren Bürgersteige zurückkehrte, fühlte er, wie ihm die frische Luft gut tat. Inzwischen war es sogar ein bisschen kühl geworden, so dass er seine Strickjacke vorne zugezogen hatte.

Wenn das Kind da war, würden sie einen neuen Wagen brauchen. Nicht nur weil der alte nicht geräumig genug war, um einen Maxi Cosi und einen Kinderwagen bequem unterzubringen. Auch wegen der Sicherheitspakete, die Neuwagen inzwischen in Serie hatten. Valentin liebäugelte mit einem VW Touran. Gebraucht natürlich. Einen neuen würden sie sich nur mit Mühe leisten können. Heike würde ihre Tätigkeit als Lehrerin erst einmal für zwei Jahre ruhen lassen und sein Wissenschaftlergehalt war nicht besonders hoch. Aber älter als zwei Jahre sollte der VW Touran dann doch nicht sein.

Ach, er sah sich schon, wie er stolz mit seiner kleinen Familie und dem neuen Auto einen Sonntagsausflug machen würde. Zum Beispiel in den im Taunus gelegenen Opel-Zoo. Natürlich nicht jetzt, aber wenn die Kleine dann alt genug war ...

Langsam stieg er nun die Eingangstreppe zum

Bürgerhospital hinauf. Sein Blick glitt an der Fassade des Gebäudes hinauf. Ein einzelnes Fenster war erleuchtet. Es kam ihm plötzlich vor, als müssten Babys unbedingt nachts geboren werden. Im Stillen und Verborgenen. Das war natürlich Unsinn. Aber in diesem Moment konnte er sich nicht vorstellen, dass sein Kind in das helle Sommerlicht hineingeboren wurde. Sicherlich würde sie heute Nacht auf die Welt kommen.

„Zu einer guten Geburt gehört die Nacht, Valentin", sprach er nun zu sich selbst.

Glücklicherweise hatte er sich wieder beruhigt, was die Geburt anging. Einmal etwas Abstand zu dem Geschehen zu haben, hatte ihm gut getan. Ja, der Physiker schalt sich selbst einen Narren für seine nervöse Angst. Die wirklichen Gefahren für das Baby lagen ja längst hinter ihm. Frühgeburt, Schwangerschaftsvergiftung, Down Syndrom und was nicht alles mehr – all das waren Vorkommnisse mit einer nicht zu unterschätzenden Wahrscheinlichkeit. Vor allen Dingen in dem Alter, in dem Heike war. Mit 37 Jahren war es nicht mehr so einfach, ein Kind zu bekommen. Wenn Valentin nur an die drei Fehlgeburten dachte, die dieser nun erfolgreichen Schwangerschaft vorausgingen ...

Aber all das war Vergangenheit. Jetzt konnte eigentlich nichts statistisch relevantes mehr geschehen. Geburten waren in der westlichen Welt eine sichere Sache. Es gab nur wenige Geburtsnotfälle, Schulterdystokie, Uterusruptur, Nabelschnurvorfälle ...- alle mit einer Wahrscheinlichkeit unter einem Tausendstel.

Gott sei Dank!

Alles würde gut gehen. Jetzt musste Valentin sogar über sich selbst den Kopf schütteln und zwar so stark, dass der Kopf in der Nachtluft herum rührte, als würde er gleich von dem dünnen Strickjackenkörper des Physikers herunterfallen. Wie hatte er sich in diese Angstspirale hineinbegeben können?

Alles würde gut werden!

Geburt war doch die einfachste Sache der Welt.

„Wenn ich das nächste Mal diese Treppe benutze, werde ich schon Vater sein. Mein Kind wird auf der Welt sein. Mein Kind!" Und während er die nächsten Treppenstufen nahm, machte ihn dieser Gedanke froh. Er freute sich auf sein Kind! Ja, ohne noch einmal aufzublicken ging er vor Freude sogar ein Wagnis ein.

„Wenn die Anzahl der Treppenstufen die ich bis zum Eingang noch zu laufen habe, durch zwei teilbar ist, dann geht die Geburt gut!"

Und während er nach oben ging, zählte er: „Eins, zwei, drei, vier,....,zwölf!"

„Zwölf! Hurra!" rief er aus.

Nun konnte er den weiteren Geburtsverlauf ganz ruhig und gelassen hinnehmen.

„Ganz cool bleiben,Valentin", sagte er sich.

Sein Gang wurde fröhlich-hüpfend wie der einer Elster, so dass der Nachtportier einen schläfrigen Moment von seinem Desk aufsah und verständnislos den Kopf schüttelte.

Zielstrebig begab er sich in den Aufzug.

Als er oben am Kreißsaal angelangt war und klingelte, öffnete ihm eine der blonden Krankenschwestern die Tür. Bei seinem Anblick zog sie die Augenbrauen hoch. Und Valentin kam es so vor, als läge eine Art von Missbilligung in dieser Geste. Die Krankenschwester schob eines dieser Rolltischchen mit einem CTG darauf, in Richtung des Zimmers, in dem Heike lag. Valentin fragte sich warum und warf einen misstrauischen Blick darauf, um den Hersteller des Gerätes auszumachen.

In diesem Moment öffnete sich die Kreißsaaltür und Doktor Morgentau trat heraus. Als sie Valentin gewahr wurde, änderte sie die Richtung und kam auf ihn zu.

„Da sind Sie ja. Das Kabel", sagte sie zu ihm ohne weitere Einleitung. In ihrer Stimme und der ausgestreckten Hand, die sie ihm entgegen hielt, lag eine Aufforderung, die

Valentin nicht zu deuten verstand.

„Das Kabel?" wiederholte er nur. Denn er wusste nicht, was die Ärztin von ihm wollte.

„Vor einer Stunde sind sie mit dem Kabel des CTGs nach draußen gegangen. Wo ist es?"

„Oh! Äh…", stotterte Valentin. „Ich … Wahrscheinlich habe ich es im Auto liegen, oder? Tut mir leid. Entschuldigung. Oh mein Gott! Vor einer Stunde schon!" entfuhr es ihm dann. Siedend heiß schoss es ihm in den Kopf: sein Baby war eine Stunde lang ohne Überwachung gewesen! Eine Stunde lang waren die Herztöne nicht aufgezeichnet worden. Wieso war die Zeit so schnell vergangen? Er hatte doch nur einen Parkplatz gesucht. Gut, das Einparken hatte etwas gedauert, aber …

„Ist mit dem Baby alles in Ordnung?!" wollte er sofort wissen.

„Mit ihrer Frau und dem Baby ist alles okay", versicherte ihm Augustine. „Aber wir erleben das auch nicht alle Tage, dass sich ein werdender Vater mit dem CTG Kabel davon macht." Dabei schüttelte sie den Kopf, als könne sie das noch immer nicht glauben.

„Es könnte bei ihrer Frau bald losgehen. Der Muttermund hat bereits acht Zentimeter. Vielleicht können Sie ein bisschen unterstützen. Das Kabel können Sie später immer noch holen. Aber vergessen Sie es bitte nicht. Wir haben nur eine begrenzte Anzahl CTGs hier."

„Klar", versicherte Valentin. „Klar, ich vergesse es bestimmt nicht."

Aber im nächsten Augenblick hatte er das Kabel bereits vergessen.

„Der Muttermund hatte sich bereits 8 Zentimeter geöffnet!" schoss es ihm stattdessen durch den Kopf. Das war eine erfreuliche Nachricht. Es ging voran. Und bald würde es da sein, sein Baby. Die Zeit des Wartens, des Herkommens und wieder nach Hause geschickt werden war nun also endgültig vorbei. Es ging los. Das war gut.

Schnell schob er sich an Doktor Morgentau vorbei, um in den Kreißsaal zu Heike zu gelangen.

Es war unübersehbar, dass etwas in Gang gekommen war. Vorher war die Beleuchtung leicht gedämpft, so dass man sich gar nicht wie in einem Krankenhaus gefühlt hatte. Aber jetzt schien ein gleißendes Licht von der Decke, das alles ausleuchtete und keine Illusion mehr zuließ.

Neben dem Bett baute die blonde Krankenschwester das neue CTG auf. Sie beachtete dabei weder die Schwangere noch den Physiker.

Valentins Frau hatte das Bett verlassen und ging die Hände in die Hüften gestützt, stöhnend im Zimmer herum. Man sah ihr an, dass sie starke Schmerzen hatte. Sie lief einen Kreis nach dem anderen, wie eine Raubkatze im Käfig. Durch das Hohlkreuz, das sie machte, drückte sich der dicke Babybauch nach vorne. Sie atmete wie unter einer schweren Last.

„Wo warst Du die ganze Zeit?" fuhr sie ihn zur Begrüßung mit zusammengepresstem Kiefer an. „Oh, ich habe vielleicht Schmerzen! Die halbe Station hat dich gesucht!"

„Ich, äh, musste den Wagen wegfahren", stammelte er. Seine gute Laune sackte etwas ab. „Er stand noch auf dem Sperrstreifen."

Heike war gereizt, sehr gereizt und wenn Heike sich körperlich unwohl fühlte und in solcher Stimmung war – was mindestens einmal im Monat vorkam -, dann war sie wie eine scharfgemachte Handgranate. Unmöglich, ihr dann etwas recht zu machen.

Normalerweise ging Valentin in solchen Situationen immer in den Park spazieren, um einen großen Streit zu vermeiden. Doch diese Möglichkeit stand jetzt nicht zur Debatte.

Eine gewisse Demut und Leidensfähigkeit von seiner Seite war nun notwendig, um diese Situation durchzustehen. Ein Hilfsangebot war in solchen Momenten immer eine gute Sache.

Also schlich er hinter ihr her und ging das Potpourri an Ratschlägen in Gedanken durch, die er in den Geburtsvorbereitungskursen gehört hatte und die er sich auf einer Liste, in der Reihenfolge ihrer vermeintlichen Wirksamkeit, notiert hatte. Wo hatte er sie denn gleich?

Er fummelte in seiner Brieftasche herum, wo sich noch weitere Listen befanden, die die Geburt und das Baby betrafen. Ah, hier war sie ja. Ein kurzer Blick, dann hatte er die Vorschläge wieder im Kopf.

„Soll ich Dich etwas massieren?" bot er ihr vorsichtig den ersten Vorschlag von der Liste an.

Heike blieb stehen, schaute ihn aber nicht an, sondern reckte sich nur schwerfällig.

„Nein! Sehe ich aus als wollte ich massiert werden?!" stöhnte sie unwirsch.

Aha.

Der Physiker kannte dieses Spiel nur zu gut. Anders als in der Physik oder in der Mathematik, wo es immer eine Lösung gab, auch wenn man manchmal lange danach suchen musste, gab es bei Heike in diesem Gemütszustand nie „das Richtige". Im Gegenteil, es gab sogar nur „das Falsche". „Das Falsche" war dadurch definiert, dass es immer genau das war, was Valentin gerade tat oder vorschlug zu tun. Schlimmer noch! Tat er nichts, um „das Falsche" zu vermeiden, dann war eben genau diese Untätigkeit „das aller Falscheste"!.

Es hatte zwei Jahre des Zusammenlebens mit Heike bedurft, bis Valentin dieses Paradoxon entschlüsselt hatte. Anfangs hatte er immer gedacht, dass er tatsächlich etwas falsch machte und dass es auch „das Richtige" gäbe, bis ihm klar wurde, dass er in diesen Situationen einfach nur der notwendige Blitzableiter für Heikes negative Energie war.

Aber er hatte sich darauf eingestellt und ein Rezept gefunden, um diese Situationen – wenn er ihnen durch einen Spaziergang im Park nicht entgehen konnte – doch möglichst gut durchzustehen.

Besser als keinen Vorschlag zu machen, war es viele Vorschläge zu machen. Auf keinen durfte er eine Grundsatzdiskussion beginnen, das hieße einen Streit vom Zaun zu brechen.

„Hier ist ein Gymnastikball", fuhr er deshalb unbeirrt mit Vorschlag Nummer zwei seiner Liste fort. „Vielleicht wenn Du dich daraufsetzt und wir gemeinsam ein paar von den Atemübungen aus der Geburtsvorbereitung machen? Das könnte für Erleichterung sorgen?!"

Er beugte sich vor und rollte die grüne Plastikkugel aus der Ecke etwas mehr in die Mitte des Raumes.

Erwartungsgemäß fiel die Antwort genauso ungnädig aus wie die vorangegangene.

„Siehst Du nicht, dass ich nicht sitzen kann?! Was soll ich auf diesem Ball? Und lauf verdammt nochmal nicht immer um mich herum. Das macht mich ganz verrückt. Du mit deiner nervösen Art!" fauchte sie.

„Ich geh' dann mal", unterbrach die Krankenschwester das Gespräch und schob eilig das Wägelchen hinaus, ohne den Blick zu heben.

„Äh, ja. Danke", antwortete der Physiker.

Eigentlich war Heike in solchen Situationen unerträglich und wären sie beide nicht gerade im Kreißsaal, um ihr Kind zu bekommen, dann wäre Valentin spätestens jetzt in den Park spazieren gegangen. Den Heinrich Kraft Park konnte er von ihrem Wohnort Enkheim aus gut erreichen. Er saß dann immer auf einer Bank, die ihm einen ruhigen Blick über den Abenteuerspielplatz gewährte. In diesem Augenblick sehnte er sich nach dieser Bank.

Aber hier gab es übergeordnete Ziele.

„Mach weiter mit Vorschlag Drei. Es geht um das Kind", ermunterte sich Valentin, während er sich auf den Holzschemel setzte

„Möchtest Du vielleicht eine PDA, Schatz?" versuchte er es. „Eine PDA wäre doch eine gute Idee. Mit einem Schlag wäre der Schmerz weg!"

„Valentin, sei still jetzt, bitte!"

„Dann sag mir eben, wie ich Dir helfen kann. Wie wäre es denn mit einem Kirschkernkissen?" bot er an.

„Gar nichts sollst Du machen! Uuuhmm!" stöhnte Heike. „Vielleicht ein Kirschkernkissen, vielleicht hilft das ein wenig."

Immerhin.

Also erhob Valentin sich wieder und begab sich in das Stationszimmer, um ein Kirschkernkissen zu erwärmen.

Der Flur war leer, aber im Stationszimmer saß ein junger Mann, eher noch ein Junge. Irgendwie kam er Valentin bekannt vor. Hatte er ihn heute nicht schon gesehen? Der Junge trug einen Ärztekittel. Das war verwunderlich. Für einen Arzt schien er Valentin deutlich zu jung. Noch verwunderlicher war, dass er ganz und gar in ein Spiel auf seinem Smartphone versunken war. Auf jeden Fall schien er Valentins Kommen nicht zu bemerken oder ignorierte es. Wahrscheinlich eine Art Famulant oder jemand der ein Freiwilliges Soziales Jahr absolvierte. Andererseits, welcher junge Mann machte schon ein freiwilliges soziales Jahr auf der Geburtsstation? Das war ja eher ungewöhnlich. Neugierig warf er einen zweiten Blick auf den Jungen.

Und warum trug er unter dem Ärztekittel eine schwarze Hose und schwarze Schuhe?

Doch darüber nachzudenken hatte er nun wirklich keine Zeit. Deshalb schüttelte er sich nun.

„Kirschkernkissen!" befahl er sich. „Vorwärts!"

Er öffnete die Tür der Mikrowelle und warf das kleine Säckchen hinein. Mit zusammengekniffenen Augen schaute er auf die Beschriftung an den Reglern des Gerätes.

Wo hatte er denn nur wieder seine Brille gelassen? So konnte er ja gar nichts erkennen. Endlich fand er sie in der Tasche seiner Strickjacke, setzte sie auf und versicherte sich, dass die Einstellungen an der Mikrowelle richtig waren. Er warf das Kirschkernkissen hinein.

Während er dem Summen zuhörte, seufzte Valentin.

So eine Geburt war schon schwer.

Er erinnerte sich, in seiner Jugend eine Schallplatte besessen zu haben, von einer Band namens *Birth Control*. Auf dem Cover war ein riesiges Weib abgebildet. Sie lag in Gebärhaltung auf einer weiten Ebene und füllte einen Großteil des Bildes aus. Um sie herum sprangen kleine Männer, die aussahen wie spindeldürre Hänflinge. Es war deutlich, dass sich die kleinen Männer irgendwie um die Frau bemühten, die das Zentrum ihrer Welt war. Doch genauso klar war es, dass sie absolut unwichtig waren, so unwichtig wie Ameisen, die um ihre Königin herumkrochen.

So fühlte sich Valentin jetzt: wie ein spindeldürrer, nutzloser Hänfling, der um die gebärende Heike herumsprang.

Aber so würde das nicht bleiben. Hier wurde sein Baby geboren. Sein Baby! Und er beabsichtigte eine wichtige Rolle für das Kind zu spielen.

Er fragte sich, wie sich das Baby in diesem Moment fühlte. Fühlte es überhaupt schon etwas?

Irgendwie würde es wohl bemerkt haben, dass um es herum etwas Wichtiges vorging, etwas, das für das Baby alles ganz und gar verändern würde.

Eben noch schwamm es in der Gebärmutter im Fruchtwasser und knabberte ruhig an der Plazenta herum. Das hatte es schon immer gemacht. Ein davor gab es nicht. Der Embryo kannte überhaupt nichts Anderes, ganz zu schweigen davon, dass er sich etwas Anderes hätte vorstellen können.

Wahrscheinlich hatte er in den letzten Monaten hin und wieder ein paar hohle Geräusche gehört, die bis in die Gebärmutter vorgedrungen waren. Darunter waren ein paar Stimmen, ein Fernsehgerät, Musik oder eine Autohupe. Beim Strampeln hatte es einen Widerstand bemerkt. Vielleicht war es durch eine schnelle Bewegung hin und hergeschaukelt worden.

Und über all dem lag der gleichmäßige Herzschlag der Mutter. *Du bist nicht allein*, sagte dieser Herzschlag sechzig bis siebzig Mal in der Minute. *Du gehörst zu mir.*

Alles in allem muss sich das Baby doch sehr sicher gefühlt haben in seiner Welt.

Doch jetzt war das Fruchtwasser weg. Das Baby schwebte nicht mehr. Es lag in der Gebärmutter, und die Eihäute klebten auf seiner Haut. Der Muttermund war geöffnet, und durch die Wehen bewegte sich alles um das Baby herum auf diesen Muttermund zu wie in einen Strudel hinein.

Alles hatte sich geändert. Und es war klar, dass diese unglaubliche Veränderung nur der Auftakt zu einer noch größeren Veränderung war.

Wie musste es sich erst fühlen, wenn es sich durch den engen Geburtskanal nach außen drängte? Wenn ihm langsam und unrettbar der Herzschlag der Mutter verloren ging?

Plötzlich hatte Valentin furchtbares Mitleid mit dem Säugling.

Auch wenn das Baby noch kein Bewusstsein hatte, eines hatte es in diesem Moment bestimmt: unvorstellbare Angst.

Doch bald, wenn alles gut ging, würde es auf der Welt sein. Sein Baby wäre auf einmal da. Er würde es halten, trösten und beruhigen können. Bis dorthin waren es nur noch wenige Stunden.

Wie freute er sich auf dieses kleine, hilflose Wesen.

Später, wenn es anfing etwas zu verstehen, würde er ihm die Welt erklären. Alles würde er ihm erklären. Ping! Die Mikrowelle war durch. Valentin schnappte sich das Kirschkernkissen und machte sich zurück in den Kreißsaal.

Claudia hatte sich beruhigt. Augustine sah das sofort.

Schon als sie den Kreißsaal betrat, um nach dem Mädchen zu sehen, spürte sie, dass sich die Atmosphäre geändert hatte. Die kalte Einsamkeit, die das glühende Mädchen zu umgeben drohte, war verschwunden. Eine warme Strenge war an ihrer Stelle eingekehrt. So konnte man die Stimmung wohl am besten wiedergeben, die in dem Raum herrschte. Keine Spur mehr von dem rauen Stress unter dem das Mädchen gestanden hatte, als Augustine ihr zum ersten Mal begegnet war.

Unter den Händen ihrer Mutter konnte Claudia sich ganz der Geburt hingeben.

Claudias Mutter hatte sich ihres Schmuckes entledigt. Augustine schätzte, dass auf dem metallenen Rollschränkchen Gold und Edelsteine für sicherlich mehr als 10 000 Euro lagen. Allein ein kleines, goldenes Kreuz, dass nun, als sie sich über ihre Tochter beugte, an einer dünnen Kette aus ihrer Bluse heraushing, hatte sie anbehalten.

Als Augustine eingetreten war, hatte Claudia kurz aufgesehen und ihr zugelächelt. Das Mädchen erschien ihr jetzt fast glücklich, ja, auf eine religiöse Art und Weise, die Augustine nicht beschreiben, sondern nur erspüren konnte, erlöst.

Die Comtessa war auf die Ärztin zugekommen und hatte sich nochmals für ihre Söhne entschuldigt. In dieser Entschuldigung lag keine Unterwerfung. Es war einfach nur eine faire, bedauernde Geste. Obwohl sie hier eine Fremde war, eine Besucherin, sprach sie mit der Ärztin immer auf Augenhöhe. Mehr noch, in diesem Moment war Augustine klar, dass die Spanierin längst diesen Kreißsaal eingenommen hatte. Ohne dass sie einen Anspruch geltend gemacht hätte, ohne dass sie irgendwie seltsam oder fordernd gewesen war, allein aufgrund ihrer natürlichen und höflichen Autorität, füllte sie diesen Raum mit ihrer Gegenwart und ihrer Fürsorge. Die Ärztin war hier nur noch beratend tätig, eine Art Ministerin, die bei medizinischen Fachfragen von der Comtessa hinzugezogen werden konnte.

Augustine war das recht. Auf die Entschuldigung von

Claudias Mutter hin, hatte sie nur genickt und war dann in einigem Abstand stehen geblieben.

Zufrieden und neugierig verharrte sie so und beobachtete die beiden.

Gerne hätte sie mehr über die Geschichte von Claudia und Marcus gewusst. Es war ihr, als hätte sie drei, vier zufällig ausgewählte Seiten aus einem Roman gelesen. Und nun war sie gespannt auf das Anfang und das Ende, auf das ganze Abenteuer. Und auch auf Marcus Rolle darin.

Zu einigen Punkten hatte sie bereits eine Idee entwickelt.

Es war klar, dass Claudia aus gutem Haus kam. Reich, gebildet, so schätzte Augustine die Familie ein. Dafür sprach schon die Adresse. Umso verwunderlicher war, dass das Mädchen in diesem Alter schwanger geworden war und dann auch das Kind bekommen wollte. Das war untypisch. So junge Mütter kamen nach Erfahrung der Ärztin eher aus sozial schwachen Verhältnissen. Ihre auffälligen Tätowierungen ließen erahnen, dass sie gerne etwas Besonderes wären. Dieser Wunsch war der Grund dafür, dass sie das Kind austrugen. Sie hatten dann etwas, was ihre Altersgenossen nicht hatten, nämlich ein Baby. Sie nannten ihre Neugeborenen „Schennifer", „Anschelick" oder „Schaiyenne" und Augustine wusste in diesen Fällen manchmal nicht, wen sie mehr bedauern sollte, angesichts der traurigen Zukunft, die ihnen bevorstand: die Mutter oder das Kind.

Aber Claudia passte nicht in diese Typologie. Was hatte sie bewogen mit Marcus ein Kind in die Welt setzen zu wollen? War es gewollt oder nur hingenommen? Hatte der Junge sie so sehr fasziniert?

Natürlich operierte sie von einer sicheren Basis aus. Sie wusste, dass ihre Familie sie immer auffangen würde und sich das wohl auch leisten konnte.

Andererseits, Augustine wusste nicht einmal, ob Marcus der Vater des Kindes war.

Aber doch, es konnte nicht anders sein. Marcus war

überhaupt nicht der Typ „aufopferndes Helferlein".

Wäre er nicht der Vater, dann wäre er niemals hier.

Als sie einen Blick auf Claudias Hände warf, fielen ihr zuerst die zwei silbernen Schlangen auf, die sich am Zeigefinger kunstvoll ineinander schlangen. Dann sah sie am Ringfinger einen schmalen, silbernen Ring. Waren die beiden verheiratet?

Sie nahm sich vor, darauf zu achten, ob der Junge den gleichen Ring trug.

Was wusste die Comtessa über dieses Abenteuer ihrer Tochter? Immerhin schien sie Marcus nicht zu kennen. Sonst wäre es vorher auf dem Flur wohl kaum zu der Verwechslung mit dem anderen werdenden Vater gekommen.

Augustine hatte den Eindruck, als hätten Mutter und Tochter sich länger nicht gesehen. Vielleicht war der Junge ja mit dem Mädchen durchgebrannt. Hier waren ja alle möglichen Verwicklungen denkbar.

Während sie darüber nachdachte, schüttelte Augustine unbewusst den Kopf. Dass sie sehr neugierig auf die Geschichte war, konnte sie nicht leugnen.

Und Marcus?

Der Junge saß nun im Stationszimmer, einen Arztkittel übergestreift. Wie sollte die Geschichte zwischen ihm und dem Mädchen weitergehen? Was dachte er sich wie das weitergehen würde?

Gab es überhaupt noch eine gemeinsame Zukunft für die beiden?

Aber es war doch sein Kind, das jetzt geboren wurde. Sein Sohn oder seine Tochter. Und dieses Kind würde ewig ein Bindeglied zwischen ihm und Claudia sein.

Dass er zurück in den Kreißsaal kommen würde, erschien Doktor Morgentau in diesem Augenblick nicht denkbar. Und wenn sie ehrlich war, hoffte sie auch, dass er draußen blieb. Wenigstens solange sie hier die Leitung hatte. Sie hatte wenig Lust auf weitere Verwicklungen.

Aber wer wusste schon, auf welche Ideen er plötzlich kam. Nein, hier im Kreißsaal würde er untergehen. Es würde eine einzige Demütigung für ihn werden. Dabei war sie sich in diesem Moment noch nicht einmal sicher, ob Claudias Mutter seine Anwesenheit ablehnen oder ihm gegenüber unfreundlich werden würde. Aber man brauchte nur einen Blick auf Mutter und Tochter zu werfen, um zu verstehen, dass jetzt nicht ein Stück Papier mehr zwischen die beiden passte. Und das würde auch für das Baby gelten. Wenn man die beiden so sah, Mutter und Tochter, dann hatte die Szene etwas, dass Augustine an die Gemälde barocker Maler erinnerte. Etwas Schweres und eine seltsame Ernsthaftigkeit lag auf den beiden und zugleich doch etwas Leichtes. Dazu kam ihre unglaubliche Schönheit.

Augustine hätte von sich immer behauptet, dass sie selbst gut aussähe. Und damit hätte sie nicht übertrieben. Aber Claudia …- Claudia war einfach unglaublich schön. Eine Schönheit, die die Comtessa in gealterter Form ebenfalls auszeichnete.

In voller Übereinstimmung schienen die beiden Frauen zusammen zu arbeiten.

Geburt als göttlicher Akt.

Marcus würde daneben überflüssig wirken, wie ein Wurmfortsatz, der bald abgestorben und abgestoßen wäre.

Still beobachtete Augustine die beiden. Sie schienen die Ärztin kaum wahr zu nehmen. Auch das war außergewöhnlich. Normalerweise spielte die Ärztin eine Hauptrolle, wenn sie den Kreißsaal betrat. Schließlich war der Arzt oder die Ärztin die fachlich höchste Instanz, was das Thema Geburt anging. Und normalerweise hatte Augustine es im Kreißsaal mit verängstigten Ehemännern und geburtsaufgeregten Frauen zu tun, die sie geradezu anhimmelten und sich an ihr festhielten.

Hier war das etwas Anderes.

Die Comtessa, dass erkannte Augustine, war eine Frau von Format.

Jede Bewegung dieser Dame hatte den Hauch von Adel und Bestimmtheit. Selbst hier im Kreißsaal, selbst jetzt, da ihre Tochter nun mit schmerzverzerrtem Gesicht eine Wehe durchlebte.

Und sie war es gewohnt zu leiten. Ohne mit der Wimper zu zucken hatte sie sich eine der Sybilles zur Leibeigenen gemacht. Und die Krankenschwester ließ es sich offenbar gefallen.

„Sybille, wir brauchen noch einen Kaffeewickel. Wenn Sie so gut wären, danke!"

Doktor Morgentau war so in das lebende Stillleben vertieft gewesen, hatte sich so von der Romantik der Geburt hinreißen lassen, dass sie die Krankenschwester, die scheinbar auf Abruf in der Ecke auf einem Hocker verharrte, gar nicht bemerkt hatte.

„Sybille, wir brauchen noch einen Kaffeewickel. Wenn Sie so gut wären, danke!"

Die Höflichkeit, mit der die Spanierin diese Anweisung ausgesprochen hatte, war nicht zu übertreffen. Aber die Bestimmtheit eben auch nicht. Doktor Morgentau hatte bei dieser Anweisung keine Rolle gespielt. Sie war zwar die leitende Assistenzärztin hier und in diesem Moment anwesend, aber sie wurde nicht mit einem Blick gefragt, weder danach, ob Kaffeewickel eine sinnvolle Medizin noch ob sie einverstanden war, dass ihr die Befehlsgewalt über die Sybille genommen war.

Und die Sybille gehorchte aufs Wort. Ja, wie die geringste aller Dienerinnen schien sie sogar dankbar zu sein, einen Auftrag von der Comtessa erhalten zu haben. Ohne einen Blick auf die Ärztin zu werfen, stand sie auf und ging nach draußen, um den Auftrag auszuführen.

„Wow! Was für einfache Gemüter Krankenschwestern doch sind", dachte Augustine nun.

Die davoneilende Sybille hatte sie aus ihren Betrachtungen gerissen. Sie raffte sich auf. „Geburt als göttlicher Akt" hin oder her. Für Romantik hatte sie ausreichend Raum in ihrem Privatleben. Hier war sie die Assistenzärztin und verantwortlich dafür, dass die Geburt von medizinischer Seite aus glatt lief. Dazu musste die Schwangere ab und zu untersucht werden. Es war besser, wenn nicht Barbara, sondern sie hier die Untersuchungen vornahm. Zum einen war Barbara im K2 voll eingebunden. Der Mann, den die Marathonläuferin mitgebracht hatte, schien ja keine große Hilfe zu sein. Zum anderen befürchtete Augustine, dass Barbara die Hoheit der Comtessa nicht ohne Widerspruch hinnehmen würde. Und seltsame Situationen hatte Augustine heute schon zur Genüge gehabt.

Doktor Morgentau zupfte ihre Haare zurecht, vergewisserte sich, dass ihr Dutt richtig saß und trat einen Schritt nach vorne. Entschlossen zog sie zwei Latexhandschuhe aus dem Spender und streifte sie über ihre Hände.

„So, dann wollen wir einmal sehen, wie die Sache steht, Claudia", begann sie.

Es war weit nach Mitternacht. Doch in der Geburtsstation des Bürgerhospitals herrschte emsiger Betrieb. Als wollten sie dem Tag zuvorkommen, drängten die drei Babys, angetrieben von uralten Instinkten nach draußen. Fabienne und Rays kleine Tochter hatte es unter den erfahrenen Händen von Barbara beinahe schon geschafft. Heike und Valentin arbeiteten sich voran. Sie schmerzhaft stöhnend und er schweigend auf dem Hocker kauernd und dabei aufmerksam jede Einzelheit des Geburtsvorgangs analysierend. Doktor Morgentau hatte Claudia mit erfreulichem Resultat untersucht und wider besseres Wissen hoffte sie, es würde sich in der nächsten Zeit irgendwie wenigstens ein kleines halbes Stündchen finden, währenddessen sie sich in einem der Untersuchungszimmer zu einem Nickerchen ablegen könne. Denn sie war inzwischen unglaublich müde.

Marcus hätte alle Fragen, die Augustine sich über seine und Claudias Geschichte stellte, beantworten können. Der Junge saß unverdrossen im Stationszimmer. Ab und zu ging er nach unten, um eine Zigarette zu rauchen. Ein wenig trieb ihn auch die Hoffnung, Augustine Morgentau dort anzutreffen, aber die schien im Moment zu beschäftigt zu sein, um eine Pause zu machen.

Hin und wieder huschte irgendwer über den Flur vor dem Stationszimmer oder kam herein, um eines dieser abgenutzt aussehenden Säckchen in die Mikrowelle zu werfen. Auch Augustine wechselte vom einen zum anderen Kreißsaal.

Als Augustine ihm berichtet hatte, dass Claudias Mutter angekommen war, hatte sich etwas in ihm gelöst. Anders als die Ärztin vermutet hatte, war es nicht der Schmerz, die Wunde, die ihn hatte zusammenzucken lassen, es war eine Erleichterung. Die Hilfe, die er gerufen hatte, war angekommen.

Das kleine Zwischenspiel mit Claudias Brüdern interessierte ihn nicht weiter. Es schien für die Ärztin von Bedeutung zu sein, soviel hatte er verstanden, für ihn war es nur eine Nebensache. Was zählte war nur eines: Claudia war in Sicherheit und er, Marcus, musste für diese Sicherheit keine Sorge mehr tragen!

Es schien ihm, als habe ihm jemand eine große Last abgenommen.

Auf dem Weg nach oben hatte Augustine für ihn aus irgendeinem Umkleideraum, in den sie kurz eingetaucht waren, einen Arztkittel gezogen. Dann hatte sie ihn hier oben im Stationszimmer platziert.

Platziert war der richtige Ausdruck.

„Setz dich dort hin!" hatte sie befohlen und dann war sie verschwunden.

Augustine schien immer ein wenig in Eile zu sein. Selbst als sie unten geraucht hatte, wirkte das auf ihn so, als habe sie sich lediglich ein kleines Zeitfenster für diese Pause ausbedungen.

Nun saß er hier und wartete. Er konnte erst einmal verschnaufen. Zwar hatte er nicht die geringste Ahnung, wie es weitergehen sollte, aber die ganze Anspannung der letzten Tage, die sich immer mehr verdichtet hatte, war auf ein erträgliches Maß zurückgegangen.

Claudias Mutter war hier!

Er, Marcus, musste nicht in den Kreißsaal zurück. Er musste nicht mehr Claudias Blick ertragen, diese stolze Abkehr von ihm, die ihn drohte zu vernichten. Er konnte hier in der Nähe sitzen und warten, ohne dass er zerissen wurde. Das Gefühl einer Zukunft in Gefangenschaft, einer Gefangenschaft, die zu durchbrechen er wahrscheinlich nicht den Mut gehabt hätte, dieses Gefühl war verschwunden.

Fast hatte er wieder das Gefühl, sich einfach durch die Welt treiben lassen zu können, in der Hoffnung, dass das Gute von ganz allein geschehen werden. So wie früher eben.

Aber gab es noch ein Zurück ins „Früher"?

Die Glasscheibe des Stationszimmer bot ihm einigermaßen Einblick in den Flurbereich des Kreißsaales. Er war wie auf einer Art Beobachtungsposten. Wenn Claudias Mutter ins Stationszimmer käme, ob sie ihn erkennen würde?

Marcus spielte nicht ein Computerspiel, wie Valentin vermutet hatte, als er vor einiger Zeit den Raum betreten hatte, um ein Kirschkernkissen zu wärmen.

Nein, er sah sich die Fotos auf Claudias Smartphone an. Fotos, die ihre gemeinsame Zeit dokumentierten.

Landschaftsausschnitte, Gebäude, bemerkenswerte Kleinigkeiten. Schöne Bilder waren das. Claudia fotografierte gerne und sorgfältig. Oft zeigten die Bilder auch ihn.

Hier auf diesem Bild, das sie in Prag gemacht hatte, saß er auf dem Rand eines Brunnenbeckens und grinste von der Mitte des Bildes in die Kamera. Hinter ihm dehnte sich ein großer Platz weit auseinander. Das Bild war scharf, so dass man das leise Plätschern des Brunnens fast hören konnte. An manchen Stellen war der Sandstein der Brunnenmauer dunkel gefleckt von Wasserspritzern. Die Sonnenbrille, die er ins Haar geschoben trug, hatte Claudia ihm in der Nähe gekauft. Ein chromfarbenes Gestell mit dunklen Gläsern. Neben ihm am Brunnenrand lag ein aufgerissenes Päckchen Zigaretten und darauf ein Feuerzeug. Wann war das gewesen? 14. April diesen Jahres zeigte das Datum am Bildrand an.

Marcus glaubte sich nun an den Tag erinnern zu können. Es war einer dieser glücklichen Tage, die sich aneinander gereiht hatten, wie Perlen an einer Schnur. Endlose, atemlose Schönheit.

Was war das für ein Erlebnis, wenn sie durch die Straßen von Prag spazierten. Das schönste Mädchen der Welt und er. Die Leute hatten sich nach ihnen umgedreht. War das das Glück gewesen?

Wie hatten sie all dieses Glück aufbrauchen können?

Gewesen! Gewesen! Gewesen!

Mit dem Daumen schnippte er das Bild weg.

Eine der Sybilles huschte ins Stationszimmer und Marcus sah von dem Bildschirm auf. Sie musterte ihn neugierig fragend, als versuche sie ein Rätsel zu lösen. Der Junge war sich nicht sicher, ob es die gleiche Krankenschwester war, der er am späten Abend bereits im Kreißsaal begegnet war. Es gab wohl ein zweites Modell, das ihr zum Verwechseln ähnlich aussah. So wie sie den Jungen ansah, hatte Doktor Morgentau sie nicht über seine Anwesenheit im Stationszimmer informiert. Nun schien sie irritiert, ihn hier in einem weißen Kittel vorzufinden, richtete aber nicht das Wort an ihn. Stattdessen klapperte sie irgendein Ziel verfolgend an der Kaffeemaschine herum. Und während diese ihren Betrieb aufnahm zog die Krankenschwester ihr Handy aus dem Kittel und schien ihre Nachrichten zu überprüfen. Dann steckte sie es mit einer nervösen Handbewegung wieder zurück, ging zum Schrank, bückte sich und zog etwas hervor.

Marcus beachtete sie nicht weiter, versank wieder in seinen Gedanken und schaute auf das Smartphone.

Claudia im Gras sitzend. Sie trug eine Jeans und ein blaues Shirt. Ihre Arme hatte sie über den Knien verschränkt und ihren Kinn aufgelegt. Sie schien weit entfernt zu sein. Doch ohne Zweifel sah sie ihn an. In ihrem Blick lag dieser liebevolle Spott. Marcus konnte sich gut erinnern, wann er das Bild gemacht hatte. Dazu brauchte er das Datum am unteren Bildrand nicht abzulesen. Das war im Frühling auf dem Wenzelsberg gewesen. Sie hatten auf die Stadt hinuntergeschaut. Prag.

Sie hatten im Gras gesessen und das Mädchen hatte leicht ihre Hand in seinen Nacken gelegt. Diese zarte Hand mit den langen Mädchenfingern, die durch sein Haar wanderten ... Er war ganz ruhig gewesen und hatte hinuntergeschaut und ihre weichen Fingerkuppen gefühlt. Nie zuvor hatte er gespürt, wie sehr sie einander gehörten. Und das war einer der schönsten Augenblicke in seinem Leben gewesen. So wohl hatte er sich gefühlt, dass er hoffte diese Zweisamkeit würde nie wieder aufhören.

Wer weiß wie lange sie damals so da saßen, ohne zu sprechen. Man konnte einen Moment in die Länge ziehen. Durch Schweigen und ruhig dasitzen konnte man die Zeit ausdehnen. Und das war etwas, dass er mit Claudia konnte.

Wie wohl ihre Mutter war? Sie hatte ihm über ihre Familie erzählt und ihm auch Fotos gezeigt. Hin und wieder hatte sie kurze Nachrichten an sie gesendet. „Es geht mir gut!" - „Ich bin glücklich!"

Kleine spanische Grußbotschaften.

Erstaunlicherweise war sie sich in allem was sie tat - so auch bei diesem Abenteuer - sicher, dass ihre Familie es mittragen würde. Und doch hatte sie bis zuletzt das Baby mit ihm, Marcus, bekommen wollen und nicht mit ihrer Mutter.

Das chronologisch letzte Bild auf Claudias Smartphone stammte aus der Zeit vor zwei Wochen. Marcus wusste nicht wer die Aufnahme gemacht hatte. Es zeigte Claudia wie sie in der Lobby eines Hotels saß. Es war ein kleines

Haus in der Nähe von Albenga an der Riviera. Ein bisschen schmuddelig, aber nicht zu teuer und irgendwie nett.

Die italienische Besitzerin des Hotels war eine ältere Frau, ihr Mann war ein knorriger kleiner Italiener, den man nur selten zu Gesicht bekam. Sie hatte schon nach zwei Tagen einen Narren an ihr gefressen und kümmerte sich um Claudia, als wäre Claudia ihre eigene Tochter. Plauderte mit ihr auf Italienisch, einer Sprache, die Marcus nicht beherrschte. Wahrscheinlich war sie es gewesen, die das Bild gemacht hatte.

In dieser Zeit war Claudia schon häufig im Hotel geblieben um zu lesen oder fern zu schauen. Sie schlief auch tagsüber viel, während er unruhig draußen herum stromerte.

Etwas hatte sich geändert, ohne dass Marcus hätte sagen können was. Die Leichtigkeit, die sie noch in Wien und in Prag getragen hatte, war aufgebraucht. Das Baby war nun überall.

Nachts wachte Claudia jetzt oft auf. In dem engen Bett wurde auch Marcus von ihren unruhigen Bewegungen immer wieder geweckt. Dann stand er in der Dunkelheit oft auf dem kleinen Balkon und schaute rauchend auf die leere Piazza.

Es war klar, dass Albenga die letzte Station ihrer Reise sein würde. Das Baby musste ja auf die Welt kommen.

Auf dem Display des Smartphones war Claudia mit ihrem dicken Babybauch. Sie saß in einem roten Plüschsessel, neben sich auf einem kleinen Tisch eine Tasse Tee und ein Taschenbuch. Vollkommen ruhig schaute sie in die Kamera. Geradezu arglos. Sie lächelte nicht.

Der Spott in ihrem Blick, die leichte Ironie, mit der sie die Dinge und Geschehnisse um sich zu betrachten schien, war verschwunden. An seine Stelle war eine ruhige Ernsthaftigkeit. Sie schien ohne Zweifel. Trotz des Babys schien ihre Zukunft klar und einfach zu sein. Und ein Träger dieser Zukunft war er, Marcus. Doch er war nicht auf dem Bild. Wahrscheinlich war es an dem Tag gemacht worden, als er mit einem Pärchen, dass er kennen gelernt hatte, nach San Remo gefahren war. Ohne sie. Es war ihr zu anstrengend und sie mochte die beiden auch nicht.

Er war nicht auf dem Bild, aber ihr Blick verriet ihn, verriet dass er in ihrem Leben war, dass er der Vater des Kindes war, dass sie trug.

Dass sie so sehr auf ihn zählte …

Er hatte sie enttäuscht.

„Bleib hier", hatte sie gesagt, anfangs noch in ihrer spöttischen Art. „Das Abenteuer ist vorbei. Ich kann jetzt nicht mehr weiter." Und sie hatte auf ihren dicken Bauch gedeutet und die Achseln gezuckt.

Sie bat ihn nicht oft um etwas und als er doch nach San Remo gefahren war, hatte er gespürt, dass das eine Niederlage für sie gewesen war.

„Du Träumer!" hatte sie gezischt und es war eine erste tiefe Wut in ihrer Stimme.

In diesen Tagen, dort in Albenga war der Riss sichtbar geworden, der Riss, der darin bestand, dass ihr Abenteuer, dass alles Abenteuer für Claudia eben nur ein Ausflug aus ihrem Leben bedeutete, der nun zu Ende ging, während es für Marcus das Leben selbst war.

„Kleiner Spinner! Du verstehst nichts!" hatte sie ihm später mit einer Wut wie einer kalten steinernen Faust vorgeworfen, auf seine Erklärungen hin, sie seien wie Eve und Pierre in Sartres „Das Spiel ist aus!" gescheitert.

Das Bild von Claudia in dem roten Plüschsessel war das letzte Bild.

Der Junge schaute auf das Datum und suchte nach einem späteren Bild.

Doch danach gab es keine Bilder mehr.

So als hätte Claudia es nicht mehr wert gefunden, die Zeit danach festzuhalten.

Augustine kam herein. Marcus schaute auf und versuchte an der Gestik der Ärztin abzulesen, ob sich die Gelegenheit für eine Zigarettenpause bot. Eher nicht. Die Ärztin zog ihr

Stethoskop ab, das ihr um den Hals baumelte und verstaute es in der Tasche ihres Kittels. Dann goss sie sich von der rabenschwarzen Kaffeebrühe eine halbe Tasse ein und schluckte das Getränk hinunter ohne es mit Zucker oder Milch zu verfeinern, als nähme sie eine dringend benötigte Medizin zu sich. Nachdem sie sich die Hände gewaschen hatte, rieb sie sie mit einem Schuss blauen Gels aus dem Desinfektionsspender ab. Ein scharfer Geruch drang in Marcus Nase ein.

Im hellen Licht des Stationszimmers sah sie müde aus.

„Es geht gut voran mit eurem Baby. Mutter und Tochter machen das schon. Halbe Stunde, Stunde, dann ist es auf der Welt."

Marcus sah sie reglos an. Augustine suchte in seinem Blick nach einer Antwort auf diese Nachricht. Eine Art Funken oder Glimmen. Schließlich war er ja der Vater.

Es dauerte eine Weile bis sie verstand, dass er dieses Baby nicht greifen konnte, dass er damit nichts verband, außer dass es das Ende eines Lebensgefühls bedeutete, das er sehr genossen hatte und von dem er gehofft hatte, es werde ewig andauern.

Sie wandte sich ab.

„Die Geburten liegen heute ziemlich dicht beieinander. Ich werde in K2 gebraucht", warf sie ihm im Gehen zu, so als gehöre er zum Personal.

Inzwischen hatten Fabienne und Ray es geschafft.

In K2 war unter Barbaras erfahrenen Händen um drei Uhr und zwölf Minuten ein Mädchen zur Welt gekommen. 3,9 Kilogramm schwer, 53 Zentimeter groß. Es hatte gedauert und gedauert und gedauert. Selbst Barbara sah erschöpft aus, von Fabienne gar nicht zu reden. Ein Marathonlauf schien das reinste Vergnügen zu sein gegen die Strapazen einer Geburt, dieser Geburt.

Und auch Ray war am Ende. Irgendjemand hatte ein grelles Licht entfacht. Von draußen konnte es nicht kommen, denn es war immer noch mitten in der Nacht. Doch Ray kam es vor, als sei der Tag bereits angebrochen. Als sei es Morgen und die Sonne schien. Es war unmöglich, sich irgendwie zu verstecken, in einem Schatten unterzutauchen oder in den Hintergrund zu treten.

Fassungslos starrte der Anwalt das kleine Wesen an.

Jetzt war es da. Es war unwiderruflich in der Welt.

Die Deckenlampen waren so hell, dass er jedes kleine Detail erkennen konnte.

Schrumpelig und runzlig klebte das Baby auf Fabiennes Bauch. Das war nun also seine Tochter. Verschleimt, faltig, schmierig. Warum war die Haut so gelblich-braun? Warum war ihr Kopf so unförmig, so in die Länge gezogen. War das normal?

Er hatte sich wirklich nicht viel mit der Geburt und Babys beschäftigt, aber irgendwie hatte er schon erwartet, dass ein Kind von ihm etwas weniger hässlich wäre, als das, was er da vor sich fand.

Die Augen waren zwischen zwei Speckfalten zusammengepetzt, die aussahen wie prall geschwollene Tränensäcke nach einer durchzechten Nacht.

Aber offenbar hatte es Augen. Oder besser gesagt: hatte sie Augen.

Auf ihrem Kopf klebte dichtes schwarzes Haar, dessen Ausläufer bis auf die Stirn reichten. Sonst nur runzelige Haut, die aussah als hätte sie lange Zeit zusammengerollt in einer Tropfsteinhöhle gelegen. Ein Nacktmull mit Perücke!

Von dem Bauch des Babys stand etwas grau-weißliches ab, das mit einer Klemme versehen war. Wahrscheinlich die Nabelschnur, aber nicht gerade appetitlich.

Der Anwalt schaffte es nicht, sich aus der Erstarrung, in der er während des Geburtsvorganges stecken geblieben war, zu lösen. Weder konnte er den Blick von diesem Etwas abwenden, noch wusste er, ob er selbst überhaupt noch atmete.

Jetzt bewegte sie langsam einen Arm. Das war aber neben

dem leicht röchelnden Atemzug das einzige Lebenszeichen. Irgendwie hatte er sich ein Baby sauberer vorgestellt. Wenn man Bilder von Säuglingen sah, dann sahen sie immer aus, als hätte man gerade die Frischhaltefolie von ihnen abgezogen. Sie waren in weiße Frotteehandtücher gewickelt und schliefen oder lächelten. Oder sie lagen Glück ausstrahlend in einem nestartiges Gewimmel aus Watte ähnlichen Stoffen, ein kleines Kaninchen an ihrer Seite. Damit hatte das Ding, das in einer schwarzen Lake auf Fabiennes zerbeultem Bauch lag, keine Ähnlichkeit. Eher erinnerte es Ray an ET, ein kleiner verschrumpelter Außerirdischer, der der Held in einem Film aus Rays Kinderzeit gewesen war.

Es war nur anderthalb Armlängen von ihm entfernt. Aber mit einem Mal, war er sich gar nicht mehr sicher, dass es wirklich war. Wie fest verschraubt hockte der Anwalt auf dem Schemel. Er hatte das Gefühl sich nicht rühren zu können. Nahm er Teil an dem, was hier geschah? Oder schaute er gerade einen Film, der irgendwann ein Ende haben würde?

Irgendjemand nahm nun das Baby von Fabiennes Bauch und legte es auf eine Art Wickelkommode. Dabei machte es ruckartige Bewegungen mit seinen Gliedmaßen. Das hatte durchaus etwas Beunruhigendes.

Inzwischen war offenbar die Ärztin hereingekommen. Oder war sie schon die ganze Zeit da? Ray konnte es nicht sagen. Jetzt jedenfalls horchte und klopfte sie an dem Säugling herum. Sie drückte die Stöpsel ihres Stethoskops in ihre Ohrmuscheln und lauschte konzentriert. Dann trug sie Daten in ein kleines gelbes Heftchen ein, lächelte das Kind an, machte Gugu-artige Geräusche und kitzelte das Ding am Bauch. Offenbar war sie zufrieden mit dem Ergebnis ihrer Untersuchung.

Jetzt wurde das Baby etwas saubergemacht. Das übernahm die Hebamme. Dabei sprach sie mit ruhiger Stimme auf den Säugling ein, der sich nun in einem weißen Handtuch räkelte.

„Vielleicht ist es kein Räkeln", dachte Ray. Aber immerhin bewegte es Arme und Beine nach einem geheimnisvollem Rhythmus und das sah fast gemütlich aus.

Unter Rays Augen wandte Doktor Morgentau sich der Mutter zu. Sie richtete ein paar Worte an Fabienne, die Ray aber nicht verstand. Dann wandte sie sich um und zog von irgendwoher einen Schale mit medizinischem Werkzeug hervor.

Ihr Blick richtete sich zwischen Fabiennes gespreizten Beine. Ray folgte diesem Blick.

Fabiennes Scheide sah aus wie ein Bombentrichter!

Wortfetzen wie Plazenta und Mutterkuchen wischten durch Rays Bewusstsein. Hörte er das? Oder fielen ihm diese Begriffe nun ein? Plazenta! Das war irgendeine Art Brei, der zwischen Fabiennes gespreizten Beinen herumlag. Er sah nicht gut aus. Er sah wirklich nicht gut aus.

Das war auch etwas, was aus Fabienne herausgekommen war.

Rays Nackenhaare richteten sich auf.

Wie hatte sie das aushalten können? Ohne PDA?! Warum um Himmels willen hatte sie keine PDA gewollt?

Fachkundig beugte sich nun Doktor Morgentau über das fleischige Gemetzel, das einmal Fabiennes perfekter Unterleib gewesen war. In der Hand hielt sie eine Nadel, an der ein Kunststofffaden hing. Doktor Morgentau begann zu nähen.

Kompromisslos stach sie die nicht gerade kleine Nadel in das Fleisch. Wegen des hellen Lichtes konnte der Anwalt alles genau sehen. Das silber-glitzernde Metallding bohrte sich in die weiße Haut und dort, wo es hineinstieß, umgrenzte ein kleiner Blutfleck die Stelle. Einen Faden hinter sich herziehend tauchte, die Spitze an einer anderen Stelle wieder auf.

Unglaublich! Ray hatte noch nie in seinem Leben etwas so Furchtbares gesehen. Wenn er sich nur vorstellte, dass man mit einer solchen Nadel in seinen Genitalien herumkreuzen würde ...- unbewusst presste er seine Oberschenkel fest zusammen, so dass er in einer Art Starrkrampf auf dem Hocker klebte. Der Schweiß lief ihm über die Stirn und brannte in seinen Augen.

Unglaublich!

Bei all dem hätte man vermuten müssen, dass Fabienne, die ja nicht betäubt und bei vollem Bewusstsein war, vor Schmerz und vor Entsetzen hätte schreien müssen.

Aber sie lag da und lächelte so zufrieden, wie Ray es an ihr noch nie gesehen hatte. Eine tiefe Glückseligkeit schien sie auszufüllen, die sie über alle Schmerzen und Zerstörungen hinwegtrug.

Sie schwebte! Erschöpft und ausgelassen zugleich, wie nach einem Marathon in persönlicher Bestzeit. Nun versuchte sie seinen Blick aufzufangen, um ihr Glück mit ihm zu teilen. Ihre Augen winkten strahlend und stolz zu ihm herüber. Ja, tief in sich formte sich der Gedanke, dass Fabienne neben ihrem Glück auch Stolz war, dass sie es geschafft hatte, ein Baby zu gebären. Und einen verwischten Gedanken lang wusste er, dass er nun die Verbindung zu ihr hätte aufnehmen sollen, dass sie dieses Glück, diesen Stolz, dieses Baby mit ihm teilen wollte. Und er hätte dieses Angebot wirklich gerne angenommen, aber gerade in diesem Moment blitzte die Nadel auf und Doktor Morgenstern zupfte fest an dem Nylonfaden.

Ray wurde übel. Als Antwort auf Fabiennes verheißungsvolles Strahlen, brachte er nur eine vor Gram verzerrte Miene zustande.

Würde er es doch nur schaffen, aufzustehen und den Kreißsaal zu verlassen. Es konnte doch nicht so schwer sein aufzustehen und die drei Meter bis zur Tür zurückzulegen. Aber irgendwie gelang es ihm nicht.

Irgendjemand sprach ihn an. Er hörte es, als rufe ihn jemand in dichtem Nebel. Auch beim zweiten Anrufen, war er nicht in der Lage, zu reagieren.

Nun wurde er geschubst. Sein Körper fühlte sich an wie eine eingeschlafene Hand. Fast wäre er vom Hocker herunter gerutscht. Beim nächsten Schubs schien seine Durchblutung wieder einzusetzen. Immerhin schaffte er es, den Kopf zu drehen.

Irritiert schaute er auf.

„Äh …", stammelte er nur.

Neben ihm stand die Hebamme. Weil er so zusammengefaltet auf dem Schemel saß, musste er weit nach oben blicken, um ihr Gesicht zu finden. Es schien ihm, als schaue dieser Koloss aus einer Wolke heraus drohend auf ihn herab.

Das, was sie zu dem Anwalt sprach, konnte er in dieser Situation aber nicht verstehen.

„Äh …" Mehr brachte er nicht zustande.

In ihrem Arm hielt sie ein weiches, weißes Handtuch. Darin eingewickelt das Ding.

Von hier unten konnte er nur die faltigen Hände sehen, die aus dem Handtuch herausragten und sich gespenstisch langsam bewegten.

Ray wurde klar, dass sie von ihm erwartete, dass er das Baby jetzt nahm. Schließlich war er ja der Vater.

In diesem Moment sah er so hilflos aus, dass selbst Barbara Mitleid mit ihm hatte.

7

Es war vier Uhr und 35 Minuten und Augustine seufzte. Einen Moment war sie allein im Kreißsaal. Vor kurzem hatten Fabienne und Ray hier ihr Baby bekommen. Danach war alles wieder aufgeräumt worden. Hier im K2 gab es eine Sprossenwand, die allerdings nie von den Schwangeren, sondern nur von den werdenden Vätern und dem Personal benutzt wurde. Die Ärztin schob mit dem Fuß einen Pezzi Ball zur Seite, griff nach dem obersten Holm und ließ sich ein bisschen aushängen. Das Holz gab unter ihrem Gewicht ein knorriges Geräusch von sich und ihre Rückenwirbel knackten ein wenig, als sie sich in Reih und Glied ordneten. So zu baumeln, das tat gut. Sie schloss die Augen und versuchte an nichts zu denken.

Nach einer knappen Minute wurden ihre Arme müde. Sie musste öfters ins Schwimmtraining gehen, um wieder etwas fitter zu werden.

Zwei Geburten waren durch. Bei Claudia war alles einfach gegangen. Vor zehn Minuten hatte sie einen Jungen zur Welt gebracht. Groß, kräftig, gesund. Aus physischer Sicht eine perfekte Geburt. Schwupp, war das Baby dagewesen. So problemlos konnte das gehen, auch wenn das bei Erstgebärenden nicht so häufig vorkam. Augustine war nur ganz am Ende zugegen gewesen. Den Rest hatte Claudias Mutter unter Beschlagnahme beider Sybilles erledigt. Eine glatte Sache.

Die Art und Weise wie die junge Mutter vor Glück glühend den Kleinen hielt und wie zweifelsfrei sie ihn annahm sowie die leuchtenden Augen der Comtessa gaben Augustine Hoffnung, dass dieser kleine Mensch einem wohlbehüteten Leben entgegensah.

Er sah aber auch süß aus. Aufgrund seines dichten schwarzen Haarschopfes und der Fingernägel, schätzte die Ärztin, dass er gut zehn Tage übertragen war.

Im Gegensatz dazu das Baby der Marathonläuferin, das komplett zerknautscht und bleich auf die Welt gekommen war. Es war von etlichen Storchenbissen verunstaltet und es würde wohl eine Weile dauern, bis es sich auseinander gefaltet hatte. Die Marathonläuferin hatte es schwer gehabt. Ein langes Martyrium bei dem einiges an Gewebe und Muskel gerissen war. Augustine hatte viel nähen müssen. Ein Dammriss zweiten oder dritten Grades. Der Schließmuskel war teilweise betroffen, Gott sei Dank nicht der Darm. Doch so schlimm das klang und auch aussah, solche Geburtsverletzungen erschreckten die Ärztin nicht mehr. Das verbuchte sie unter „Routine". Wichtig war allein, dass Mutter und Baby letzten Endes gesund waren. Nur selten kam es vor, dass Doktor Morgentau ein Baby auf die Welt brachte, dass ein Problem hatte, das nicht bereits in der Geburtsvorsorge bekannt geworden war. Problemfälle, soweit sie vorher abzusehen waren, kamen meistens ins nahegelegene Höchster Krankenhaus oder in die Uni-Klinik.

Und darüber war sie froh. Sie wollte keine kranken oder zu früh geborenen Kinder auf die Welt bringen und total deprimierten Eltern erklären, dass alles nicht so schlimm sei und dass man auch damit leben könne. Das fand sie einfach zu schrecklich.

Sie wollte gesunde Babys und glückliche Mütter.

Im Angesicht des Mutterglücks, das nach der Geburt in den Augen der Frauen aufglomm, fragte sich Augustine immer, wann für sie der richtige Zeitpunkt gekommen wäre, ein Baby zu bekommen. Vor allen Dingen wenn sie Frauen entband, die in ihre Kategorie fielen – Ende zwanzig, Akademikerin – machte sie das nachdenklich. Manchmal auch wenn die Gebärenden jung waren, wie Claudia heute.

Und sie wurden ja immer jünger allein dadurch, dass Augustine Morgentau immer älter wurde.

Hin und wieder berührte sie, wie jetzt, angeregt durch die zwei Babys, die glücklich ins Leben getreten waren, eine Art Nervosität, das Gefühl noch nicht auf dem rechten Weg zu sein. Die meisten ihrer Freundinnen hatten eine feste Beziehung. Zwei waren bereits verheiratet und eine hatte ein Kind. Die Anzahl der Familien in ihrem Umkreis würde in den nächsten Jahren stark zunehmen.

Und sie selbst?

Was war mit ihr?

Natürlich, sie war Ärztin, sogar Fachärztin für Gynäkologie. Das war ja immerhin etwas. Auf der beruflichen Seite hatte sie etwas erreicht. Aber privat ... -

Diese Überlegungen drückte sie gerne weg, denn sie beunruhigten sie. Obwohl es eigentlich keinen Grund dafür gab.

War das schon die erste Stufe zur Torschlusspanik? Oder war das der ständigen Auseinandersetzung mit Geburt und Schwangerschaft geschuldet, die ihr Beruf bedingte?

Für Augustine war es eine ausgemachte Sache, dass sie einmal Kinder haben werde. Und mit jeder Schwangerschaft und mit jeder Geburt, die sie beruflich erlebte, stellte sich für sie die Frage – manchmal nur für einen kurzen Moment, aber doch letztendlich bei jeder Geburt, bei der sie zugegen war -, wann sie das erste Kind bekommen würde. Und welche Maßnahmen sie bereits getroffen hatte, um dieses Vorhaben in die Tat umzusetzen.

Mit den vorbereiteten Maßnahmen sah es im Moment allerdings gerade schlecht aus. Denn man brauchte ja einen Vater dazu. Einen richtigen Vater. Nicht so einen im Vorübergehen. Am besten einen Ehemann. Denn auf irgendwelche Alleingänge, dazu hatte Augustine nicht die geringste Lust. Das war ihr schlechterdings zu anstrengend und führte häufig zu unglücklichen Kindern und deprimierten alleinerziehenden Müttern.

Aber zu einem Ehemann war es ja noch ein langer Weg. Gerade startete sie wieder einmal bei null. Man musste eine Weile zusammengelebt haben, Kontinuität zeigen. Am besten hatte man alle Konflikte schon mal durchstritten, einige Krisen bewältigt, bevor man dann in die nicht immer stressfreie Kinderzeit ging.

Das dauerte. Jahre vermutlich. Sie rechnete kurz hoch. Jetzt war sie achtundzwanzig. Wenn sie jetzt auf der Stelle jemanden kennenlernte, dann würde es im günstigen Fall zwei Jahre dauern, bis man sich so gut kannte und so gut aufeinander eingestellt hatte, dass man einigermaßen sicher sein konnte, dass man mit diesem jemand Kinder haben wollte. Also würde sie mindestens dreißig sein. Dann kam ja so ein Kind nicht auf Knopfdruck. Ergo rechnete sie damit, mit zweiunddreißig das erste Kind zu haben. Mit einem Kind sollte aber nicht Schluss sein. Etwas Pause dazwischen, vielleicht noch eine Fehlgeburt, die man verkraften musste, dann konnte das zweite mit fünfunddreißig geschafft sein.

Zwei Kinder, Ehemann.

Allerdings wurde Augustine bei dem Begriff *Ehemann* ganz mulmig zu Mute. Ehemann, das klang so nach dem Ende aller Abenteuer. Das klang so nach Nichtraucher. Das war das nächste Problem.

Ja, sie wollte das alles haben. Doch sie hatte jetzt noch gar keine Lust dazu. Nachdem sie ihr Studium und den Facharzt in Rekordzeit hinter sich gebracht hatte, wollte sie nun mehr vom Leben als einen Hans.

Würde sich das noch einmal ändern? Und wann würde es sich ändern?

Hatte sie vielleicht nur noch nicht den Richtigen gefunden?

Claudia hatte sie beeindruckt! Auch das war der Grund dafür, dass sie nun über diese Themen nachdachte. Das Mädchen schien in ihren Entscheidungen so ohne Zweifel, so vorbehaltlos, so ohne „vielleicht". Und das obwohl sie noch so jung war.

Zumindest stellte sich Augustine das bei ihr so vor. Sie kannte sie ja fast nicht.

Zwei, drei Stunden noch, dann hatte sie erst einmal fünf Tage frei.

Frei.

Ohne irgendetwas vorzuhaben. Eigentlich war geplant gewesen, dass sie mit Hans ein paar Tage nach Südtirol fahre. Das heißt, Hans hatte das geplant. Er liebte die Berge. Sie selbst war ja mehr der Strandtyp. Berge! Das war auch so typisch für ihn. Wandern gehen oder Rennrad fahren. Im Kopf war er einfach zwanzig bis dreißig Jahre älter als sie gewesen. Letzten Endes war er ein langweiliger Typ.

Aber sich darüber Gedanken zu machen, hatte sich ja erübrigt.

Fünf Tage unerwartet freie Zeit. War das nun gut oder schlecht?

Was sollte sie machen?

Mit der linken Hand zog sie ihr Smartphone aus der Kitteltasche und checkte es. Aber aus dem Meer der Nachrichten ließ sich nichts herausfischen, was diese fünf Tage ausfüllen würde.

Augustine hängte sich noch einmal in die Sprossenwand. Noch eine Geburt, dann war es geschafft. Sie hoffte nicht, dass noch eine Schwangere reinkommen würde. Falls doch, so war es unwahrscheinlich, dass sie das Kind noch zur Welt brächte. In drei Stunden würde sie die Station übergeben. Dann war auch diese Schicht vorüber. Hoffentlich gab es keinen Ärger, wegen des kleinen Zwischenfalls mit den beiden Brüdern von Claudia. Aber der Typ der Marathonläuferin schien von dem Geburtsvorgang so beeindruckt, dass er dieses Ereignis ganz vergessen hatte. Geradezu paralysiert hatte er auch seinen angeblichen Anspruch auf Chefarztbehandlung nicht mehr zur Sprache gebracht.

Barbara kam herein und Augustine sah auf.

„In K3 ist es auch bald soweit. Kommst Du dann mal und wirfst mal einen Blick drauf? Der Mann wäre glaube ich sehr beruhigt, wenn *die Ärztin* anwesend wäre." Ein leichter Vorwurf, darüber dass Augustine so untätig herumstand und sich reckte, lag in ihrer Stimme.

Augustine nickte stumm und konnte ein Gähnen nicht unterdrücken.

„Barbara ist nie müde", dachte sie resigniert. „Wie macht sie das nur?"

Tatsächlich war die Hebamme Arbeitseinsatz und Fleiß betreffend herausragend unter dem Krankenhauspersonal. Leider forderte sie das ständig auch von ihren Mitstreitern ein. Nicht jeder kam damit gut klar.

„Ich bin gleich da, ich brauch erstmal einen Kaffee", seufzte die Ärztin.

Im Stillen hatte Augustine gehofft, die Austreibungsphase bei der Lehrerin würde vielleicht nicht mehr in ihre Schicht fallen. Ihr Mann erschien ihr ziemlich schräg. Wie konnte man denn auf die Idee kommen, das Kabel des CTGs mitzunehmen? Mann oh Mann! Unwillkürlich schüttelte sie den Kopf. Hoffentlich behielt der die Nerven bei der Geburt.

Nun gut. Es würde sich wohl nicht vermeiden lassen. Drei Geburten in einer Schicht waren durchaus im Schnitt. Am Ende würde das eine ganz normale Nacht werden.

Sie schob das Smartphone zurück in die Tasche ihres Arztkittels und ging dann hinaus auf den Flur. Durch die Glasscheibe des Stationszimmer sah sie Marcus noch immer dort sitzen. Augustine verharrte einen Augenblick und beobachtete ihn, ohne dass der Junge es bemerkte.

Ja, er sah aus wie der junge Alain Delon. Kollak hatte Recht gehabt mit diesem Vergleich. Auch die Kleidung und die Art, wie er sich gab, erinnerten Augustine an die alten französischen Spielfilme, die noch manchmal im Fernsehen liefen.

Was dachte er? Glaubte er wirklich daran, so durchs Leben zu kommen?!

Offenbar hatte er noch gar nicht mitbekommen, dass sein Sohn vor einer halben Stunde geboren worden war. Wahrscheinlich hatte ihn keiner verständigt. Doktor Morgentau überlegte, wie sie es ihm sagen sollte. Als „freudige Nachricht" würde er es wohl nicht aufnehmen. Eher schien es ihr, als würde sich seine Überforderung damit materialisieren, als wäre sie nun endgültig in der Welt.

Die Ärztin gab sich einen Stoß und schritt auf das Stationszimmer zu. Als sie eintrat, blickte Marcus auf.

Vorsicht lächelte sie ihn an.

„Euer Kind ist geboren. Es ist ein Junge! Alles ist gut gegangen! Herzlichen Glückwunsch?"

Das Fragezeichen hinter dem Glückwunsch hatte sie extra betont.

Der Junge sah sie an, freundlich doch zugleich auch cool und abwartend. Die Nachricht schien an ihm abzuperlen und eine Antwort erhielt Augustine nicht.

„So cool kann er nicht sein", dachte die Ärztin für sich. „Da sind alle Schutzschirme auf freundliche Verteidigung gestellt."

Trotzdem lächelte sie ihm aufmunternd zu. Einen Augenblick lang hatte die Ärztin den Eindruck, Marcus mustere sie genauer, so als würde sein Blick sie abmessen, so als wolle er doch etwas auf ihre Nachricht erwiedern.

Aber dann verschwand dieser Moment wieder und sie wandte sich ab, ging zum Waschbecken, um sich die Hände zu reinigen, öffnete den Schrank und nahm sich eine Kaffeetasse heraus. Dabei erwischte sie eine von Barbaras Tassen: „Neue Männer braucht das Land!" stand darauf.

„Pffff!" Augustine schnaubte unwillig und zog die Stirn in Falten, angesichts dieser Parole, der sie sich nun mitten in der Nacht ausgesetzt sah.

Obwohl sie diese ständigen Nachtschichten gewohnt war, fühlte sich die Zeit nach drei Uhr morgens immer irgendwie unecht an. Auf der einen Seite hatte sie das Gefühl wach und klar zu sein, auf der anderen war die Wirklichkeit ein Stückchen weiter weg als gewohnt. Wenn sie nun nach der Kaffeekanne griff, dann war sie sich sicher und vollkommen darüber im Klaren, dass sie nach der Kaffeekanne griff, jedoch mit einem ganz kleinen Zweifel, ob sie vielleicht nur träumte, und im nächsten Moment aufwachen würde. Erfahrungsgemäß wurde dieses Gefühl gegen sechs Uhr morgens von einer leicht überdrehten Wachheit abgelöst.

Mist! Jetzt hatte sie es auch noch fertiggebracht etwas von ihrem Kaffee zu verschütten. Sie sah sich nach einem Spüllappen oder Küchenrolle um und wischte dann die kleine, braune Pfütze auf, die sich auf der Arbeitsfläche gebildet hatte.

Gerne hätte sie noch eine Zigarette geraucht, gerne auch mit Marcus, aber da das Baby der Strickjacke unterwegs war, reichte die Zeit nicht für mehr als für einen Kaffee. Gleich würde ihr Barbara wieder im Nacken sitzen.

Stattdessen setzte die Ärztin sich an den Tisch neben den Jungen.

Plötzlich tat ihr Marcus leid.

„He! Komm schon!" fasste sie ihn aufmunternd am Arm.

„Du hast einen Sohn bekommen", versuchte sie ihn noch einmal zu motivieren.

Marcus sah auf und sah ihr direkt in die Augen.

Deuten konnte Augustine diesen Blick nicht. Es schien unmöglich, diese Jungsaugen zu lesen. Freude lag auf jeden Fall nicht darin.

„Ich weiß es nicht!" Seine Stimme klang rau. „Ich weiß nicht, was ich tun soll. Als ich an uns geglaubt habe, wusste ich immer was zu tun war. Aber ich habe aufgehört an uns zu glauben."

Als ich an uns geglaubt habe, wusste ich immer was zu tun war. Aber ich habe aufgehört an uns zu glauben.

Augustine fand diesen Spruch etwas arg dramatisch. Sie selbst hätte so etwas niemals gesagt, auch nicht als sie noch zwanzig gewesen war. *Aber ich habe aufgehört an uns zu glauben.* Nein, das war ihr etwas zu abgehoben, zu bedeutungsschwer. Das klang zu sehr nach Liebesroman und zu wenig nach Realität. Aber wahrscheinlich dachte und erlebte der Junge es so. Vielleicht verschleierte er auch nur seine eigene Überforderung mit dieser romantischen Phrase vor sich selbst. Wer konnte das schon wissen? Schließlich brauchte er eine Erklärung für das, was geschehen war, eine Erklärung auf die er seine nächsten Schritte aufsetzen konnte.

Und außerdem: es war fünf Uhr nachts auf der Geburtsstation. Da wurde allerlei Blödsinn daher geredet.

Sie wartete darauf, dass er fortfahren würde, sich vielleicht noch erklären würde oder auch sagen würde, was er denn nun tun wollte. Wollte er hineingehen zu Claudia? Wollte er hier sitzen bleiben?

Aber er schwieg einfach. Mit diesen zwei Sätzen schien ihm alles gesagt.

„Na komm schon. Es wird schon irgendwie werden", munterte sie Augustine ihn auf. „Morgen oder übermorgen, wenn Du ausgeschlafen bist, wenn dieser ganze Stress etwas nachgelassen hat, sieht die Welt bestimmt schon ganz anders aus."

Doch wenn sie ehrlich war, dann glaubte sie ihren Worten selbst nicht. Zwischen Claudia und Marcus war die Sache irgendwie auseinandergelaufen. Das hatte sie von Anfang an gefühlt.

Wie ein Schiffbrüchiger saß der Junge hier um Stationszimmer.

In diesem Augenblick klopfte es an die Scheibe des Stationszimmers. Barbara machte eine fragende Geste, die ausdrücken sollte, wo Augustine denn bleibe.

Die Ärztin winkte zurück.

„Hier, Du, ich muss weitermachen."

Im Aufstehen fiel ihr ein, dass sie den Jungen wahrscheinlich nie wiedersehen würde. Das Baby war geboren. Ihr Job war getan. Nicht mehr lange und ihre Schicht war beendet. Einen Augenblick überlegte sie, ob sie ... - nein!

„Ich wünsche Dir Alles Gute!" Sie drückte seine Schulter und verschwand nach draußen.

Marcus blieb sitzen. *Euer Kind ist geboren. Es ist ein Junge!* Hatte ihm Augustine das wirklich gesagt? Obwohl er die letzten neun Monate Tag für Tag mit Claudia verbracht hatte, gesehen hatte wie das Baby ihren Bauch immer mehr ausdehnte, gefühlt hatte, wie es sich unter ihrer Haut bewegte, war er jetzt doch erstaunt, dass es wirklich war.

Und unabwendbar.

Marcus hätte es ganz als normal empfunden, wenn Claudia im nächsten Moment aus dem Kreißsaal getreten wäre, ohne Baby, sozusagen geheilt von ihrer Schwangerschaft, und wieder mit ihm losgezogen wäre. Irgendwie hatte er sich das auch immer so vorgestellt. In seiner erdachten Zukunft war das Kind höchstens eine kleine Ergänzung in ihrer Liebe gewesen, etwas das die ganze Sache noch schöner, noch abenteuerlicher machte. Aber auf alle Fälle etwas, das nichts grundlegend änderte.

Zu Anfang der Schwangerschaft hatten sie sich zusammen Namen ausgesucht: Gil für einen Jungen und Julia für ein Mädchen. So wie das Liebespaar in der Erzählung *Licht* von Christoph Meckel.

Nun war es ein Junge geworden. Also Gil. Aber galt diese Vereinbarung noch?

In diesem Moment öffnete sich die Tür des K3. Eine Sybille hielt die Tür geöffnet und langsam wurde ein Krankenhausbett herausgeschoben. Marcus hob den Kopf, um durch die Glasscheibe des Stationszimmers einen besseren Blick zu haben.

Sein Puls schoss nach oben.

Claudia!

Plötzlich war er aufgeregt wie ein kleiner Junge.

In dem Bett, das nun durch den Türrahmen des K3 glitt, lag sie. Geschoben wurde es von der zweiten Sybille, während Claudias Mutter von der Seite des Bettes die beiden Krankenschwestern dirigierte. Marcus erkannte die Comtessa sofort. Claudia hatte ihm Bilder ihrer Mutter gezeigt. Aber dessen hätte es nicht bedurft, um sie zu erkennen. Jedem, der die beiden zusammen sah, musste sofort klar sein, dass es sich um Mutter und Tochter handelte. Dazu kam diese beinahe majestätische Ausstrahlung, die diese Frau hatte. Eine unerschütterliche Sicherheit ging von ihr aus. Auch Claudia hatte dieses Unerschütterliche, nur eben auf eine ganz andere, zurückhaltendere Art als ihre Mutter.

Das Mädchen lag da und hielt ein kleines Etwas an ihre Brust gedrückt.

In Marcus zuckte etwas: das war sein Sohn!

Irgendetwas loderte in ihm auf. Ein Brand, den er weder durch Vernunft noch durch das Heraufbeschwören eines Klischees löschen konnte. Es tat weh und breitete sich in seinem Körper aus, wie die Wellen in einem Stillen Wasser, in das ein Stein geworfen wurde. Und wie gerne hätte er in diesem Augenblick zu einer Geschichte, etwas Literarischem gegriffen, dass erzählte, was er erlebte. Etwas in das er sich einfinden konnte, um alles zu erklären, etwas das einen Anfang und ein Ende hatte, etwas lebbares, einen Rahmen, der seine Verwirrung begrenzte. Etwas das dieses Gefühl von brechendem Glas einhegte. Er brauchte doch eine Struktur um sich einzuordnen, in diesem Chaos.

Aber seine Helden, Sartre, Camus, ... - zu allem hatten sie etwas geschrieben, zur Liebe, zum Krieg, zum Tod, nur nicht zur Geburt, nur nicht dazu, wie es war Vater zu sein.

Wo er auch versuchte hinzugreifen, um Halt zu finden, er griff ins Leere.

Mit einem Mal war er auf eine Art nackt, wie er es seit seiner Kindheit nicht mehr war. Hätte Augustine ihn so gesehen, sie wäre erstaunt gewesen über das Ergebnis dieser Entwaffnung.

Es war, als würde etwas schmerzhaftes Marcus mit diesem Bündel verbinden. Etwas, dass ihn bedrohte, obwohl er gar nicht gewusst hätte, welcher Art die Bedrohung sein sollte.

Er hatte Angst.

Würde Claudia ihn sehen? Würde sie ihn wahrnehmen? Sie musste annehmen, dass er einfach verschwunden war und sie allein gelassen hatte.

Und wie hätte er in diesem Moment ihren Blick aushalten können?

War nicht alles schon längst unmöglich geworden?

Der Impuls sie anzurufen, so wie er doch hunderte Male nach ihr gerufen hatte in seinem Leben, überkam ihn, lag ihm bereits auf den Lippen ... - und verschwand.

Claudia sah erschöpft aus. Marcus konnte sie klar sehen. In dieser Erschöpfung war sie so menschlich, wie sie ihm nie zuvor erschienen war. Eine geradezu heilige Aura umgab sie, wie sie das Baby im Arm hielt und wie ihr Gesicht vor Glück leuchtete.

Sie und das Baby waren eins! Sie sah ihn nicht.

Wie das Bett nun langsam über den Flur geschoben wurde, war das wie eine Prozession, die an Marcus vorüberzog. Geleitet von der Comtessa schwirrten die beiden Krankenschwestern um Claudia herum, wie Zofen um ihre Königin. Und das Bett näherte sich unaufhaltsam der Milchglastür.

Und der Junge, der nun äußerlich erstarrt zusah, wusste in seinem Inneren, dass er nun eine Entscheidung werde treffen müssen.

Die Zeit verrann sekundenweise.

Falls er einfach nur in dem Stationszimmer sitzenbliebe und nichts tat, dann ... -

Wenn diese Karawane nun aus dem Kreißsaal auszog, ohne dass er etwas unternahm, dann würde er Claudia wahrscheinlich nicht mehr wiedersehen. Zumindest würden sie und das Baby keine Rolle mehr in seinem Leben spielen und er auch nicht in ihrem.

Wenn er jetzt die Hand hob, dann würde alles was zwischen ihnen vorgefallen war, auf den Tisch kommen und sie könnten versuchen es wegzuwischen und neu anzufangen. Immerhin war das ihr erstes Zerwürfnis. Wenn er jetzt aufstehen würde und seine Hand auf dieses Baby legte, dann wäre es sein Kind. Auf immer. Er würde kämpfen müssen, aber es wäre sein Sohn.

Er hatte die Wahl zwischen zwei Lebensläufen.

Noch einmal kam dieses Gefühl in ihm auf, das ihn das ganze vorangegangene Jahr getragen hatte, diese warme Lebendigkeit. Ein Erlebnis, das nicht nur in seinem Kopf oder in seiner Brust war. Es war gleichsam in seinem ganzen Körper verteilt. So wie sein Blut jede einzelne seiner Zellen versorgte, hatte dieses Mädchen mit ihrer ruhigen sicheren Art ihn ganz durchdrungen. Die Farben, die Gerüche, das Meer, der Sommer ... - alles war anders, wenn er sie in seiner Nähe wusste. Ihre Hingabe und ihr Glaube war so absolut, so ohne Argwohn und Hintergedanken. Claudia war der Mensch der ihm Mut gab. Sie musste nicht einmal in seiner Nähe sein, er musste nicht neben ihr liegen und ihre Haut spüren.

Es reichte, dass er gewusst hatte, dass sie da war, dass sie auf ihn wartete.

Sie war der Mensch, der ihm gefehlt hatte.

Marcus schaute auf den Zettel, der links am Küchenschrank über der Mikrowelle hing und den er vor einiger Zeit bereits bemerkt hatte: „Was ist Liebe?"

War das die Liebe?

Ja, das war Liebe. Aber es war ihre Liebe und weniger seine. Er hatte mehr das Abenteuer an ihr und mit ihr geliebt.

Es war ihre Liebe.

Und es war.

Es war.

Es war.

Claudia schaute sich nicht um, ihr Blick suchte nicht nach ihm als die Sybille und die Comtessa sie in dem Krankenhausbett über den Flur schoben. Ihre Aufmerksamkeit und ihre Liebe gehörten ganz dem Kind in ihrem Arm.

Marcus hatte sie verspielt.

Ein überaus anstrengendes Gefühl stieg nun in ihm hoch, wie eine unheilvolle Flüssigkeit, die von den Beinen kommend hinauf ans Herz steigen will. Obwohl er sich denken konnte, dass das Rauchen hier verboten war, steckte Marcus sich nun eine Zigarette an. Doch die Geste und das Nikotin halfen wenig gegen den Schmerz, den er verspürte, als sich die Kreißsaaltür schloss und Claudia aus seinem Leben verschwand.

Es war vorbei. Die große Tür mit der Milchglasscheibe war ins zu. Das Spiel war aus.

Der Flur des Kreißsaals lag leer da. Und das war es auch, was Marcus fühlte, eine heiße Leere in der Farbe des grauen von schwarzen Schlieren durchzogenen Linoleums, das hier überall verlegt worden war.

Doch dann fühlte der Junge, wie eine beruhigende Kühle langsam in seinen Körper zurückkehrte. Das war gar nicht unangenehm, eher so als hätte es plötzlich zu schneien angefangen. Eine wunderbare Schneedecke, die sich über sein Gemüt legte und alles heiße und Verzweifelte zudeckte.

Und selbst die Sybille, die eine Viertelstunde später unbemerkt von dem ins Nichts starrenden Marcus das Stationszimmer betrat und ihn, der dort immer noch

regungslos rauchend saß, anstarrte, war erstaunt bei seinem Anblick.
Ein eiskalter Engel.

Nachdenklich schaute Valentin auf den Bauch seiner Frau, die auf dem Rücken lag und presste.
Noch war das Baby dort drinnen. Doch jetzt hatte es sich auf den Weg nach draußen gemacht. Es war bereits ein bisschen von dem Kopf zu erkennen.
Was für ein Abenteuer.
Dass das wirklich funktionieren konnte, darüber staunte Valentin wenn er ehrlich war, noch immer.
So ein Baby hatte einen Kopfumfang von gut 32 bis 37 Zentimetern.
Er hatte einige Zeit suchen müssen, bis er in ihrer Wohnung etwas Anschauliches gefunden hatte, um sich diese Größe vorzustellen. 35 Zentimeter, das war genau der Umfang eines Einmachglases, wie es seine Großeltern verwendet hatten, um Gurken und Früchte einzukochen.
Als Valentin das Glas in den Händen gehalten hatte - in beiden Händen wohlgemerkt, mit einer ließ es sich nicht umfassen - dachte er, er hätte sich vermessen.
Das sollte sich einen Ausgang aus seiner Frau suchen? Durch die Scheide?
Um sich die Größenverhältnisse besser vorstellen zu können, hatte er den Deckel einer Milchflasche neben das Einmachglas gehalten. Der Deckel der Milchflasche entsprach zumindest gefühlt dem inneren Umfang von Heikes Scheide.
Und nun sollte das Einmachglas durch den kleinen, weißen Milchflaschendeckel?!
Selbst wenn man sich einen Gummiring in der Größe des Deckels vorstellte, würde es schwierig werden den über die Wölbung des Einmachglases zu ziehen.

Das war in der Tat so, als solle ein Kamel durchs Nadelöhr. Und dann stellte das Einmachglas ja nur den Kopf dar. Das ganze Baby war viel größer.

Welche Kräfte wirkten da? Wie stark mussten diese Wehen und Muskelkontraktionen sein, um so ein Baby durch so einen kleinen Ausgang zu drücken?

Dass das ohne Schäden und allerschlimmste Verletzungen durchführbar war, schien ihm unmöglich.

Das Einmachglas und der Verschluss der Milchflasche waren von ihren Größenverhältnissen so unvereinbar, dass er Heike einen Kaiserschnitt vorgeschlagen hatte.

Nicht nur aus diesem Grund. Ein Kaiserschnitt war eine sichere, planbare Sache. Ein Routineeingriff, der von Ärzten durchgeführt wurde. Man wusste, wann das Baby auf die Welt kam. Die ganze Aufregung hielt sich in Grenzen. Es konnten keine überraschenden Geburtsvorfälle oder ungeplante Verletzungen entstehen. Nur Vorteile.

Aber Heike wollte keinen Kaiserschnitt, auch als er ihr das Glas und den Deckel präsentiert hatte nicht.

Und Valentin beruhigte sich damit, dass es offenbar ja auch ohne Kaiserschnitt ging. Siebzig Prozent der deutschen Babys kamen so auf die Welt. Er selbst war so auf die Welt gekommen. Es war also schon mehrere Milliarden Mal passiert.

In diesem Augenblick steckte sein Baby in dem Geburtskanal und schob sich voran. Es gab kein Zurück mehr.

Valentin bekam Platzangst, wenn er sich vorstellte, wie es getrieben von den Wehen in den engen Kanal gepresst wurde.

Er sah auf. Doktor Morgentau war hereingekommen. Dass die Ärztin hier war, beruhigte den Physiker ungemein. Diese Frau verstand etwas von ihrem Handwerk. Sie wusste die Antworten auf alle Fragen. Die starke Anspannung unter der er litt, ließ etwas nach, durch die Sicherheit, die die Ärztin ausstrahlte.

Doktor Morgentau lächelte ihn an und wechselte dann ein paar Worte mit der Hebamme.

Alles war gut.

„Ich sehe das Köpfchen schon. Ihr Kind hat schwarze Haare. Gut so, machen Sie weiter", forderte die Hebamme Heike nun auf.

„Komm, noch ein bisschen, dann bist Du auf der Welt", betete Valentin indessen. „Noch ein ganz kleines bisschen." Von der Seite, wo Valentin saß, konnte auch er bereits die schwarzen Haare des Kindes erkennen.

Gleich war es soweit.

Er griff in seine Hosentasche, um sicherzustellen, dass er den Eddingstift mit sich hatte. Natürlich war es lächerlich, Valentin wusste das. Doch es kam immer wieder einmal vor, dass Kinder nach der Geburt vertauscht wurden. Erst vor kurzem hatte er von einem Fall in Italien gelesen, wo diese Vertauschung erst Jahre später durch einen Zufall bekannt geworden war. Die betroffenen Familien hatten jetzt die größten Schwierigkeiten.

Deshalb hatte Valentin beschlossen sein Kind gleich nach der Geburt unauffällig mit nicht abwaschbarem Eddingstift zu markieren. Ein kleiner Punkt auf die Fußsohle würde ausreichen. Natürlich hatte er niemanden davon erzählt. Auch Heike nicht.

Leider bemerkte er nun, dass die Kappe des Stiftes abgegangen war. Mit gerunzelter Stirn schaute er auf den dicken schwarzen Strich, der sich über seine Handfläche zog. Dabei stieß er sein meckerndes Lachen aus. In diesem Augenblick war ihm vollkommen klar, dass seine Angst vor der Vertauschung nur eine fixe Idee war.

Trotzdem! So eine Markierung schadete niemanden und sicher war sicher.

Plötzlich bemerkte Valentin, dass etwas nicht stimmte. Es war nicht offensichtlich, dass etwas schief ging. Es war nur so, dass die Ärztin und die Hebamme sich nun ratlos ansahen, so wie Pilot und Copilot, wenn sie während des

Landeanfluges beim routinemäßigen Blick auf die Instrumententafel feststellen, dass nichts mehr angezeigt wird.

Die Geburt schien ins Stocken zu kommen. Valentin schaute auf.

Was war geschehen?

Der Kopf des Babys, der schon herausgeschaut hatte, ging wieder zurück. Was sollte das bedeuten?!

„Pressen Sie nochmal", forderte die Ärztin, die schwer arbeitende Heike auf.

Aber offensichtlich führte der erneute Versuch nicht zu dem gewünschten Ergebnis. Jedenfalls kniff die Ärztin das Gesicht zusammen.

Valentin wurde nervös.

„Schulterdystokie!" flüsterte sie dann.

Barbara wurde bleich, als sie diesen Ausdruck vernahm.

„Sicher?" flüsterte die Hebamme.

„Nichts ist sicher", zischte Augustine Morgentau. „Los lass es uns nochmals probieren."

„Nochmal pressen!" befahl sie Heike und ihr Ton war nun etwas rauer.

Obwohl es nicht für ihn bestimmt war, hatte Valentin es genau gehört.

„Schulterdystokie!" pochte es in seinem Kopf. „Schulterdystokie!"

Ein anderer hätte wahrscheinlich fragend die Ärztin angeschaut, doch Valentin wusste sofort, was das zu bedeuten hatte. Hier lag ein geburtshilflicher Notfall vor!

Valentin hatte die Zahlen parat: 0,5 Prozent Eintrittswahrscheinlichkeit. Hohe neonatale Morbiditätsrate. Der Kopf des Babys war schon draußen. Es war sozusagen schon geboren. Aber die Schulter hing hinter dem Schambein. Das Baby klemmte fest.

Ein rein mechanisches Problem. Eigentlich ein Witz.

Aber eine schwierige, lebensbedrohende Komplikation. Fünf, spätestens sieben Minuten nach der Kopfgeburt musste das Baby draußen sein. Sonst würde Sauerstoffmangel eintreten.

Nervös und ängstlich schaute er auf die Ärztin und versuchte von ihrem Gesicht abzulesen, was sie davon hielt, ob sie vielleicht einen einfachen Ausweg aus dieser Situation wusste.

Doch was Valentin auf Augustine Morgentaus Gesicht sah, beunruhigte ihn sehr. Die Ärztin legte die Stirn in Falten und biss sich auf die Lippen.

Das Köpfchen des Babys kam vor ...- und ging wieder zurück.

Wenn man den Dickbauch der Gebärenden als Panzer nahm, ihre gespreizten Beine dazu, dann sah das aus Valentins Perspektive aus wie eine Galapagos Riesenschildkröte, die ihren Kopf kurz hervorstreckt und dann wieder einzieht.

Das war nicht gut!

„Was meinst Du?" fragte die Hebamme und schaute Augustine an.

„Schulterdystokie, hoher Stand! Scheiße!" hörte Valentin die Ärztin nun zischen. „Scheiße! Wie kann das sein?! Sie hatte doch keinen einzigen Risikofaktor?!"

Valentin wurde nervös. Er wurde jetzt sehr nervös. Der Eddingstift entglitt seinen Händen und rollte geräuschlos über das Linoleum. Doch diese Sache war so unbedeutend angesichts der Situation, dass er jetzt ein meckerndes Lachen ausstieß.

Bei der nächsten Wehe, musste er sehen wie die Ärztin am Kopf des Kindes zog, so als wolle sie selbst nicht glauben, was sie diagnostiziert hatte. Doch auch dieses Ziehen schien nicht den gewünschten Erfolg zu bringen.

Und die Zeit verrann!

Mit dem Wort Schulterdystokie hatte eine Uhr hier im Kreißsaal zu ticken begonnen!

Wenn das Baby nicht in fünf bis sieben Minuten draußen war, dann war es wegen des eintretenden Sauerstoffmangels entweder tot oder Gemüse.

Warum taten die nichts?

Eine eiskalte, ölige Hand griff nach seinem Herz und machte es klein und schwer wie eine schwarze Bleikugel.

Sein Baby war dabei zu sterben. Jetzt in diesem Moment war es dabei zu sterben!

Valentin bemerkte, wie seine Glieder vor Angst zu prickeln anfingen. Es musste etwas getan werden!

Vielleicht hatten die Hebamme und die Ärztin einfach nicht genug Kraft. Schließlich waren das nur Frauen. Vielleicht sollte besser er das machen. Man musste einfach nur kräftig genug am Kopf des Kindes ziehen. Ein rein mechanisches Problem. Mit Mechanik kannte er sich aus. Schließlich war er Physiker.

Und was verstanden schon diese Ärzte oder gar eine Hebamme von Mechanik.

Er musste eingreifen!

Valentin stieß einige Laute aus, die er an sich noch nicht gehört hatte. Das musste eine Art Ursprache der Angst sein.

„Nein, lassen Sie mich das machen!", brüllte er jetzt und sprang auf.

„Beruhigen Sie sich doch", versuchte Augustine zu beschwichtigen. „Wir .."

Aber Valentin war nicht mehr zu beruhigen. In seinen Augen irrlichterte es wild.

„Ich will am Kopf des Kindes ziehen! Ich will am Kopf des Kindes ziehen!" drängte er sich an die Gebärende heran.

„Schaff ihn hier raus, Barbara!" zischte Augustine Morgentau. „Schaff ihn sofort raus!"

Valentin geriet in Panik. Eine Minute war bereits vergangen. Wertvolle Zeit. Sie würden sein Baby sterben lassen! Die taten ja nichts! Er, er musste das machen! Das Kleine musste raus damit es atmen konnte!

„Lasst mich!" brüllte er. „Lasst mich! Ich mach das! Es ist ganz einfach."

Valentin stürzte auf Augustine Morgentau los und schubste sie heftig zur Seite.

Barbaras Faust traf ihn genau an der Schläfe. Der Physiker fiel wie ein nasser Sack in sich zusammen.

Augustine verschwendete keinen Gedanken an Valentin, der ohnmächtig auf dem Linoleumboden lag. Sie rappelte sich hoch und stand dann mit zusammengepressten Lippen da, und ihre Gedanken rasten durch ihren Kopf.

Was hatte sie alles gelernt?

Was waren die Vorschriften?

„Ruhig, Augustine. Denk nach!"

In Gedanken ging sie die Schritte durch, die sie unternehmen musste. Für jeden Geburtsnotfall gab es einen genauen Plan. Sie nahm aus ihrem Arztkittel das Funktelefon hervor. Die wichtigsten Nummern waren eingespeichert. Zuerst musste ein weiterer Arzt verständigt werden.

„Hier Augustine Morgentau", zischte sie. „Schulterdystokie, Kreißsaal 2. In spätestens 5 Minuten musst Du hier sein."

Sie wartete keine Antwort ab, sondern rief sofort den Anästhesisten an.

„Augustine Morgentau, Kreißsaal 2, Geburtsnotfall, wir brauchen sofort ein Narkosegerät, sofort!"

Dann legte sie das Telefon wieder weg.

Der Kopf des Babys wurde schon leicht blau, eine ungesunde gefährliche Bläue.

Ein Notkaiserschnitt, der in so vielen Fällen half, brachte in dieser Situation gar nichts. Entweder das Kind kam raus, oder sie mussten das Schambein der Mutter sprengen. Das Schambein sprengen, diese Notlösung konnte alle möglichen ernsten Folgen nach sich ziehen.

Sie war überhaupt noch nie in ihrer Zeit im Kreißsaal in einer so brenzligen Situation gewesen. Schon hunderte

Male hatte sie sich vorgestellt, was sie dann tun musste und ob sie die Nerven behalten würde.

„Überlege genau, was zu tun ist", flüsterte sie.

Das dringende Bedürfnis eine Zigarette zu rauchen, überkam die Ärztin. Wie immer in schwierigen Situationen hatte sie das Gefühl mit einer Zigarette besser, schneller und ruhiger überlegen zu können. Augustine zögerte nicht. In dieser Situation war es unwesentlich, ob sie irgendwelche Verbote missachtete oder nicht. Jetzt ging es um Leben oder Tod. Das Wie und Was zählte nicht mehr. Wichtig war nur wie diese Situation ausgehen würde. Also zog sie ihr Päckchen hervor, zündete sich eine Zigarette an und nahm einen tiefen Zug.

Außerdem war die Zigarette ein gutes Zeitmaß: Solange sie brannte war das Baby noch okay.

Augustine wandte sich Valentins Frau zu, die sie ängstlich und irritiert anschaute, wie ein Flusspferd, das nach langem Tauchgang durch die Wasseroberfläche stößt und eine gänzlich veränderte Welt vorfindet. Was ging hier vor?

Die Ärztin rauchte, ihr Mann lag bewusstlos am Boden, eben hatte sie das Wort *Geburtsnotfall* vernommen?!

„Ganz ruhig. Kein Grund zur Sorge. Die Schulter des Babys hängt hinter deinem Schambein fest", erklärte Augustine. Noch war es ihr möglich ruhig zu wirken.

„Um es trotzdem noch rauszukriegen wird dir Barbara jetzt mehrmals die Beine überstrecken und dann wieder anwinkeln. Diese Methode heißt McRoberts Manöver. Sie tut nicht weh und funktioniert fast immer." - *Sie funktioniert fast immer* war übertrieben optimistisch dargestellt. Laut den Lehrbüchern funktionierte sie oft oder manchmal, je nach Lehrbuch.

„Wir hoffen, dass sich das Kind dadurch im Geburtskanal etwas bewegt. Ich werde vorsichtig am Kopf ziehen. Und wichtig, versuch Du dich jetzt zu entspannen! Ich weiß, dass ist nicht einfach, aber es ist wichtig, dass Du entspannst." Augustine lächelte sie ermutigend an. „Jetzt einmal nicht pressen, hast Du alles verstanden?!"

Heike nickte ängstlich.

Entschlossen steckte sich Augustine die Kippe in den Mundwinkel und nahm das Köpfchen, das zwischen den Beinen der Frau herausragte.

„Los Barbara", befahl sie dann.

Sie führten das Manöver durch.

Überstrecken, anwinkeln, ziehen. Überstrecken, anwinkeln, ziehen.

Einmal, zweimal, dreimal, viermal.

Ohne Erfolg!

Das Baby hatte sich nicht bewegt.

„Verdammt!"

Die Zeit lief ihnen davon. Die Zigarette in ihrem Mundwinkel war halb abgebrannt. Nervös schaute Augustine Morgentau auf das CTG. Es war viel zu niedrig. Sehr viel zu niedrig!

Es blieben ihr noch zwei vielleicht drei Minuten, um das kleine Wesen aus dieser Verklemmung herauszubekommen. Einhundertfünfzig Herzschläge Zeit!

Danach waren wegen des Sauerstoffmangels Hirnschäden unvermeidlich, oder was noch schlimmer war, das Baby würde im Geburtskanal steckend sterben.

Wo blieben der Oberarzt und der Anästhesist?

Das Schambein musste gesprengt werden.

Vor Verzweiflung presste die Ärztin die Fäuste zusammen!

Die Zeit schritt unerbittlich voran. Jeder Gedanke kostete Zeit.

„Ruhig, Augustine! Ruhig. Keine Panik. Es gibt noch eine andere Möglichkeit. Eine gibt es noch", flüsterte sie.

„Hör auf!", fuhr sie Barbara an, als die die Beine der Frau zum fünften Mal überstreckte. „Ich probiere etwas anderes."

Sie musste versuchen, die Schulter hinter dem Schambein hervorzudrehen.

Dazu musste sie ihre Finger in den Geburtskanal bekommen. Es musste gelingen!

Sie streifte die Latexhandschuhe ab, um ein besseres Gefühl zu haben.

„Das wird jetzt wehtun, es wird sehr wehtun, aber du musst das aushalten. Es ist keine Zeit mehr da, dich zu betäuben." Heikes Antwort wartete sie nicht ab.

140 Herzschläge Zeit.

Augustine arbeitete fieberhaft. Sie versuchte sozusagen in die Frau hinein zu kommen, hinter das Baby. Aber der Geburtskanal war voll. Darin steckte festgepresst das Baby. Es war so, als wolle sie ihre Hände von außen durch die zusammengepressten Gummidichtungen einer geschlossenen Autotür schieben. Ohne Rücksicht auf irgendwelche Körperteile, die sie zerkratzte und aufriss, versuchte sie mit aller Kraft hinter die Schulter des Babys zu kommen. Heike zitterte und hielt still.

Augustine biss die Zähne vor Anstrengung zusammen, aber sie kam nicht voran.

„Scheiße!" zischte sie. „Verdammt, ich komme nicht dahinter!" Die Zeit lief und ihre Bewegungen wurden immer fahriger und ihre Stimme brach, als sie wiederholte: „Barbara, ich schaffe es nicht!"

Das Baby wurde blauer und blauer.

Fetale Hypoxie!

Und nun wurde auch Valentins Frau, die die ganze Zeit über ruhig geblieben war, panisch. Sie merkte, dass die Sache begann schiefzulaufen.

„Nein! Nicht!" schrie sie und versuchte sich dem Griff der Ärztin zu entziehen. „Nicht sterben lassen!"

„Verdammt! Halt sie fest", zischte die Ärztin Barbara an, die von Schrecken gelähmt daneben stand. „Nun halt sie doch fest!"

Die Ärztin wusste nicht, ob es durch das Aufbäumen der Gebärenden oder durch ihr unermüdliches Tasten und Drücken gekommen war, doch endlich hatte sie einen

Ansatz. Mit zwei Fingern konnte sie nun Druck auf den Körper des Kindes ausüben. Sie glaubte zu spüren, dass sich die Schulter hinter dem Schambein hervordrehte.

„Bitte, noch ein kleines Stück ... noch ein kleines Stück, ja, noch ein ganz kleines Stück ... – „, bettelte Augustine in Gedanken.

„Nicht sterben lassen! Nicht sterben lassen!" wimmerte Heike.

Vor Verzweiflung begann sie wieder zu pressen.

„Aufhören zu pressen!" flehte Augustine. „Bitte! Ich komm' nicht durch wenn Du presst!"

In diesem Augenblick passierte Augustine ein Missgeschick. Die Zigarette in ihrem Mundwinkel war nun ganz herunter gebrannt. Genaugenommen rauchte Augustine bereits den Filter. Durch die Bewegungen, die sie machte, fiel die Glutspitze ab und sie fiel direkt in den Bauchnabel der Gebärenden.

Die Ärztin hielt inne und schaute die Glut fassungslos an, als könne sie sich gar nicht erklären, woher das rotglühende Bröckchen plötzlich gekommen war. Schon begann es nach angesengter Haut zu riechen. Heike nahm den Kopf hoch, um die neue Schmerzquelle lokalisieren zu können, blickte auf ihren dampfenden Bauchnabel, aus dem wie aus einem Vulkankrater kleine Wölkchen aufstiegen und stieß einen gellenden Schrei des Entsetzens aus. Dabei machte sie eine unmenschliche Bewegung, die sie fast senkrecht nach oben katapultierte.

Das Baby schoss mit einem Ruck hervor!

„Ja! Pressen! Nochmal pressen!" Brüllte Augustine aus Leibeskräften.

Und mit der nächsten Wehe war es heraus.

„Ein echter Brocken. Mindestens vier Kilo", schoss es Augustine durch den Kopf.

Barbara schnappte es, schnitt die Nabelschnur durch, gab ihm einen Klaps ...–

... – gab ihm noch einen Klaps und: es fing an zu schreien!

Es schrie! Gottlob fing es an zu schreien. Es brüllte aus vollen Lungen, als wolle es sich über die Tortur, die ihm zuteil geworden war, über all die Kratzer und Storchenbisse, über diesen beschissenen Weg ins Leben beschweren. Noch nie war Augustine vom Geschrei eines Neugeborenen so erlöst worden, wie in diesem Augenblick. Erlösung, das war das richtige Wort, um der Situation gerecht zu werden.

Heike schrie ebenfalls.

„Ja! Ja! Ja!" brüllte sie immer wieder aus Leibeskräften.

Die Ärztin hätte am liebsten mitgeschrien. Aber plötzlich war ihr so nach heulen zu Mute.

„Was für ein Glück!", schluchzte sie. „Was für ein Glück! Gott, Barbara, verdammte Scheiße. Was für ein Glück! Ist es okay?"

„Sieht gut aus", stotterte Barbara.

„Schnell die ... Werte."

„Sieht gut aus", stotterte Barbara nochmals. Und während sie an dem Baby auf einem Tischchen die ersten Untersuchungen vornahm, strampelte das mit langsamen Bewegungen vor sich hin, vollkommen unbeeindruckt von der durcheinander wirbelnden Welt, in die es hineingeboren war.

„Geben Sie es mir. Ich will es haben, bitte", bettelte Heike.

„Alle ist gut!" Barbara legte der Mutter ihr Baby auf den Bauch. „Alles ist gut", wiederholte sie.

Nun taumelte Valentin aus seiner Bewusstlosigkeit hoch. Von seiner Schläfe ausgehend zog sich ein rotblaues Ödem zum linken Auge hin. Er schüttelte sich und starrte umher, um sich zu orientieren.

Um ihn herum drehte sich der Raum in schneller Rotation, die nur ganz allmählich abnahm. Valentin stützte sich gegen die Wand und versuchte sie einen Blick auf einen Punkt in dem Durcheinander zu heften und festzuhalten.

In diesem Moment flog die Tür des Kreißsaals auf. Der schlecht ausgeschlafene Oberarzt stand im Türrahmen.

Hinter ihm steckte der Anästhesist, der Bereitschaftsdienst hatte, den Kopf herein. Beiden war anzusehen, dass sie von ihren Pritschen aufgescheucht worden und in größter Eile in den Kreißsaal gekommen waren.

Mit einem Mal war es totenstill in dem Kreißsaal, der eben noch gekocht hatte wie ein Magmabad. Nur das kleine, kräftige Mädchen krähte noch ein bisschen in diese Stille hinein, so als wolle es sich über dieses Willkommen der Welt beschweren.

Die beiden Ärzte starrten erst auf das Baby und dann auf die zitternde Augustine Morgentau. Sie sahen in ein blutverschmiertes Gesicht, das vor Schweiß glänzte und über das zwei Tränenbäche rannen.

Der Anästhesist schnupperte irritiert, wie ein Hund der Witterung aufnahm.

„Wow, Morgentau, hast Du während der Geburt geraucht?" stellte der dann erstaunt fest.

8

Valentin war fröhlich. Ja, er konnte sich nicht erinnern, jemals zuvor in seinem Leben so fröhlich gewesen zu sein. Die Sonne war aufgegangen. Ihre Strahlen hatten die Strapazen der Nacht hinweggefegt. Etwas Neues hatte seinen Anfang genommen, etwas Verheißungsvolles. Auf einmal waren die Flure des Bürgerhospitals helle, freundliche Gänge. Alles Grau war verschwunden. Eine Art Frühlingstag im September. Und selbst das Linoleum schien dem Physiker in einem verheißungsvollen Grün zu schimmern. Jetzt um sieben Uhr morgens herrschte ein aufgeweckter Betrieb im Gebäude. Überall sausten Krankenschwestern, Ärzte und Putzfrauen über die Flure. Patienten zeigten sich auf den Gängen und Betten wurden durch die Gegend geschoben. Und obwohl es ein Krankenhaus war, kam es Valentin vor, wie ein Ort des Aufbruchs und der Verheißung.

Heike war auf die Geburtsstation verlegt worden. Sie würde nach der Strapaze noch drei oder vier Tage Ruhe benötigen. Doch Valentin der Glückliche schritt leichtfüßig mit seinen dünnen Storchenbeinen den langen Gang auf und ab, immer auf und ab, seine Rebecca in ein dickes Frotteetuch gewickelt und an die stolze Vaterbrust gedrückt. Er konnte sich nicht satt sehen an ihr. Immer wieder musste er das Tuch zurückschlagen, um das kleine Gesichtchen besser anschauen zu können, die eng geschlossenen Augen und die kleinen Fäustchen, die sich ab und zu zeigten und langsam in der Luft herumfuhren.

War das süß!

Rebecca war ein ganz schöner Brocken. 4,3 Kilogramm. Viel mehr als prognostiziert worden war. Ein kräftiges, gesundes Baby arg zerschunden von Doktor Morgentaus Versuchen das Baby zu befreien, mit einigen

Storchenbissen versehen, doch in Valentins Augen wunderschön.

Als ihm eine werdende Mutter entgegen kam, den dicken Bauch vor sich herschiebend, strahlte der Physiker sie an.

„Ja, ja. Wir haben es schon geschafft!" schmetterte er ihr fröhlich entgegen, darauf anspielend, dass ihr die Geburt ja noch bevorstand. Mit der ganzen Welt wollte er sein Glück teilen.

Die Frau, die lediglich einen Mann sah mit einer Strickjacke und einem brutalen Hämatom im Gesicht, der ein Neugeborenes trug, wich erschrocken einen Schritt zur Seite.

„Geschafft!" rief Valentin davon unbeirrt und setzte seine Wanderung fort.

Längst hatte er Heikes Eltern und seine Mutter – sein Vater war vor vier Jahren verstorben – über das glückliche Ereignis informiert. Gegen neun wollten sie zu einem ersten Besuch hier sein. Dann würde er alles erzählen können.

Wie war er durcheinander gewesen, als er noch im Kreißsaal aus seiner Bewusstlosigkeit erwachte. Alles um ihn herum hatte sich gedreht. Sein Kopf schmerzte aber auf eine andere Art, als bei den Migräneanfällen, die er selten einmal hatte. Was war passiert? War er gestürzt?

Behutsam hatte man ihn auf einen Hocker gesetzt. Ein Arzt hatte sich neben ihn gekniet, seinen Schädel betastet und ihm mit einer Lampe in seine Augen geleuchtet. Er hatte in das fremde Gesicht gestarrt und der Arzt hatte auf ihn eingeredet. Was der Arzt sagte, hatte er gar nicht gehört. Aber es hatte es hatte zwei Minuten gedauert, bis er in seinem Kopf alle Fäden wieder verknüpft hatte.

Schulterdyskotie! Schwerer Geburtsnotfall!

Nicht weit von ihm saß Doktor Morgentau auf einem Schemel, blut- und tränenüberströmt. Gut hatte sie nicht ausgesehen, doch sie hatte ihn angelächelt. Es hatte nach Rauch und verbrannter Haut gestunken.

Trotz seines benommenen Zustandes war Valentin in heller Panik aufgesprungen.

„Was ist mit dem Baby?!" hatte Valentin gerufen.

Doch dann hatte er Heikes glückliches Gesicht gesehen. Auf ihrem Bauch räkelte sich die kleine Rebecca.

Um Gottes Willen! Alles war gut gegangen! Da war sie endlich: die kleine Rebecca.

Vor Rührung hatte er sogar angefangen zu weinen. Und er hatte sich dann auch erst einmal wieder hinsetzen müssen, weil ihm ganz schwindlig war. Aber all das war ihm kein bisschen peinlich gewesen.

Später, nach zwei Stunden Abstand und mit klarem Kopf, wusste er, dass er sich bei Doktor Morgentau bedanken musste. Sie hatte alles richtig gemacht. Sie hatte Rebecca gerettet. Auch wenn er bis jetzt noch nicht verstanden hatte, wie sie das Baby aus der Verklemmung hatte befreien können. Es hätte sterben oder eine ernsthafte Behinderung davontragen können. Beides war nicht passiert. Er konnte von Glück sagen, dass gerade sie in dieser Nacht Dienst gehabt hatte.

Auch bei Barbara musste er sich bedanken, und zwar dafür, dass sie ihn niedergeschlagen hatte.

Jetzt bei Tage betrachtet, wurde ihm bewusst was für ein Unheil er hätte anrichten können. Sein Schicksal, sein ganzes Leben hatte auf Messers Schneide gestanden.

Mein Gott, was für eine Nacht!

Sollte er es wagen und mit der kleinen Rebecca hinübergehen in den Kreißsaal?

Natürlich!

Dann würde er den beiden auch das Neugeborene zeigen. Sein Baby!

Außerdem – das hatte er ja ganz vergessen –, er musste das CTG-Kabel zurückbringen. Das lag ja immer noch in seinem Wagen. Nun, das würde er dann später erledigen.

Als er den Kreißsaal erreichte und klingelte, musste er erst einmal vor der schweren Milchglastür warten, bevor sie geöffnet wurde. Ein Mann im Arztkittel lächelte ihn an.

„Na, wollen Sie es schon wieder zurückgeben?" witzelte der Arzt, als er Valentin mit Rebecca im Arm erblickte.

„Ähä!" gackerte der Physiker ein halbes Lachen, während er an dem Arzt vorbei nach drinnen in den Kreißsaal spähte.

In den Flur des Kreißsaals fiel von irgendwoher Tageslicht. Auch wenn es nur eine Handvoll Sonnenstrahlen waren, die sich wie die Klinge eines hellen Schwertes auf dem Boden abzeichneten, veränderte es den Raum sehr. Die angestrengte Müdigkeit der letzten Nacht war wie hinausgefegt. Oder kam das Valentin in seiner augenblicklichen Begeisterung nur so vor?

Eine Krankenschwester ging mit frischen Schritten im Hintergrund vorüber. War das noch derselbe Raum? Hatte sich der Raum verändert oder nur sein Blick darauf?

In den Kreißsälen lief wahrscheinlich schon die nächste Geburt. Rebeccas Ankunft war bereits Geschichte und würde nur noch als Strich in der Statistik geführt.

Valentin schüttelte sich.

„Äh, ich wollte eigentlich Doktor Morgentau sprechen", brachte er dann hervor. „Und die Hebamme, die vergangene Nacht Dienst hatte ..." Valentin zögerte einen Augenblick.

„Um mich zu bedanken", fuhr er dann fort.

„Doktor Morgentau? Deren Schicht ist zu Ende, die ist glaube ich schon gegangen. Aber Barbara ...- habe ich die eben nicht noch im Stationszimmer gesehen? Kommen Sie kurz rein. Ich nehme mal an, sie kennen sich aus. Ich muss ..." , deutete er dann auf eine der Kreißsaaltüren. „Es wollen ja auch noch weitere Babys auf die Welt..."

Valentin betrat den Flur der Geburtsstation und ging hinüber in das Stationszimmer. Aber das Zimmer war leer.

Das hatte er nicht erwartet. Er war nun doch erstaunt darüber, dass Doktor Morgentau und Barbara einfach so

225

gegangen waren. Plötzlich war ein anderer Arzt da, andere Hebammen, andere Schwangere, andere Männer, die auf die Geburt ihres Babys warteten. Die vergangenen Stunden, die er in diesen Räumlichkeiten verbracht hatte, waren so intensiv gewesen und so bestimmt von der Ärztin und der Hebamme …-, irgendwie hatte er geglaubt, die beiden wären fest verankert in dieser Geburtsstation. Doch Doktor Morgentau und die Hebamme waren gegangen, aufgesaugt von Frankfurt oder dem Rhein-Main Gebiet …

Er würde sie, die vergangene Nacht so wichtig für ihn gewesen waren, lebenswichtig, wahrscheinlich nie wieder sehen.

Wie war das möglich?

Er kam sich vor wie die Hauptfigur in einem Märchen, die am Ende zu dem geheimnisvollen Ort ihrer Abenteuer zurückkehrt, nun aber feststellt, dass das Geheimnisvolle, Erschreckende gar nicht mehr aufzufinden ist und sich stattdessen etwas ganz Gewöhnliches dort befindet.

Noch einmal schaute er sich das Stationszimmer an, den Tisch, den alten Computer, die Kaffeemaschine, die Mikrowelle für die Kirschkernkissen ...

Da blieb sein Blick an einem Ausdruck hängen.

„Was ist Liebe?"

Der Physiker zuckte innerlich als er den Zettel bemerkte.

Hatte der gestern auch schon da geklebt?

Liebe.

Hhmm.

Der Zettel ließ ihn für einen Augenblick nachdenklich zurück.

Liebe, dieser Begriff war irgendwie heikel. Valentin vermied es grundsätzlich ihn zu benutzen und machte in Gesprächen gerne einen großen Bogen um dieses Thema. Ihm war ja vollkommen klar, was Liebe war, aber Heike zum Beispiel nicht. Immer wenn sie ihn fragte: „Liebst Du mich?" oder ihm vorwarf: „Du liebst mich nicht!", geriet er in die Defensive und wusste nicht was er antworten sollte. Er mochte diese Frage nicht.

Am Anfang hatte er sich noch bemüht, Heike zu erklären, was Liebe war. Und diese Frage war ja ganz einfach zu beantworten. Wie jedem anderen Gefühl, lag auch der Liebe ein bio-chemischer Vorgang zu Grunde. Der Botenstoff Dopamin spielte eine große Rolle, das limbische Belohnungssystem, später auch das Hormon Oxytocin. Das alles fand bei verminderter Aktivität der Hirnareale, die für rationales Denken zuständig waren, statt. Deshalb machte Liebe ja auch blind und kopflos. Valentin konnte das ziemlich gut darlegen … Zu gut, wie Heike fand.

Irgendwann hatte er den Begriff Liebe aus seiner Welt gestrichen.

Aber das war ja alles Unsinn von gestern!

In diesem Moment räkelte sich Rebecca in seinem Arm und gab einen unwilligen Laut von sich.

Er schaute sein Baby an.

„Was ist Liebe?"

Valentin wusste es. Ja, er wusste es!

Es war ganz einfach! Vorher hatte er ja total falsch gelegen. Jetzt wusste er es! Aber das erste Mal in seinem Leben, konnte er etwas das er wusste nicht erklären.

Dann blickte er auf die Uhr.

„Oh!" stieß er aus. Er musste zurück.

Ray war ebenfalls glücklich, wenn auch aus anderen Gründen als Valentin. Er war glücklich, dass er diesen Wahnsinn hinter sich hatte. Um es klar zu sagen, es war eine echte Metzgerei gewesen! Anders konnte man es nicht nennen. Von wegen, das schönste Erlebnis im Leben. Der Anwalt hatte nicht erwartet, dass es „schön" werden würde. So etwas schön zu finden, dazu war er nicht der Typ. Aber er fragte er sich wie Leute drauf sein mussten, die so einen Schwachsinn von sich gaben und eine Geburt als schön bezeichneten. Er jedenfalls hatte nie etwas Schlimmeres in seinem Leben durchstehen müssen.

Außerdem ärgerte er sich, dass er die Situation nicht gut gemeistert hatte.

Wenn er ehrlich war, so war ihm das Bild, das er während der letzten Phase der Geburt abgegeben hatte sogar etwas unangenehm. Der Anwalt hatte von sich selbst zwar nicht erwartet ein Held zu sein – er glaubte nicht an Heldentum – aber, ... nun ... er musste zugeben, dass er eher nicht so cool gewesen war. Bei dem Gedanken daran, spürte er jetzt einen kleinen Stich von Peinlichkeit in seiner Brust und er fragte sich, wie er so die Contenance hatte verlieren können. So indisponiert war er ja noch nie in seinem Leben gewesen. Geradezu in einen Stupor war er verfallen, eine verkrampfte Erstarrung, deren Folge war, dass er sich nun ziemlich zerschlagen fühlte. Dabei hatte er von sich immer gedacht, dass er auch in solchen Grenzsituationen die Nerven behalten würde. Nun gut, er würde die Hebamme oder die Ärztin, die beiden einzigen Zeugen dieser Episode, sicher nie mehr wiedersehen. Und außerdem konnte er anführen, dass er ja auch niedergeschlagen worden war. Das sollte zumindest als mildernder Umstand geltend gemacht werden.

Jedenfalls hatte er ein echtes Geburtstrauma. Wenn das Wort einmal zutraf, so fand er, dann bei ihm. Ein zweites Kind, das war mit ihm nicht zu machen.

Und mit der Geburt selbst war die Geburt ja sozusagen noch gar nicht zu Ende. Das kam noch dazu. Als eben der Arzt bei Fabienne gewesen war und ihre ... ähem ... *Naht* untersucht hatte, hatte der Anwalt schon wieder neue Wörter gehört, von denen er vermutete, dass die damit verbundenen Realitäten weit über seine Ekelschwelle hinausreichen würden. *Wöchnerin, Wochenfluss.* Er wollte gar nicht wissen, was genau das bedeutete, wie es aussah oder roch.

Nun gut.

Während er nachdachte, fiel Blick sein auf die schlafende Fabienne. Sie lag alleine in einem Dreibettzimmer, in das ganz gemächlich ein frühes Sonnenlicht hereinsickerte.

Wie Fabienne das alles erlebt hatte, wusste er nicht genau. Bis jetzt hatte er mit ihr den Geburtsverlauf nicht besprochen und von dem Vorfall auf dem Flur mit dem Spanier hatte sie noch gar keine Kenntnis. Sie sah glücklich aus, wie sie da lag, auf eine seltsame weiche, ja nackte Art glücklich, wie er es vorher noch nie an ihr gesehen hatte. Trotzdem die Geburt ihren Körper gerade zu zermetzelt hatte – wie Ray fand – ihr Gesicht ausgemergelt und müde war wie nach einem Ultramarathon, strahlte sie im Schlaf. Und es war nicht wie bei ihm die Freude darüber, dass es endlich vorbei war. Es war etwas anderes, das Fabienne so unglaublich glücklich machte. Sie hatte sich so über die Kleine gefreut, die sie zur Welt gebracht hatte. Das war es!

Nachdenklich und fast ehrfurchtsvoll ließ der Anwalt seinen Blick über das Laken wandern, das ihren Körper bis zum Hals bedeckte. Was hatte sie durchgemacht? Sie war durch die Hölle gegangen, oder?

Aber am Ende hatte sie doch umso zufriedener das Ziel erreicht, oder?

Dass die ganze Geburt für sie sicherlich okay wenn nicht sogar gut gewesen war, dachte der Anwalt. Zumindest hatte sie sich nicht ein einziges Mal beschwert. Das fand er schon beachtlich.

Und jetzt hatte sie Ruhe verdient. Deshalb hatte Ray auch noch niemanden angerufen. Natürlich hatten die frisch gewordenen Opas und Omas das Recht von dem glücklichen Ereignis zu erfahren. Aber es genügte, wenn die ganze Besuchsarie erst morgen stattfand. Für heute hatte er das Gefühl, dass Fabienne und er noch Schonung verdient hatten.

Und ein Geschenk hatte sie verdient. Er überlegte, was angemessen war für dieses Ereignis. Ein wertvoller Ring?

Eine teure Uhr, das Geburtsdatum ihrer Tochter auf der Rückseite eingraviert?

Irgendetwas Beständiges auf jeden Fall.

Nun gut, es würde ihm schon etwas einfallen.

Leise verließ er das Zimmer und ging zu dem Raum, wo er seine Tochter vor kurzem abgegeben hatte.

Auf dem Gang passierte er eine Krankenschwester, die gerade eine Hochschwangere und ihren Begleiter in Richtung des Kreißsaals dirigierte. Der Mann sah müde und zermürbt aus. Die Schwangere schleppte sich mit schweren, wassergefüllten Beinen durch die Türöffnung. Ray wich den beiden auf die andere Gangseite aus, so wie er Obdachlosen auswich, wenn sie ihm auf dem Bürgersteig entgegenkamen.

Sicher hatten beide die vergangene Nacht kein Auge zugetan. Und das Schlimmste stand ihnen noch bevor.

„Auf zur Kreuzigung", dachte Ray. „Die Armen." Und fühlte erneut das Glück desjenigen, der es bereits hinter sich hatte.

Dann betrat er das Neugeborenenzimmer. Bis auf ihn und zwei Babys war es leer. Der Raum hatte eine angenehme warme Ausstrahlung, so wie eine gut ausgeleuchtete Bio-Sauna.

Nachdenklich stellte Ray sich vor das Wärmebettchen, in dem seine Tochter lag und schaute sich das Resultat des Martyriums an. Seine Hände hatte er in den Hosentaschen versenkt und es kamen ihm Gedanken, die ihm bisher fremd gewesen waren. Sein Blick ruhte auf dem Säugling. Er sah behaglich aus, wie er da drin lag. Fast wünschte man sich, man selbst läge noch einmal so da, gewärmt und geschützt und ohne jegliche Sorge.

Irgendwo tickte eine Uhr. Sonst war nichts zu hören. Für einen Moment verharrte der Anwalt so, in dieser für ihn ungewöhnlichen Stille. Sekunde für Sekunde zählte die Uhr, während er auf das Wärmebettchen blickte. Grübeleien waren ihm eigentlich fremd. Aber beim Anblick dieses kleinen Wesens begann er nun doch sich Gedanken zu machen.

Immerhin, inzwischen sah das Neugeborene aus, wie man sich ein Baby vorstellte. Zwar war es noch ein bisschen zerknautscht, die Haut war an einigen Stellen gerötet und ein Rest Nabelschnur mit einer Klammer baumelte unappetitlich vor seinem Bauch, doch es war sauber und irgendwie menschlich.

Ja, menschlich. Das hieß, es war etwas, das eine Zukunft vor sich hatte.

Dieses runzlige Etwas war seine Tochter. Schwer war sie nicht. 3,2 Kilo hatte eine der Krankenschwestern festgestellt.

Was sollte er davon halten?

Er wusste es nicht.

Sicher war, dass es einen Namen brauchte.

Hatte das Baby eben die Augen geöffnet?

Es bewegte die Lippen und blubberte leicht. Was war zu tun, falls es zu schreien anfing?

Er würde sich dann darum kümmern müssen. Vielleicht nicht gerade jetzt. Jetzt konnte er noch eine der Schwestern rufen. Er gab gerne zu, dass die sich sehr rücksichts- und verständnisvoll gegen die frisch gebackenen Väter verhielten. Aber spätestens übermorgen oder in einer Woche würde auch er dieses Etwas beruhigen, wickeln und füttern müssen.

Es war eben ein Säugling. Was für ein komisches Wort.

Auch dieser Begriff hatte eine neue Bedeutung für Ray gewonnen. Das war jemand, der noch gesäugt werden musste, weil er nichts alleine essen konnte, ja, weil er rein gar nichts selbst machen konnte. Das war ihm inzwischen klar geworden.

Und später würde dieses Wesen nicht Ray zu ihm sagen, auch nicht Raimund. Nein, Papi würde es ihn nennen.

Papi oder Papa.

Es war seine Tochter und bis zu ihrem Lebensende, das wahrscheinlich weit hinter seinem eigenen lag, würde er ihr Vater sein.

Das war nun unwiderruflich.

Er würde sie füttern müssen, sie manchmal vom Kindergarten abholen, ihre Schulhefte kontrollieren, in der Pubertät ihre hysterischen Anfälle ertragen und für alles immer noch mit Undank belohnt werden.

Er würde immer für sie da sein müssen, denn man konnte vieles über ihn sagen, aber Ray war niemand, der sich seinen Pflichten entzog.

Und wenn sie erwachsen war und selbst Kinder hatte, dann würde sie diese Enkel bei ihm vorbeibringen wollen, damit er auf sie aufpasse.

Die Verbindung mit diesem Wesen, das nun gerade einmal eine oder zwei Stunden alt war, würde er nie mehr lösen können!

„Am Morgen seines 30ten Geburtstages wachte K. auf und war verhaftet". So oder so ähnlich begann Kafkas Buch „Der Prozess".

Nicht das Ray sich als Intellektueller gesehen hätte, der diesen verquasten Kafka-Schrott mochte. Den Prozess hatte er gelesen, weil er schon immer Jurist hatte werden wollen und irgendein Referat hatte er damals in der Deutschstunde eben halten müssen. Er hatte ja nicht ahnen können, was für ein schräges Zeug der Autor, der ja ebenfalls Jurist gewesen war, da zusammen geschrieben hatte. Niemals zuvor und nie wieder danach hatte er einen solchen Schwachsinn gelesen.

Damals hatte Ray sich gefragt, wofür das alles gut und warum es so bekannt war. Nicht lange, aber einen Moment hatte er darüber nachgedacht, warum sich jemand die Mühe machte, so etwas zu schreiben und warum er damit unsterblich bekannt geworden war. Eine Antwort hatte er damals nicht gefunden.

Aber nun, da er seine Tochter sah, fiel ihm der Anfang des Buches wieder ein: „Am Morgen seines 30ten Geburtstages wachte K. auf und war verhaftet".

Dieses kleine Wesen würde heranwachsen und in einem fort Ansprüche an ihn haben,

Fast verstand er nun ein ganz klein wenig, was Kafka gemeint haben könnte.

„Der Prozess" hatte eine Nachricht für ihn, Ray, enthalten.

Er schaute seine Tochter an und es war ihm klar: Er war verhaftet!

Der APGAR Score, den sie von Valentins Baby direkt nach der Geburt genommen hatten, hatte sieben Punkte gebracht. Für die bläuliche Hautfarbe und den flachen Muskeltonus hatte Doktor Morgentau Abzüge machen müssen. Auch der ph-Wert in der Nabelarterie war etwas niedrig ausgefallen. Aber 60 Minuten nach der Geburt, als sie den dritten APGAR Score bestimmt hatten, lag der bereits bei neun Punkten.

APGAR: Atmung - Puls – Grundtonus – Aussehen - Reflexe. Doktor Morgentau konnte die Eselsbrücke im Schlaf herbeten. Zehn Punkte waren maximal zu erreichen, neun beim dritten Test waren immer noch super. Alles war gut gegangen!

Den Zeitpunkt für den dritten und letzten Test hatte die Ärztin noch abgewartet, obwohl ihre Schicht da bereits zu Ende gewesen war. Es war ihr wichtig mit dem Gefühl nach Hause zu gehen, dass ihre letzte Geburt erfolgreich verlaufen war.

Doch jetzt war Schluss. Ihre Schicht war zu Ende. Und was für eine Schicht. So etwas hatte sie in ihrem ganzen Dasein als Medizinerin noch nicht erlebt. Ja, in der Notaufnahme, in der sie vor Jahren einige Zeit gearbeitet hatte, da kam es manchmal zu Auseinandersetzungen von Betrunkenen und allerlei anderen Kuriositäten, wenn irgendwelche Nachtgestalten, wie von einem zu starken Wind zerzauste

Glühwürmchen hereingeweht worden waren. Aber so etwas wie die vergangene Nacht …, der Notfall mit der Schulterdystokie …

„Und jetzt zum krönenden Abschluss noch das Gespräch mit dem Alten. Na danke", dachte sie, während sie den Flur entlang zum Chefarztzimmer ging.

Der Alte! Er hatte sie nur kurz angerufen und zu einem Gespräch gebeten.

„Morgentau, können Sie bitte `mal zu mir kommen?!" Die Tonart der Frage ließ weder ein „Nein" noch einen Aufschub zu. Irgendwoher hatte er bereits Wind bekommen, von dem was in der Nacht geschehen war. Irgendwer hatte es ihm bereits zugetragen. Er schien seine Informanten überall zu haben.

Augustine arbeitete nun schon seit drei Jahren auf der Geburtsstation des Bürgerhospitals. Mit dem Chefarzt hatte sie bisher nur einige kleinere Reibereien gehabt. Es hatte aber noch keinen wirklichen Krach zwischen ihm und ihr gegeben. Fachlich war er gut, intelligent und erfahren. Keine Frage. Aber irgendwie war er ein unangenehmer Typ. Aus Beobachtung wusste sie, dass er niemand war, der hinter einem stand, wenn Dinge anfingen schiefzugehen. Nun gut, weniger noch als in anderen Berufszweigen, war bei Ärzten und Krankenschwestern der Begriff Loyalität von irgendeiner Bedeutung. Das hatte Doktor Morgentau schon während des Medizinstudiums recht schnell begriffen. Oberflächliche Freundschaften wurden gleich geschlossen, Affären waren jederzeit möglich. Doch sobald es berufliche Probleme gab oder man sich gegen die Obrigkeit stellte, war man allein. Ärzte waren immer Opportunisten. Die wenigen Ausnahmen, die es gab arbeiteten bei „Ärzte ohne Grenzen" oder anderen idealistisch bewegten Organisationen.

Egal was vorgefallen war oder worum es fachlich ging, niemand würde auf ihrer Seite stehen, wenn sie dem Chefarzt gegenüber trat.

Dass sie eine Art Abreibung kassieren würde, darauf hatte sie sich bereits eingestellt. Nun denn, damit konnte sie leben. Das gehörte zum Krankenhausalltag dazu. Die Kollegen würden es mit offen geäußerter Anteilnahme aber heimlicher Genugtuung hinnehmen – denn es war klar, dass jeder es erfahren würde - und in fünf Tagen, wenn sie ihren nächsten Dienst auf der Station antrat, würde die Sache erledigt sein, oder?

Natürlich, es hatte ein paar Sonderlichkeiten gegeben, die man ihr anlasten konnte. Das würde sie schon einräumen müssen. Aber fachlich fühlte sie sich gut gewappnet. Bezüglich des Geburtsnotfalls hatte sie vorschriftsmäßig gehandelt und – mit viel Glück, wie sie zugeben musste – die Sache zu einem guten Ende gebracht. Das Baby war immerhin kerngesund.

Doch der Alte war schwer zu berechnen und launisch. Man wusste nie so genau ...-

Frisch geduscht und in zivil zog sie nun ihrem Schicksal entgegen. Den Arztkittel hatte sie trotzdem nochmals übergeworfen. Eine Art Schutzhülle, um dem Alten nicht in Jeans und T-Shirt gegenüber zu stehen.

Gerade als sie an dessen Tür klopfen wollte, wurde diese von innen geöffnet. Eine der Sybillen war im Begriff das Zimmer zu verlassen. Noch dem Zimmerinneren zugewandt, verabschiedete sie sich von dem Alten. Als sie sich umwandte und so unverhofft und direkt Doktor Morgentau vor sich sah, errötete sie. Das Rot, das ihr ins Gesicht flutete war so stark, dass es durch ihre Solariumbräune hindurchschimmerte.

„Natürlich hat die Sybille alles brühwarm dem Alten erzählt. Wahrscheinlich es auch hier und da noch etwas ausgeschmückt. Das ist so Krankenschwesternart. Du Schlange!" dachte Augustine und funkelte die Sybille an. Und in ihr stieg ein Groll auf, dass sie die Blondine am liebsten hier auf der Stelle geohrfeigt hätte.

„Äh .., ja", stammelte die nur, tauchte unter ihr weg nach draußen auf den Gang und verschwand eilenden Schrittes.

Plötzlich war sich Augustine unsicher. Was lief hier?!

Verdammt! Sie war zu zermürbt von der Nacht und hatte zu wenig Abstand, um die Vorfälle und die Reaktionen darauf klar einzuordnen.

„Defensiv bleiben!" murmelte sie vor sich hin. Doch nun war sie hellwach.

Dann betrat sie das Büro.

Oft war sie noch nicht hier drin gewesen. Vielleicht zwei oder dreimal. Der Alte kam meistens auf Station, wenn er etwas wollte. Das Zimmer war von der besseren Sorte, verglich man es mit den übrigen Räumlichkeiten des Bürgerhospitals. Es hatte keinen Linoleumboden, sondern ein altes, aber gepflegtes Parkett, dessen Abnutzung es eher angenehm wirken ließ. Die Wände waren von dunklen Holzregalen verdeckt, die gefüllt waren mit Büchern und altem medizinischen Gerät, das vor Generationen, das letzte Mal benutzt worden war.

Es hatte etwas Verstaubtes, Gemütliches. Es war eigentlich ein Raum, in dem Augustine sich hätte wohlfühlen können. Eigentlich!

Aber in der Mitte saß der Chefarzt hinter seinem Schreibtisch wie eine Spinne im Netz und schaute sie ausdruckslos an.

Augen wie ein Greifvogel, dachte die Ärztin.

„Guten Morgen!" Augustine versuchte ihrer Stimme einen klaren und festen Klang zu geben, als sie die Tür hinter sich schloss.

Ihr fiel auf, dass er nicht sein einstudiertes Begrüßungslächeln lächelte. Das war kein gutes Zeichen.

„Denk immer daran, dass Du Augustine Morgentau bist und nicht irgendwer", ermunterte sie sich in Gedanken.

Der Alte verzichtete auf Floskeln. Er bot ihr auch nicht an, auf dem Stuhl Platz zu nehmen, der vor dem Schreibtisch stand. Lediglich seine faltigen Hände verschränkte er. Augustine steckte die ihren in den Arztkittel.

„So", begann er, jedwede Begrüßungsfloskel auslassend. „Ich komme direkt auf den Punkt. Auf Einzelheiten möchte ich nicht eingehen, Morgentau. Sie hatten die Verantwortung für die Station. Es war Ihre Station vergangene Nacht! Und so eine Minderleistung bei der Stationsführung habe ich in meinen vierzig Berufsjahren noch nicht erlebt!" Seine Stimme war laut, aber nicht zu laut.

„Man muss sich fragen, was Sie sich dabei gedacht haben, Morgentau?! Unter ihrer Aufsicht gibt es eine Schlägerei auf der Station! Sie weisen zweimal ihre Hebamme an, Personen niederzuschlagen! So ganz nebenbei sitzt einer der Väter in einem von Ihnen geliehenen Arztkittel rauchend im Stationszimmer. Ich habe nicht genügend Fantasie, um mir erklären zu können, wie das zustande gekommen ist. Und dann bringen Sie, Sie die Stationsärztin, es fertig im Kreißsaal und zwar nicht in einem leeren Kreißsaal, nein im Kreißsaal in dem ein Kind geboren wird, zu rauchen!"

Hier machte er eine kleine, dramatische Pause, als müsse er das eben Gesagte erst einmal verdauen, bevor er mit dem Höhepunkt fortfuhr.

„Und nicht nur, dass sie rauchen, nein, sie lassen die glühende Kippe auch noch in den Bauchnabel einer gerade Gebärenden fallen!"

Er machte eine Pause und schüttelte dabei den Kopf, um sein Unverständnis über so viel Unvermögen auszudrücken.

Minderleistung! Das hatte der Chefarzt zu ihr gesagt. Es rotierte in Augustines Hirn. Was für ein Scheißwort!

Minderleistung! In Augustine stieg Erbitterung hoch. Ihre Gedanken begannen zu kreiseln und vermischten sich mit grüner Galle zu einem giftigen Cocktail. In ihrem Gesicht zeigte sich eine bösartige, wutwarme Röte. Das hatte sie nun wirklich nicht verdient!

„Geburt ist auch ein Geschäft, von dem diese Klinik lebt. Wir stehen hier in Konkurrenz mit anderen Kliniken, oder was glauben Sie, warum wir Wasserbecken und Roma-Räder in den Kreißsälen haben? Warum wir Homöopathie, Akupunktur und Aromatherapie einsetzen? Um modern zu sein, um uns zu verkaufen, um die Klinik erfolgreich zu machen" belehrte der Alte sie ruhig. Ja, er schien stolz darauf zu sein, seine Wut hinter seiner Ruhe verbergen zu können, sie maßregeln zu können, ohne die Form zu verlieren. Augustine glaubte jetzt sogar eine Spur Verachtung aus seiner Stimme heraushören zu können.

„Und was glauben Sie bedeutet es für dieses Geschäft, wenn eine unserer Ärzte es zulässt, dass die Sachen so außer Kontrolle geraten? Was werden die Schwangeren tun, wenn sie von diesen Vorgängen erfahren? Von diesen Absurditäten, die sie sich geleistet haben? Und heutzutage werden sie es erfahren, denn wir leben im Informationszeitalter."

Er machte eine kleine Pause und beantwortete sich die Frage dann selbst.

„Nun, ich kann es Ihnen sagen, was passiert: die Leute werden rüber ins Marienkrankenhaus gehen, um dort ihre Kinder zu gebären. Das was Sie da gemacht haben war eine erstklassige Rufschädigung für unsere Geburtsstation, Morgentau! Und die wird uns wirklich Geld kosten! Um ehrlich zu sein, ich habe mehr von Ihnen gehalten!"

„Das ist bösartig!" schoss es Augustine in den Kopf. „Das ist wirklich bösartig!"

„Aber …", wollte sie sich rechtfertigen.

„Kein Aber!" Unterbrach sie der Chefarzt scharf. „Ich sage Ihnen das nun ganz klar: Es gibt Arbeitnehmerrechte, die sie schützen und hin und her und wahrscheinlich kann ich sie trotz allem nicht rausschmeißen. Der ganze formale Prozess mit der Personalabteilung folgt später und wir werden dann noch sehen müssen, wie er ausgeht. Aber unter uns gesagt …, ganz klar: Ich kann Sie hier in meiner

Klinik nicht mehr brauchen, Morgentau! Sie werden hier keine Babys mehr zur Welt bringen!"

Ein Rausschmiss?! Das hatte sie nicht erwartet! Eine Standpauke, ja, aber ein Rausschmiss?!

Nein, das war nicht möglich!

Wie sollte das gehen?!

Immerhin hatte sie ja eine Schulterdystokie zu einem glücklichen Ende gebracht. Und was konnte sie dafür, dass irgendwelche spanischen Großkotze eine Schlägerei anfingen? Und nur weil sie in einer absoluten Krisensituation geraucht hatte?! Früher hatte jeder überall geraucht!

Bittere Galle kochte in Augustine hoch. Mit harten Augen konterte sie den Blick des Alten.

„Morgentau ...", fuhr der mit seiner Predigt fort.

„Doktor Morgentau, Für Sie Doktor Augustine Morgentau!" zischte sie zwischen zusammengepressten Zähnen hervor. Und sie war bereit zurückzuschlagen. Sie wollte sich verteidigen. Ohne sie anzuhören, konnte das was hier geschah wohl kaum angehen.

Aber der Alte hob nur die Brauen, als müsse er das Summen einer lästigen Fliege abwehren.

„Verlassen Sie jetzt mein Büro, Doktor Augustine Morgentau! Sofort!"

Marcus saß auf den Treppenstufen des Bürgerhospitals und rauchte.

Ein Blick auf seine Armbanduhr zeigte ihm, dass es acht Uhr dreißig war.

Frankfurt war längst erwacht. Busse fuhren, Menschen auf Fahrrädern huschten unten am Fuß der Treppe über den Gehweg, der auch Radweg war, tausende von Autos flossen stoßweise über die Nibelungenallee in die Stadt hinein und heraus. Alle Menschen die hier unterwegs waren, schienen ein Ziel zu haben, eine Aufgabe, eine Existenz. Alle schienen sie eingebunden in festgelegte Prozesse und

Strukturen. Sei es der Radfahrer oder Handwerker mit seinem kleinen Lieferwagen, falls einer von ihnen sein Ziel nicht planmäßig erreichen würde, sich nur um eine Stunde verspätete, dann würde man ihn vermissen. Man würde nach ihm fragen.

Er, Marcus, würde von niemanden mehr vermisst werden.

Mit einem Schlag war er vollkommen schwerelos geworden, eine Art Major Tom, der den Orbit verlassen hatte und nun durch das leere All trudelte. Über ein Jahr lang, waren Claudia und er das Zentrum seines Lebens gewesen. Jeder Moment dieser vergangenen Zeit hatte er in dem Bewusstsein verbracht, dass es Claudia gab, dass es einen Menschen gab, für den er von Bedeutung war, der seine Gegenwart und seine Zukunft teilte.

Das war jetzt zu Ende.

Claudia hatte er nicht mehr gesehen, seitdem sie den Kreißsaal verlassen hatte. Er bezweifelte, dass sie noch im Bürgerhospital war. Warum sollte sie dort bleiben? Alles war gut gegangen. Die Geburt war offenbar ohne Komplikationen verlaufen. Die Familie konnte zu Hause eine Versorgung für sie und das Baby arrangieren.

Und es war für ihn auch egal, wo Claudia und das Baby waren. Es gab kein Zurück mehr. Die Tür hatte sich geschlossen.

„Wirklich?", dachte er. „Hoffst Du nicht vielleicht, dass sie jetzt mit ihrem Baby hier durch den Ausgang tritt und alles noch einmal eine Wendung nimmt?"

Nein. Wahrscheinlich war es besser er würde die Treppe verlassen, damit genau das nicht passierte – falls sie noch in dem Gebäude war.

Aber wohin sollte er gehen?

Er konnte noch stundenlang hier sitzen bleiben und rauchen, er könnte auf die Zeil gehen, um etwas einzukaufen, er könnte ins Cafe Karin frühstücken gehen oder zum Schwimmen ins Riedbad. Alles stand ihm frei. Nur würde es keinen interessieren, ob er noch Stunden hier sitzen würde oder nicht, ob und welche Schuhe er sich gekauft hätte, was er gefrühstückt hätte oder wie viele Bahnen er geschwommen wäre. Er hatte niemanden mehr, dem er erzählen konnte, was er erlebte, was er plante, wovon er träumte.

Alle diese Kleinigkeiten des Lebens hatte er im vergangenen Jahr mit dem Mädchen geteilt. Und nur durch dieses Teilen waren sie wirklich geworden.

Jetzt war er wie Antoine Roquentin in Sartres „Der Ekel" auf sich selbst zurückgeworfen.

Was er empfand, war weniger ein Schmerz über den Verlust als ein großes Erstaunen, wie leer die Welt sein konnte, wenn man keine Beziehungen mehr hatte. Was blieb ihm von seinen Erlebnissen und seien es auch nur bedeutungslose Ereignisse, wenn er sie nicht teilen, nicht mitteilen konnte?

Sie wurden sinnlos.

Und wen hatte er noch?

Sollte er versuchen in die alten Bahnen zurückzukehren, in das Vor-Claudia-Leben? Die Schule wieder aufnehmen? Seine alten Freunde wieder treffen? Wahrscheinlich wäre das vernünftig. Aber er hatte wenig Lust dazu. Und ging das überhaupt so einfach?

Seine Mutter war lange tot, sein Vater ... - ein Irrlicht.

Was wenn er einen alten Freund anriefe und versuchte, dort erst einmal unterzukommen, eine kleine Basis zu finden. Von da aus könnte es dann weitergehen.

Wohin weiter? Zurück in sein altes Leben?

Nein, irgendwie kam ihm das schal vor, dieses alte Leben wieder zu erwecken. Seine Freunde hatten sicher alle das Abitur gemacht und studierten nun, waren auf Reisen oder machten ein freiwilliges soziales Jahr. Marcus hätte einen Schritt zurück machen und dann der alten Zeit hinterherlaufen müssen.

Das wollte er nicht.

Aber was wollte er?

Wofür war er da? Wer brauchte ihn?

Auf der Treppenstufe vor seinen Füßen, sammelten sich seine Zigarettenkippen. Später würde er sie in den blauen Plastikmülleimer werfen, der am Fuß der Treppe an der Straßenlaterne hing.

Marcus fühlte sich wie ein Stück Holz, das einsam einen großen Fluss hinuntergetrieben wurde. Er hatte nichts mehr. Immerhin war die Barschaft, die ihm seine Großeltern vererbt hatte noch nicht ganz aufgebraucht. Ein paar Monate konnte er sich noch bewegen wie er wollte.

„Zur Freiheit verurteilt". Sein Lieblingsspruch von Sartre. Für einen Moment fühlte er noch einmal den Hauch von Abenteuer in sich, den dieser Satz immer in ihm ausgelöst hatte, die grenzenlose Unabhängigkeit.

Aber dann … Leere.

Als Augustine aus dem Haupteingang des Bürgerhospitals trat, hob sie den Kopf und schaute auf die Hauptverkehrsstraße, so wie Marcus das ein paar Meter entfernt tat.

Sie sah nun nicht mehr aus wie Doktor Morgentau. Ihren Arztkittel hatte sie abgelegt. Ihr Haar trug sie wieder offen und ein kleiner Wind verfing sich für einen Moment darin unschlüssig, ob er es hochwirbeln oder nur hindurchstreifen sollte.

Was für eine Nacht! Aber nur noch ein paar Schritte die Treppe hinunter und sie würde aufgesogen und fortgetragen vom Lebensstrom der Stadt.

Selbst Augustine war noch manchmal davon überrascht, wie groß der Unterschied zwischen dem Innenleben der Klinik und dem Treiben in der Stadt war. Hier draußen fuhren ständig sorglose Menschen vorüber, deren Gedanken sich um einfache Dinge drehten. Man wollte rechtzeitig zur Arbeit, freute sich über das Wetter und ärgerte sich über den immer zu langsamen Vordermann.

Sie selbst hatte vor kurzem noch keine fünfzig Meter Luftlinie entfernt einen Kampf auf Leben und Tod ausgefochten. Und gewonnen! Doch dieser Kampf war von der Welt vollkommen unbemerkt geblieben. Ja, es schien so, als hätte er in einer ganz anderen Welt stattgefunden. Es winkten ihr keine Lorbeeren, keine Schlagzeile würde ihren Namen preisen. Und es war auch nicht Stolz noch Erleichterung, was sie in diesem Moment empfand. Im Gegenteil. Sie ärgerte sich grün.

Sie wandte den Kopf und schaute den Bau des Bürgerhospitals nach oben. Rechts hinten war das Fenster zum Büro des Alten. Ihr Blick wurde hart, als sie auf das Viereck starrte. Hinter der Scheibe rührte sich nichts. Das Glas spiegelte nur leicht verschwommen die Straße wider.

Augustine war noch immer außer sich vor Wut. *Ich kann sie in meiner Klinik nicht mehr brauchen! Minderleistung! Verlassen Sie jetzt mein Büro!*

Was war der Alte doch für ein Arschloch!

Sie fühlte sich ungerecht behandelt. Total ungerecht behandelt. Sie hatte einen Geburtsnotfall gehabt. Und den hatte sie gut gelöst, wie sie fand. Alles andere waren Kleinigkeiten am Rande. Schließlich war es der Alte, der immer gepredigt hatte, dass das Wohl der Babys und der Schwangeren weit über allem stand und – und daran erinnerte sich Augustine genau! – ...und dass man auch einmal unkonventionelle Maßnahmen treffen konnte, ja, musste, wenn dieses Wohl in Gefahr geriet.

„Schöne Worte, die im Ernstfall nichts wert sind, oder?!" warf sie ihm jetzt in Gedanken vor.

„Denn genau das habe ich gemacht! Oder hätte es etwas geholfen, wenn Barbara die Strickjacke nicht niedergestreckt hätte?! Nein! Man konnte sogar sagen, dass es notwendig war, weil der Mann mich sonst bei der Ausübung meiner Notfallmaßnahmen behindert hätte! ... Und hätte es etwas geholfen, wenn ich nicht geraucht hätte?! Wohl kaum! ... Auf jeden Fall haben weder das

Rauchen noch der Niederschlag den Geburtsnotfall ausgelöst, sondern im Gegenteil eher zu einem glücklichen Ausgang desselben geführt. Hast Du das schon einmal aus dieser Perspektive betrachtet, du Hohlkopf?! ... Und die andere Sache?!"

Hier machte sie eine kurze gedankliche Pause, bevor sie fortfuhr.

„Pah, kann ich etwas dafür, dass irgendwelche heißblütigen Südländer ihre Familienfehden gerade während meiner Schicht austragen? Das hätte jedem passieren können. Wusstest Du überhaupt, wie knapp es gewesen war? Ein oder zwei Minuten mehr und das Baby wäre gestorben! ... Etwas weniger Glück und wir hätten eine echte Katastrophe gehabt. Du aufgeblasenes Über-Ich!"

So wetterte Augustine vor sich hin. Das alles hatte sie sagen wollen. Aber der Alte hatte sie ja nicht mal zu Wort kommen lassen!

Dieses Arschloch!

Gut, es war nicht alles optimal gelaufen in der vergangenen Nacht. Das musste sie schon zugeben.

Diese Geschichte würde im Bürgerhospital wahrscheinlich in zehn Jahren noch erzählt werden, und auch in den anderen Kliniken der Stadt würde man bei Nennung ihres nicht gerade gewöhnlichen Namens wissen „Morgentau? Das ist doch die, die damals ....".

Unter den Hebammen der Stadt, ja, wahrscheinlich des ganzen Main-Taunus Kreises, würde es innerhalb von einer Woche die Runde gemacht haben. Die beiden Sybilles würden es den Schwestern im Marien und in den Städtischen erzählen. Wahrscheinlich twitterten und posteten die jetzt schon unaufhaltsam die Ereignisse dieser Nacht. Das Gelächter und die Häme, die durch die sozialen Netzwerke polterten, konnte sie hören und zwar ohne, dass sie ihr Smartphone eingeschaltet hatte.

Verdammtes Internet!

Am Ende bekam die lokale Presse davon noch Wind und schrieb einen wirklich witzigen Artikel über die Vorfälle.

Die Geburtskliniken der Stadt standen in einem ständigen Wettbewerb um die Gebärenden. Nur deshalb bot man „alternative geburtshilfliche Methoden" an. Nur deshalb pries man den „natürlichen Geburtsverlauf" auf der Homepage. Nur deshalb trug man bei den Informationsveranstaltungen vor, wie angenehm und fortschrittlich eine Geburt in dem jeweiligen Hospital sein konnte.

Da hatte der Alte leider Recht gehabt.

Womit sollte das Bürgerhospital jetzt werben?

„Kommen Sie zu uns! Hier werden Sie niedergeschlagen!"

Oder: „Wassergeburt auch für Kettenraucherinnen möglich."

Würde man versuchen, ihr zu kündigen oder sie so lange mobben, bis sie von sich aus ging?

Über arbeitsrechtliche Gesichtspunkte hatte sie in ihrem Leben noch nie nachgedacht. Konnte man ihr überhaupt kündigen? Brauchte sie einen Anwalt?

Hans, den guten deutschen Ingenieur, den hätte sie fragen können. Der wusste so etwas. Aber dem hatte sie ja gestern sozusagen selbst gekündigt.

Wie ein nicht abreißender Strom, getrieben vom Adrenalin der Nacht, purzelten diese Gedanken unaufhörlich durch Augustines Kopf, während sie einfach still dastand und sich von dem jetzt monoton dahin fließenden Verkehr beruhigen ließ.

Gestern ...

Ja, gestern noch war sie eine junge Frau gewesen, mit einem Freund und einem Job. Um beides hätten sie nicht wenige beneidet. Den Freund hatte sie selbst verabschiedet. Ihre Anstellung als Assistenzärztin hier ...- nun ja.

Heute,... heute sah ihre Zukunft ganz anders aus als gestern noch. Genau genommen hatte sie keine konkrete Zukunft mehr.

Was für eine Scheißnacht!

Aber irgendwie würde es weitergehen.

Augustine war keine Pessimistin. Im Gegenteil. Rückschläge konnte sie durchaus verkraften.

Sie hatte jetzt ein paar Tage frei. Zeit um alles gründlich zu überdenken. Wenn sie erst einmal ausgeschlafen war, wenn der Rauch abgezogen war, würde die Welt schon wieder ganz anders aussehen. Der Stachel, der in ihrem Herzen saß, hieß *Minderleistung*. Genau diese eine, tief empfundene Ungerechtigkeit würde sie noch länger schmerzen.

Vielleicht sollte sie ein paar Tage zu ihren Eltern nach Bielefeld fahren. Ihr Vater war immer ein guter Gesprächspartner für solche Themen. Aber ihre Mutter … - nein! Freund weg, Job weg. Die Vorhaltungen, die Ermahnungen, die guten Ratschläge, die sie zu hören bekäme, würde sie nicht aushalten können.

Okay, hinfallen und wieder aufstehen. So war es eben.

Sie musste erst einmal eine rauchen. Eine Zigarette hatte sie sich jetzt aber wirklich verdient. Sie tippte kurz an das Zigarettenpäckchen bis ein Stück hellbrauner Filter zum Vorschein kam. Es war die letzte.

Echt?! Hatte sie das ganze Päckchen in dieser einen Schicht leer geraucht? Klar, gleich nach dem Geburtsnotfall war sie so aufgeregt gewesen, dass sie ein paar hintereinander weggepafft hatte. Aber so viele?

Sie zog die Zigarette aus dem Päckchen und drehte sie einen Moment nachdenklich zwischen den Fingerspitzen hin und her. Dann zerknüllte sie das leere Päckchen und warf es in den großen Aschenbecher, der hier draußen vor dem Eingang des Bürgerhospitals aufgestellt war. Eine Weile suchte sie in ihren Taschen und in ihrem Rucksack, bis sie feststellte, dass sie ihr Feuerzeug verloren hatte. Wahrscheinlich war es noch oben in ihrem Arztkittel.

Gerade wollte sie sich umwenden und die Treppe wieder nach oben steigen, um den Pförtner zu fragen, als sie bemerkte, dass Marcus ein paar Treppenstufen tiefer saß.

Neugierig schaute sie ihn an. Offensichtlich hatte er sie noch nicht bemerkt.

Seltsam.

Wenn Augustines es richtig beurteilte hatte auch er eine Scheißnacht hinter sich.

Langsam ging sie hinunter.

„Hi", begrüßte sie ihn und lächelte. „Hast Du Feuer für mich?"

Sie setzte sich neben ihn.

Marcus sah erstaunt hoch. Beinahe hätte er Augustine nicht erkannt.

Ohne den Arztkittel und den strengen Dutt fehlte ihr eine Art Schutzhülle, die auch eine gewisse Distanz erzwang. Jeans, ein paar Sneaker, ein kurzärmliges T-Shirt und eine Art Weste darüber. Über ihrer Schulter hing ein kleiner Rucksack. Gut sah sie aus und viel weicher und kompromissbereiter als auf der Station. Sozusagen wie eine Zivilistin. Niemals wäre er auf die Idee gekommen, diese Augustine mit Doktor Morgentau anzusprechen.

Obwohl sie kurze Fingernägel hatte, fielen Marcus ihre schönen Hände auf, die ihm nun eine Zigarette entgegenstreckten.

„Hast Du mal Feuer?" wiederholte sie ihre Frage.

Mit einer geschickten Handbewegung ließ der Junge sein schweres Zippo-Benzinfeuerzeug aufschnappen und zwar so, dass in der Bewegung selbst der Feuerstein den Docht entzündete.

Auch wegen dieses kleinen Kunststückes lächelte sie ihn nun an.

„Danke, Marcus." Und sog den Rauch der Zigarette ein.

So saßen sie eine Weile nebeneinander schweigend und rauchend, wie zwei Stücke Treibgut, die das Leben unverhofft auf diese Treppe geschwemmt hatte.

„Claudia? Und das Baby?" begann Augustine nach einer Weile.

„Keine Ahnung", antwortete er. Dabei betonte er das A von Ahnung besonders.

„Nein, nicht *Keine Ahnung*. Vorbei!" korrigierte er sich einen Moment später.

„Hhmm", brummte Augustine. „Schade."

„Und Du, was machst Du jetzt, Augustine?" Marcus benutzte ihren Vornamen ganz bewusst.

Sie zuckte die Achseln.

„Ich hatte Ärger mit dem Chefarzt. Ich glaube ich gehe nachhause. Hm, weiß nicht. Meine Mitbewohnerin hat mich gebeten, Brötchen mitzubringen. Ich muss also vorher noch in eine Bäckerei."

Nachhause?

Ihr Zuhause war eine unaufgeräumte 2-Zimmer Wohnung in Bockenheim, die sie mit einer Stewardess namens Julia teilte. Dort könnte sie noch eine Weile mit Julia in der Küche zusammensitzen, frühstücken und Kaffee trinken, aber nur falls Julia keinen Typ bei sich hatte, und sich dann in ihr Bett legen und schlafen. Schlafen, das würde ihr gut tun. Doch irgendwie hatte sie eine Phase der Müdigkeit erreicht, in der sie nicht würde einschlafen können. Das ahnte sie jetzt schon.

„Wir könnten nach Paris fahren. Frühstücken."

Obwohl der Vorschlag ganz ruhig und sachlich kam, ganz so als hätte Augustine ihn gebeten, sie in eine europäische Hauptstadt zu fahren, musste sie nun hell auflachen - Huch! Das war ja der umgekehrte Hans! - und dieses Lachen riss sie ein Stück aus ihrer Müdigkeit heraus.

„Nach Paris? Zum Frühstücken? Das sind über 600 Kilometer. Das würden wir vor dem Nachmittag wohl kaum schaffen."

„Na, dann auf den Montmartre zum Abendessen", fuhr er vollkommen ernst fort. „Es geht. Du musst es einfach nur wollen und tun. Ein einfaches Ja und in ungefähr sechs Stunden stehen wir vor dem Eiffelturm", redete er auf sie ein, als erkläre er einem kleinen Kind die Möglichkeiten der Welt.

Paris?

Er meinte das ernst?!

Ohne genau zu wissen warum, listete die Ärztin in Gedanken auf, was sie alles in ihrem kleinen Rucksack hatte.

Toilettensachen. Wichtig: die Pille. Ein Set Wechselwäsche, ihre Kreditkarte, Personalausweis. Falls ihr etwas fehlte, konnte man das auch dort kaufen. Zweimal war sie schon dort gewesen. Einmal auf Klassenfahrt mit dem Französischkurs, das zweite Mal mit ihren Eltern vor vier Jahren. Beide Male war es Kultur pur gewesen.

Paris also?

„Und danach? Wie geht es dann weiter nach dem Abendessen?" wollte sie wissen.

Er zuckte die Achseln.

„Es gibt kein Danach. Es gibt nur die Gegenwart."

Um große Worte war er ja nicht verlegen. Sie sah Marcus an, sah seine blitzenden Augen, und lächelte zurück. Das alles war eigentlich unglaublich. Dann legte sie die Stirn in Falten, als prüfe sie ihn. Paris. Wie kam er auf die Idee, ihr das anzubieten? Sie könnte verheiratet sein, einen Freund haben, ein Kind, morgen wieder arbeiten müssen ... - all das ignorierte er einfach.

Aber nein.

Paris? Nein, Augustine Morgentau würde nicht mit jemanden nach Paris fahren, den sie geradeso im Vorbeigehen kannte! Auch nicht wenn dieser jemand aussah wie Marcus. Abenteuerlustig war sie schon, aber doch nicht leichtfertig.

„Was hältst Du davon, Marcus, wenn wir erst einmal zu mir fahren und frühstücken? Das wäre doch ein erster Schritt in Richtung Paris?" schlug sie deshalb vor.

Er lachte leise und nickte dann.

„Du bist keine Abenteuerin, Augustine, oder?" Er nahm es nicht als Niederlage. Einerseits war er erwachsen und cool und doch irgendwie noch ein Junge. Daraus ergab sich eine seltsame Spannung. Auf der einen Seite, machte er den Eindruck, als wisse er schon alles über die Welt, als könne ihn nichts mehr überraschen. Auf der anderen Seite war er ein versponnener Träumer. Und genau das drang durch Augustines Müdigkeit und weckte sie.

Es war eine Art Spiel mit Einsatz, das er anbot. Das machte ihr Spaß. Zumindest versprach es unterhaltend zu werden.

„Bin ich nicht. Ich bin Augustine Morgentau. Also los", fuhr sie fort und erhob sich. „Du hast ja wohl einen Wagen hoffe ich?!"

Marcus richtete sich auf und klopfte seine Hosen ab. Er lächelte, wie jemand, der beim Poker einen Bluff verloren hatte, aber schon auf das nächste Blatt hofft.

„Klar", antwortete er.

Gemeinsam schlenderten sie die Treppe hinunter. Schweigend gingen sie nebeneinander auf dem Bürgersteig der Nibelungenallee entlang. Als sie in die Spohrstrasse einbogen, deutete Marcus auf den Alfa, der am Straßenrand parkte.

„Dort! Das ist mein Wagen."

Obwohl Marcus das ganz lässig gesagt hatte, bemerkte Augustine, dass dieser Wagen ihm sehr viel bedeutete. Sie interessierte sich kein bisschen für Autos, aber sie verstand, dass der Wagen der Ausdruck von Marcus Lebensgefühl war.

„Wow!" antwortete sie.

„Das ist ein alter Bertone" erklärte er ihr stolz und sichtlich froh darüber, dass er über den Wagen reden und ihre Aufmerksamkeit darauf lenken konnte.

„Schöner Wagen", erwiderte Augustine. „Klasse."

„Baujahr 73. Älter als wir."

Dann schloss er die Tür des Alfas auf und während er sich hinter das Steuer setzte, griff er hinüber um die Beifahrerseite zu entriegeln.

Ohne zu zögern klappte Augustine den Sitz nach vorne, warf ihren Rucksack auf die Rückbank und ließ sie sich in das alte Leder sinken.

Marcus reichte ihr eine Zigarette und gab ihr Feuer, bevor er den Motor startete.

Während er ihr die CD von Simon and Garfunkel reichte, grinste er sie an.

„Leg sie ein!"

Augustine entzifferte den Interpreten.

„Simon and Garfunkel? Die Reifeprüfung! Ha, ein Roter Alfa?! Bin ich Mrs. Robinson?", lachte sie dann. Während Marcus den Wagen behutsam aus der engen Parklücke bugsierte, zückte die Ärztin ihr Smartphone.

„Bin in zwanzig Minuten zu Hause. Ich bringe frische Brötchen und Marcus zum Frühstück mit", schrieb sie an ihre Mitbewohnerin.

„Marcus?" kam die Antwort keine dreißig Sekunden später. Augustine nahm ihr Smartphone, schoss ein Foto von Marcus, betrachtete zufrieden das Resultat und schickte es an Julia.

„Marcus."

„WOW!" diesmal hatte Julia keine zehn Sekunden für die Antwort gebraucht. Augustine lächelte in sich hinein.

„Marburgerstraße 25. Du kennst Dich aus? Wenn Du über die Leipziger fährst müssen wir an einer Bäckerei anhalten. Ich spring dann kurz raus."

Als der Wagen anrollte und sich in den Verkehr einsortierte, schloss sie die Augen..

„Vergiss das was hinter Dir liegt und schau nach vorne", dachte sie für sich. Das dumpfe Vibrieren des Motors übertrug sich auf Augustines Bauch. Ein gutes Gefühl.

Für einen kleinen Augenblick waren sie beide glücklich.

Zeitfracht Medien GmbH
Ferdinand-Jühlke-Straße 7
99095 Erfurt, Deutschland
produktsicherheit@kolibri360.de